큰 글
한국문학선집

이광수 장편소설

단종애사

일러두기

1. 읽는 독자들에게 가독성을 높이기 위해 이름이나 날짜, 수를 나타내는 단위 등에서 붙여쓰기를 하였다.
   예) 김 종서 ⇨ 김종서, 십 이일 ⇨ 십이일 등

2. 1928년 11월부터 1929년 12월까지 동아일보에 연재된 작품을 원본으로 삼았다.

3. 일부 한자어들은 번역하기도 하였다.

4. 반복된 한자(이름, 지명, 관직명… 등)는 삭제하였다.

5. 이 책(큰글한국문학선집 054: 이광수 장편소설)은 제작 의도에 따라(큰글로 편집) 분량이 많은 관계로 큰글한국문학선집 054-1에는 고명편과 실국편을, 054-2에는 충의편과 혈루편을 실었다.

큰글한국문학선집 054-2
: 이광수 장편소설

단종애사

(충의편·혈루편)

충의편
(忠義篇)

상지 삼년 을해(上之三年乙亥). 이해는 단종대왕이 그 숙부 수양대군에게 임금의 자리를 내어 주지 아니치 못하던 슬픈 일이 있던 해다. 세월이 흘러가는 동안에는 삼년 전 계유년 모양으로, 황보인, 김종서 등이 떼를 지어 살육을 당하던 해 모양으로 대단히 일이 많고 끔찍끔찍한 해도 있고 또 한 해가 천년 같아서 볼 만한 아무 일도 없이 하품만 나는 심심한 해도 있는 것이다. 이렇게 심심한 해와 바쁜 해가 새끼 오라기두 가닥 모양으로 서로 꼬여서 세월이라는 인생의 역사 바탕을 이루거니와 금년 을해년과 오는 해 병자년은 조선 역사에서 연거푸 윤달이 드는 셈으로 일 많고, 끔찍끔찍하고, 지긋지긋하고, 무시무시하고, 치가 떨리고, 이가 갈리는 일들이 무더기로 쏟아져 나오는데 살년(殺年)[336]이 되었던 것이다.

불과 나무들의 본성은 가을 서리 내릴 때를 당하여서야 분명히 알게 된다. 갈대는 말라버리고 참대는 더욱 푸르다. 돌피는 태워버리고 벼 알갱이는 걷어 들인다. 서리치는 모진 바람이 밤을 새어 냅다 볼 때에는 멀어질 잎은 다 떨어지고 소나무, 잣나무만 까딱없이 청청하다. 이리하여 가을철은 천지의 대좌기(大坐起)로 일년간 지내온 초목에도 마감(磨勘)337)을 보는 심판 날이 된다.

개인의 일생에도, 또 어떤 민족의 일생에도 몇십 년에 한 번씩 또는 몇백 년에 한 번씩 이러한 마감 날이 온다. 평상시에는 다 비슷비슷하여 별로 차별이 없는 듯하던 이들(개인이나 민족이나)도 이날 우레 같은 운명의 호령과 형무, 곤장 같은 자작얼(自作孽)338)의 아픈 매가 벗은 몸뚱이를 후려갈길 때에는 지금까지 쓰고 있던 탈바가지339)도 다 집어던지고 대번에 개개 실토를 하게 되는 것이다. 이러한 대좌기를 겪고 난 뒤에야 그가 갈대인지, 참대인지, 무쇠인지, 강철인지가 판명이 되는 것이다.

지나간 계유년도 그러하였거니와 금년, 을해, 내년 병

---

336) 크게 흉년이 들다.
337) 중국에서 관리들의 성적을 매기던 제도.
338) 自作之孽: 자기가 저지른 일 때문에 생긴 재앙.
339) '군모'를 속되게 이르는 말.

자 양년도 조선 민족적으로 보거나 단종대왕 때에 살아 있던--특히 조정에 벼슬하던 여러 개인들로 보거나 큰 심판 날 중에 하나다.

그날에 여러 조선 사람들은 가지가지의 본색을 탄로하였다. 혹은 끝 간 데를 모르는 욕심꾸러기가 되어서 그 욕심을 채우기 위하여서는 못할 일이 없는 성품을 보이고, 혹은 금일동, 명일 서로 해바라기가 햇빛을 따라 고개를 숙이듯이 부귀공명을 따라 어제는 이 임금의 충신이 되고, 내일은 그 임금을 박차고 다른 저 임금의 충신이 되는 변통성 많은 재를 보이고, 그러나 또 혹은 의리를 위하여서는 부귀는커녕 생명까지도 초개같이 버리는 충성을 보이는 이도 있고, 또 혹은 충성을 보이기에는 너무도 겁이 많고 세도를 따르기에는 양심이 덜 무디어 무가무불가로 일신의 안전을 도모하는 도회술(韜晦340) 術)도 보이고, 성안에 앉아서는 천하를 한 입에 삼킬 듯이 큰 소리를 하다가 성문 밖에 나서 서적을 대하자마자 허리가 굽어지고 무릎의 맥이 풀리는 겁쟁이, 저는 아무 것도 아니하면서 주둥이만 살아서 남의 일을 이러쿵 저

---

340) 자신의 재능, 지위 같은 것을 감춤.

러쿵 흉만 보고 훼방만 놓는 얄미운, 마땅히 한바탕 큰 반항을 일으킬 만한 이유와 분격지심이 있으면서도 남이 대신하여 주었으면 하고 멍하니 하늘만 바라보고 앉았는 못난이…… 이러한 본색들이 아침을 받는 산봉우리들 모양으로 크게 작게 제 모양대로 제 빛깔대로 드러나는 것이다.

세 살 적 버릇이 여든까지 간다. 오백년 전에 있던 우리 조상들의 장처 단처는 오늘날 우리 중에도 너무도 분명하게, 너무도 유사하게 드러나는구나. 그 성질이 드러나게 하는 사건까지도 퍽이나 오백년을 새에 두고 서로 같구나. 우리가 역사를 읽는 재미가 여기 있는지도 모른다.

수양대군은 단연히 왕의 자리를 도모할 결심을 하였다. 득롱망촉(得隴望蜀)341)이란 셈으로 바라던 자리를 얻으면 한층 더 높은 자리를 또 바라는 법이다. 이리하여 사람은 한없는 욕심의 층층대를 허덕거리며 오르다가 마침내 끝 간 데를 보지 못하고 현기증이 나서 굴러 떨어지어 머리가 부서져 죽는 법이다. 더구나 수양대군 같은 야심이 만만한 사람이 오를 수 있는 한 층을 남겨 두고

---

341) 만족할 줄을 모르고 계속 욕심을 부리는 경우를 비유적으로 일컬음.

마음을 잡을 리가 없다. 일국 정권을 한손에 거두어 쥐고 보면 부족한 것이 오직 익선관(翼善冠), 곤룡포(袞龍袍)인 듯하였다.

부대부인(府大夫人) 윤씨(尹氏)가 침석 간에 수양대군에게 그러한 뜻(임금 되라는)을 비추이는 것(이 일은 진실로 여러 번 있었다)도 수양대군의 뜻을 정하게 한, 한 가지 원인이 되고 권람, 한명회가 무시로 권하는 것도 한 가지 원인이 된다.

미상불 권람의 말이 옳다. 왕이 아직은 나이 어리시어 수양대군의 마음대로 무슨 일이나 다 할 수 있지마는 차차 나이 많아지어 국정을 몸소 보시게 만 되는 날이면 족히 수양대군을 물리칠 수도 있는 것이다. 하물며 세종대왕의 맏아드님 되는 화의군(和議君) 영(瓔)을 비롯하여 금성대군 유(瑜), 평원대군(平原大君) 임, 한남군(漢南君) 어 같은 종친들이 겉으로 드러내어 맡은 아니하지마는 속으로는 수양대군의 야심을 미워하고 어리신 왕께 동정을 가지는 것이 사실임에랴.

그 밖에도 왕의 편이라고 볼 많나 유력자로는 세종대왕의 후궁이요, 어리신 왕을 양육한 혜빈 양씨가 있고 왕의 외숙 되는 권자신(權自愼=이때에 벼슬이 예조판서), 국구(國舅)되는 여량부원군(礪良府院君) 송현수, 왕의 가장 사랑하고 신임하시는 누님 경혜공주의 남편 되는 영양위 정종 같은 이가 있다.

이러한 사람들이 아직은 수양대군의 권세에 눌려서 아무러한 일도 하지 못하고 있다 하더라도 왕이 성년 되어 권세를 찾으실 만하게 되면 반드시 왕의 팔다리가 되어 수양대군에게 대항할 것은 권람, 한명회의 말을 듣지 않더라도 분명한 일이다.

만일 수양대군이 마치 그가 항상 사람을 대하면 말하는 모양으로 왕이 성년이 되시어 정사를 친히 잡으실 만하기를 기다리어 공성신뢰한다 하면 만사가 다 구순하게 되었을 것이다. 왕은 일생을 두고 수양대군을 고맙게 알았을 것이요, 백성은 진실로 주공의 덕으로써 수양대군을 비기었을 것이요, 그 숱한 사람은 원통한 피를 흘리지 아니하였을 것이요, 수양대군 당신도 만년에 꿈자리 사납지 않게 지내었을 것이다. 그러하건마는 운명은 수양대군의 가슴속에 한 움큼 욕심의 불을 던지어 커다란 비극을 만들어 내게 한 것이다.

수양대군은 일변 궁금(宮禁)을 숙청(肅淸)한다고 칭하여 혜빈 양씨에게 엄중한 견책(譴責)을 주어 일체 궁중에 출입하지 못하게 하고, 또 문종대왕 시절부터 왕의 곁을 떠나지 아니하여 왕의 동무요, 보호자이던 늙은 내시 엄자치(儼自治)에게 없는 죄명을 씌워 금부(禁府)에 가두었다가 멀리 제주(濟州)에 안치(安置)할 차로 보내던 중로에 사람을 보내어 주막에서 죽여 버리고, 금성대군 이하 종친들도 수상(首相)인 수양대군의 허락이 없이는 일체 궁중에 출입하기를 금하여버리고, 또 왕의 숙부 중 가장 나이 많고 가장 왕을 생각하는 화의군을 아우님 되는 평원대군의 첩 초요섬(楚腰纖)과 통간하였다는 누명을 씌워 외방으로 내어쫓고, 안평대군이 돌아간 뒤에 가장 수양대군에게 듣기 싫은 바른 말을 하는 금성대군은 화의군과 좋아한다 하여 그의 집인 금성궁 밖에 나오지를 못하게 하여 갑사(甲士)로 대문에 과수를 보게 하고, 국구되는 송현수는 소시부터 친분이 있는 것을 이용하여 회유하기를 힘쓰고 왕의 의숙 권자신도 그 환심을 사노라고 예조판서를 주었다. 그러나 송현수, 권자신은 언제 죽어도 죽을 사람이다. 수양대군의 눈에 매양 걸리는 것이 송, 권 두 사람이었다.

마음에 맞지 않는 사람들을 모조리 없애버리었으면 하는 생각도 무단적인 수양대군의 마음에 안 떠오름도 아니지마는 그것은 최후 수단이다. 될 수만 있으면 피 한 방울 흘리지 아니하고 목적을 달하고 싶은 것이다. 사람이란 살아 있을 때에는 아무 힘이 없던 이라도 죽여 버리면 꿈자리 사나운 것임을 황보인, 김종서 통에 경험한 수양대군이다. 이 때문에 생긴 것이 수양대군의 인재방문(人材訪問)이다.

총명한 수양대군은 인심을 얻는 길이 무엇인지를 잘 알고 또 권람과 한명회의 지혜는 수양대군의 총명을 돕고도 남았다. 만일 이 총명과 지혜(그것은 진실로 흔히 보기 어려운 것이었다)를 가진 이들이 사욕에 빠짐이 없이 오직 정의로 나라만을 위하는 일을 하였던들 역사에 드문 큰 공적을 세웠을 것이다. 그러고 그들은 만대에 사모함을 받았을 것이다. '부정한 욕심과 부정한 음모'--이것이 그 좋은 총명과 지혜를 망쳐버리었다.

수양대군은 사람을 세 가지로 나누었다. 첫째는 위엄으로 눌러 버릴 종류의 사람이니, 이것은 가장 수많은 서민들과 가장 수많은 벼슬아치들이다. 이 종류 사람은 권세를 보이기만 하면 다 머리를 숙이고 모여드는 것이다. 그렇지마는 이 종류 사람도 노상 안심할 수가 없다. 그것은 본래 위엄으로 눌리었던 무리기 때문에 더 큰 위엄이 오는 날이면 곧 예전 주인을 배반하고 새 위엄 밑으로 돌아서는 것이었다. 더구나 이 무리들은 자기의 주장이 굳게 서지 못하고 또 항상 현재 자기네를 누르는 권세에 대하여 원망과 의혹과 미움을 품기 때문에, 또 게다가 흔히 무지하기 때문에 다른 권세를 약속하는 자의 선동을 받기 쉬운 것이다.

권세 가진 자의 눈으로 보면 소위 난화지맹(難化之氓)³⁴²⁾이다. 그러나 그까짓 것은 수양대군에게 대하여 그리 주요한 일은 아니다. 왜 그런고 하면 이런 무리가 근심되는 것은 권력을 잡은 시초가 아니요, 옛 권력이 쇠할 만한 때인 까닭이다. 수양대군의 눈앞에는 끝없는 영화가 있다. 천추만세에 연면부절하는 권세가 있다(왕의 자리만 얻고 보면 말이다). 인사(人事)의 무상(無常)을 깨닫기에는 수양대군은 너무도 젊고 너무도 순경이다. 건강하고 젊고(사십이면 한창이 아닌가) 뜻하는 바를 못 이루어 본 적이 없는 바에 순풍에 돛을 달고 물결 없는 한 바다로 선유하는 것만을 밖에는 인생이 보이지 아니하는 수양대군에게 반성(反省)이 있을 리가 없고, 후회(後悔)가 있을

---

342) 교화하기 어려운 어리석은 백성을 말한다.

리가 없고, 무상(無常)이 있을 리가 없다. 이런 것들을 깨닫기 위하여서는 그는 얼마 더 인생의 어리석은 경험을 쌓아야 한다. 원컨대 그가 이 쓰라린 무상의 술잔을 아니 마시었과저, 그러나 십년이 얼마 더 넘지 못하여 그는 마침내 이 술잔을 집어 마시지 아니치 못하였다. 그러할 권세를 수양대군은 영원한 것으로만 여기었다. 그리고는 전력을 다하여 못할 것 없이 이것을 추구하였다.

수양대군이 보는 둘째 종류 사람은 이름과 이로 달래어 영구히 노예적 복종을 맹세시킬 수 있는 무리다. 벼슬이라는 것, 울긋불긋하고 너덜너덜한 옷과 띠와 망건, 관자와 한 해에 쌀 몇 섬 되는 녹이란 것으로 군신(君臣)의 관계를 맺는 것이다. 이 계급은 현재 조정에 벼슬하는 무리의 대부분과 태학관을 머리로 하여 전국 수없는 서원(書院), 서당(書堂), 사정(射亭)에 공부하는 무리와 과거에 참예할 자격을 가진, 이른바 양반의 무리--줄여 말하면 사회의 상층인 계급이다.

이 무리의 마음을 걷어쥐는 것이 일국의 권세를 누리는 데는 대단히--아마 절대로 필요한 일이다. 이 무리는 인의예지(仁義禮智)와 효제충신(孝悌忠信)을 도맡아 파는 도가(都家)일뿐더러 치국평천하(治國平天下)의 '도편수'

로 자처하는 무리들이다. 기실 정사를 하는 일군은 아전들이요, 이 무리는 주먹심도, 다릿심도, 의리의 힘도 없는 무리지마는 세습적(世襲的)인 양반권(兩班權)--이런 말을 쓸 수 있다 하면--과 역시 유전적이라 할 만한 뱃심과 입심만을 가지고 놀고먹고 대접 받는 명을 잡는 것이다.

지금 이 무리의 두목은 좌의정 정인지다. 정인지의 말한 마디면 이 무리의 머리는 마치 바람 맞은 풀 모양으로 이리로 굽실, 저리로 굽실거리는 것이다. 정인지가 이미 수양대군의 심복이 되었으니 정인지의 뒤를 따라 수양대군에게 충성을 맹세할 사람이 많은 것은 물론이다.

그러나 닭을 천을 기르면 그중에도 봉이 난다는 셈으로 이렇게 명리343)를 따라 동으로 가고 서으로 가는 무리들 중에도 굽혀지지 아니하는, 곧은 무리가 있으니 이러한 무리들이 비록 수효는 적을망정 자연히 한 세력을 이루는 것이다. 비록 그들이 기치를 내세우고 호령을 함이 없더라도 충의(忠義)가 있는 곳에 반드시 따르는 천연의 위엄이 능히 사람으로 하여금 정색하게 하는 것이다.

---

343) 名利: 명예와 이익을 아울러 이르는 말.

이러한 몇 사람 안 되는 무리가 곧 수양대군이 이른바 셋째 종류 사람이다.

수양대군은 아무리 하여서라도 이 무리의 마음을 사려 한다. 그가 임금의 자리에 올라한 나라를 누리는 데는 이 무리의 마음을 사는 것이 필요함을 아는 까닭이다. 명리지배 백 명을 얻음보다는 이러한 충의지사 하나를 얻는 것이 더욱 힘 있음을 수양대군은 잘 안다.

옳은 선비 한 사람의 뜻이 십만 강병보다도 힘 있는 줄을 잘 안다.

이 무리는 위엄으로 내려 누를 수 없다. 그네는 의를 위하여서는 시퍼런 칼날을 우습게 보고 한 몸의 목숨을 터럭같이 여긴다. 몸을 열 토막에 내이고 목숨을 백 번 다시 끊더라도 그만 것을 두려워할 그네가 아니다. 박제상(朴堤上), 정몽주의 몸에 흐르던 충의의 피는 한강에 물이 마를 때까지 이 땅에 나는 사람의 핏줄에 흐른다. 외인의 피와 살이 땅 속에 스며들어 이 땅을 의의 땅을 만들고 그 무덤에 나는 풀이 의인의 기운을 뿜어 이 나라의 초목까지도 의의 이름을 부르게 된다. 그런 이들이 아니면 이 땅에 의는 죽어버리고 만다. 죽는 것을 두려워할 줄 모르는, 이 무리들이야말로 수양대군의 큰 적이 아닐 수 없다.

이미 죽는 것을 두려워할 줄 모르거니 하물며 명리랴. 그가 이름을 싫어함이 아니다. 아름다운 이름을 천하에 돌리고 천추에 돌리움이 그의 욕심이언마는 의가 아닌 때에 그는 이름 보기를 초개같이 여긴다. 그가 가장 견디지 못하는 수치와 고통은 하루라도 불의의 부귀를 누리는 것이다. 불의의 부귀를 누림으론 차라리 당장에 죽어버리기를 택한다.

비록 몸에 치국평천하의 큰 경륜과 큰 재주를 품었다 하더라도 의에 맞음이 아니면 차라리 이 경륜, 이 재주를 초토에 썩혀버린다.

위무(威武)로 굴(屈)할 수 없고[344] 부귀(富貴)로 음(淫)할 수 없는[345] 이 의인의 무리는 고왕금래[346]에 불의의 권세를 탐하는 자들이 두통거리가 되었다. 그들이 수효로는 비록 몇백 명, 그보다도 더 적게 몇십 명에 불과하다 하더라도 그들은 의의 불씨를 천추만세의 후손에게 전하는 거룩하고도 고마운 직분을 맡아 한 나라의 주인

---

344) 威武不屈: 어떠한 무력에도 굴하지 않을 정도로 당당함.
345) 富貴不淫: 부귀를 탐할 수 없다.
346) 古往今來: 고금(예전과 지금을 아울러 이르는 말).

이 되는 것이다 전 인류의 주인이 되는 것이다.

수양대군은 이것을 모르는 사람이 아니다. 그는 의를 알고 의인을 알고 불의를 알고 불의한 사람을 안다. 그는 임금 중에도 가장 총명한 임금인 세종대왕의 아드님이요, 임금 중에도 가장 인자한 임금인 문종대왕의 아우님이다. 총명이 뛰어난 그가 무엇인들 모를 리가 없건마는 다만 그의 억제할 수 없는 욕심이 모든 덕과 모든 총명을 눌러 버린 것이다. 후일에 그의 인자함과 총명함이 다시 바로 서려 할 때는 벌써 만고에 씻어 버릴 수 없는 불의를 행한 뒤였다. 일생으로써, 생명으로써 그의 지나간 허물을 씻어버리려고 나라를 위하여 많은 좋은 일을 하노라고 무진 애를 썼으나 그의 양심의 가책은 그의 공로로 갚아버리기에는 너무 컸고 게다가 그러한 공로로 지나간 죄를 벗으라고 목숨이 오래 허하여지지를 아니하였다. 그래서 그는 마침내 후회하는 피눈물로 눈을 감아버린 것이다. 그로 하여금 이러한 비극의 주인공이 되게 한 그의 억제할 수 없는 패기는 실로 그의 숙명이었다. 이 성격의 결함(특징이라면 특징)은 총명한 그의 힘으로 어찌할 수 없었던 모양이다. 그는 이 패기의 날랜 말에 올라앉아 그 뛰어난 총명과 예지로 자기가 달려가는 길이 무엇인지를 보면서도 안 되겠다 안 되겠다 하고 연해 후회하면서도 걷잡을 수 없이 그가 마침내 굴러 떨어진 절벽 끝으로 가버린 것이다.

그러므로 수양대군은 옳은 사람에게 대하여서는 특별한 사모와 존경을 품고 있었다. 허후(許詡)에 대하여 취한 태도도 이것을 표하는 것이다. 그는 옳은 뜻을 가진 선비에게 옳지 못하다고 생각되는 것을 대단히 괴롭게 여기었다. 외인의 무리의 칭찬을 받는 것은 그의 간절한 소원이었다. 그가 후년에 일변 국조보감(國朝寶鑑), 동국통감(東國通鑑) 같은 서적을 편찬하게 하고, 일변 유가서(儒家書), 불가서(佛家書)를 언해(諺解)하게 한 것이 그의 문화사업에 대한 사랑에서 나온 것은 물론이지마는 자기가 의를 사모하는 자인 것을 외인의 무리에게 인정하게 하자는 뜻이 또한 적지 아니한 동기가 된 것도 무시할 수 없는 일이다.

이렇게 그는 의인이 되려는 간절한 소원과 권세를 잡으려는 불같은 패기와 이 두 가지 사이에 끼어 이 두 가지를 다 만족시키려는 어림없는 큰 욕심을 가지게 된 것이다.

애인하사(愛人下士)347)라는 말은 동양에서는 권력 잡은 자가 누구나 하는 말이다. 한(漢)나라 유현덕(劉玄德)이 제갈공명(諸葛孔明)을 세 번이나 난양(南陽)이라는 시골구석에 찾아본 것을 삼고초려(三顧草廬)348)라 하여 후세 제왕의 모범이 되었다.

수양대군이 그의 야심을 달하는 수단으로 택한 중요한 길 중에 하나가 선비를 찾아보는 일이다.

최항을 새에 내세워 집현전에 관계한 사람들 중에 중요한 이들을 혹은 수양대군 궁으로 불러 보고, 혹은 수양대군이 몸소 찾아 갔다. 여간한 사람들은 상감의 숙부요, 영의정으로 군국대사를 한 손에 걷어 쥔 수양대군이 만나기를 원한다 하면 신을 거꾸로 끌고 달려와서 수양대군 앞에 엎드리었다.

이렇게 수양대군 편에서 조금도 힘들이지 아니하고 제 편에서 덜덜 굴러와 붙는 사람들을 수양대군은 대견히 여기지 아니하였다. 사냥을 즐겨하는 수양대군은 힘 안 들이고 잡힌 짐승을 즐겨하지 아니한다. 아침부터 온종일 산을 넘고 골짜기를 건너 따르고 따라도 잡히지 아니

347) 백성을 사랑하고 선비에게 자기 몸을 낮춤.
348) 중국 삼국시대에 촉한의 유비가 난양(南陽)에 은거하고 있던 제갈공명을 세 번이나 찾아가 군사(軍師)로 초빙한 데에서 유래한 말. 인재를 맞아들이기 위해 참을성 있게 노력한다는 뜻이다.

하는 짐승이 도리어 몇 갑절이나 더 그의 마음을 끌었다. 사람을 구하는 데도 그와 같은 맛이 있었다. 단 한마디에 주르르 따라오는 사람은 비록 쓸 데는 있더라도 재미는 없었다. 아무리 끌어도 아니 끌리는 사람이야말로 끌 재미가 있었다.

전 대사헌 기건이나 집현전 교리 권절, 집현전 부제학 조상치(曺尙治) 같은 이들이 다 그런 이들이다.

기건에 관하여는 위에 말한 일이 있다. 교리 이현로와 함께 종친분경(宗親奔競)을 금하라고 상소를 하여 수양대군의 미움을 받은 사람이다. 그는 연안부사(延安府使)로 좌천(左遷)이 되었다가 시사에 뜻이 없어 벼슬을 버리고 사랑문조차 닫아버리고 숨어 있는 사람이다.

수양대군은 기건의 명망과 재주를 사랑하여서 아무리 하여서라도 자기 사람을 만들려고 하였다. 그래서 세력이 당당한 수양대군으로서 세 번이나 빈한한 기건의 집을 찾았다. 교리 따위 작은 벼슬아치가 집에 앉아서 영의정을 불러본다는 것은 진실로 놀라운 일이다. 하물며 기건은 세종조의 포의(布衣)349)로서 지평(持平)350)이 된

349) 벼슬이 없는 선비.
350) 조선시대 사헌부 정5품 벼슬.

사람임에랴.

그리고 기건은 자기가 청맹이 되어 앞을 보지 못한다 칭하고 수양대군이 벼슬에 나오라는 청을 거절하였다.

수양대군은 기건의 거절을 당하고 기건의 집에서 나올 때마다 기건의 팔목을 잡고 차마 놓지 못하는 듯이 머뭇머뭇하며 앞을 보지 못하는 이가 계하에 내리기가 어려울 터이니 방에서 작별하지 하여 기건을 아끼었다.

"그놈이 어디 그럴 수가 있사오리까."

하고 친근한 사람들이 수양대군에게 기건의 무례함을 꾸짖었으나 수양대군은 아무 말 없이 또 한 번 기건의 집으로 기건을 찾아갔다. 이것이 세 번째다.

"나라를 보아서 기참판(奇參判)이 나서야 하지 아니하겠소? 내가 이렇게 세 번씩이나 부탁하는 정성을 보아서라도 일어나서야 아니하겠소?"

하고 수양대군은 권하다 못해 이렇게 말을 하였다.

"이처럼 세 번이나 누옥에 왕림하시니 황송하외다마는 소인같이 앞을 못 보는 사람이 무엇을 하오리까."

하는 것이 기건의 대답이다.

수양대군이 보이지 않는다고 일컫는 기건의 눈을 물끄러미 들여다보더니 손에 감추어 들었던 바늘 끝으로 기건의 눈을 찌를 듯이 하였으나 기건의 눈은 조금도 움직이지를 아니하고 멀뚱멀뚱 세조를 바라보고 있었다. 수양대군은 마침내 기건의 뜻을 움직이지 못할 줄 알고 돌아가 버리고 말았다.

"기건이 성날 청맹인가?"

하는 것은 수양대군에게만 의문이 아니라 세상 사람에게도 의문이요, 그 집 식구들까지도 의문으로 알고 있었다. 그러나 누구나 그가 정말 청맹이라고 생각하는 사람은 없었다.

"그리하시어서는 체면을 손상하십니다. 말을 아니 듣는 놈이면 없애버리시면 고만이지. 어디 그렇게 하시어서 될 수가 있사오리까."

하고 이계전, 홍윤성의 무리가 수양대군을 보고 분개하였다.

기건에게 세 번이나 거절을 받을 때에 수양대군도 분이 치밀어 올라오지 않음이 아니었다. 홍윤성의 말대로 그런 놈은 주먹으로 버릇을 가르치는 것이 마땅하다고 생각하였다.

자다가 말고도 가끔 그것이 분하였다. 그러나 수양대군은 대사를 위하여 꾹 참았다. 그리고 여전히 방문 정책을 써서 뜻 굳은 사람들의 마음을 움직이기에 정력을 다하였다.

수양대군은 교리 권절에게 또 한번 땀을 빼었다.

권절은 자를 단조(端操)라 하고 흐를 동정(東亭)이라 한다. 세종 정묘에 문과에 급제하여 집현전 교리가 되어 있다. 연조로 말하면 박팽년, 성삼문 같은 이보다도 훨씬 후배지마는 덕으로나 학으로나 시문으로나 명성이 쟁쟁하였다. 이 때문에 수양대군이 그를 끌려 한 것이다.

수양대군이 권절의 집에 찾아가면 그는 예를 갖추어 영접하지마는 수양대군이 하는 말, 묻는 말에는 일체 대답을 아니하였다. 수양대군은 여러 가지로 국가의 형편과 자기의 뜻을 말하나 권절은 한 마디도 대답함이 없고 오직 손을 들어 귓가를 흔들며,

"소인 귀가 먹어 나으리 하시는 말씀을 한 마디도 들을 수가 없소이다."

할 뿐이었다. 수양대군은 혹은 우스운 말도 하여 보고 혹은 권절이가 들으면 성낼 말도 하여 보고 혹은 불의에 무슨 말을 물어 무심중에 권절로 하여금 입을 열게 하려고도 하여 보았으나 권절은 아무 소리도 들리지 아니한다는 듯이 창만 바라보고 딴청을 하였다.

수양대군은 그래도 기건이가 청맹과니가 아닌 모양으로 권절이가 귀머거리가 아닌 줄을 믿기 때문에 그 뒤에도 여러 번 권절을 찾았으나 마침내 대답을 듣지 못하고는 나중에는 한 계교를 내어 종이에다가 자기가 할 말과 권절에게 물을 말을 써가지고 권절의 집에 찾아가서 그 눈앞에 펴놓고 대답하기를 요구하였다. 권절도 여기는 질색하였다. 식자우환이란 이를 두고 이름이라고 땅을 빼고 난 뒤에 그 조카 권안(權晏)과 의논하고 서울에 있다 가는 마침내 몸과 집을 안보하지 못하리라 하여 고향인 안동(安東)에 숨어 출입을 끊고 말았다. 후일에 수양대군이 왕이 된 뒤에 지중추(知中樞)라는 벼슬로 불렀으나 미친 모양을 하여 응하지 아니하였다.

집현전 부제학 조상치(曺尙治)의 집에도 수양대군은 여러 번 찾아갔다.

조상치의 자는 치숙(治叔)이요, 호는 정재(淨齋)라고도 하고 단고(丹皋)라고 한다. 세종대왕 기해년에 생원문과(生員文科)에 장원(壯元)을 하여 집현전 부제학이 되었다. 젊어서 길야은(吉冶隱)에게 수학하여 성리학(性理學)에 공부가 깊어 일세의 추존을 받는 터이다. 태종대왕 때에 현량시(賢良試)에 으뜸으로 뽑히었을 적에 태종대왕이

그를 불러 보시고,

"네가 왕씨 신하 조신충(曹信忠)의 아들이냐?"

하고 기특하게 여기심을 받음으로도 유명하다.

그러므로 이때에는 조상치는 벌써 백발이 성성한 노인이었다.

수양대군이 찾아올 때마다 그는,

"나으리가 주공의 덕을 본받으시오."

하였다. 수양대군이 무슨 말을 하거나 그의 대답은 오직 이 한 마디에 그치었다. 이 한 마디 속에는 외람된 생각을 품지 말라는 뜻이 품겨 있는 것을 수양대군이 모를 리가 없다.

수양대군이 국가에 어려운 일이 많은 것을 말하고 이러한 난국에 처하려면 큰 사람이 필요한 것을 말하여 은연히 시국이 이대로 갈 수가 없는 것과 그 시국을 처리할 사람이 자기밖에 없는 것과 그러므로 나라에 뜻이 있는 사람은 자기를 도와야 할 것을 비추면, 조상치는 엄연히,

"국가에 어려운 일이 많되 의리가 무너지는 것보다 어려운 일이 없고 국가가 큰 사람을 기다리거니와 그 큰 사람은 의리를 으뜸으로 하는 사람이외다."

하고 듣기에는 비록 부드럽지마는 속에는 추상 열일 같은 무서움을 품은 대답을 하였다.

조상치의 말은 실로 사람을 감동케 할 힘이 있었다.

수양대군도 그 외 점잖고도 겸손하고도, 정당하고도, 엄숙한 태도와 말에 옷깃을 바르게 하지 아니할 수가 없었다. 그래서 비록 거절은 당하였더라도 사모하는 마음이 깊었다. 부왕 되시는 세종대왕의 지우를 받던 이라 하여 선생의 예로써 대접하였다. 도저히 그의 뜻을 빼앗을 수 없을 것을 알고 다시는 찾지 아니하였다.

그러나 조상치는 수양대군의 야심과 대세가 기울어지는 양을 살피고 시골에 돌아가 숨으려 할 즈음에 세조가 즉위하게 되었다. 조상치는 한 걸음 늦은 것을 한탄하였으나 병이라 칭하고 새로 즉위한 임금을 치하하는 하반(賀班)351)에 참예하지 아니하고 곧 사직하는 상소를 올리고 행장을 수습하여 영천(永川)을 향하여 서울을 떠나게 되었다.

세조는 조상치가 하반에 참예 아니한 것을 허물하지 아니하고 도리어 호조(戶曹)분 명을 내리어 동대문 밖에

---

351) 축하하는 의식에 벌여 서는 반열.

조석(祖席, 송별연)을 베풀게 하고 조신을 명하여 이 늙은 지사를 정송케 하였다.

이것이 물론 세조의 진정도 되려니와 그 밖에도 중요한 의미가 있다. 대개 조정재라 하면 명성이 전국에 높을 뿐더러 집현전 관계자들에게는 혹은 수십 년 오랜 친구요, 혹은 스승이라 할 만한 선비다. 이러한 조상치가 서울을 떠난다 하면 전별하고 싶은 이도 많을 것이나 단종대왕을 사모하여 금상을 아니 섬길 뜻으로 산수 간에 종적을 감추는 이번 길에 누가 감히 내놓고 그를 전송하랴. 세조는 사람들의 이 심리를 이용하여 그들에게 만족을 주려 함이다. 우리 임금이 이처럼 인재를 사랑하고 존경한다는 칭찬을 받는 것은 인심을 수람하는데 여간 큰 효험이 있는 것이 아니다. 사실상 그는 이만한 효과를 얻었다. 권세 잡은 이가 하는 일은 권세를 부리려하는 사람들에게 감격을 주기가 쉽다. 콧끝에 붙은 파리를 잊어버리고 아니 날리더라도 그것이 보통 사람인 때에는 신경이 둔한 놈이라 하려니와 높은 사람인 때에는 호생지덕이라 하여 마치 보통 사람은 하지 못할 일같이 높이는 것이다.

조상치가 영천으로 들어갈 때에 세조대왕이 송별연을

베풀게 한데는 이만한 효과가 있었다. 조상치를 평소에 경앙하던 사람들을 마음을 놓고 동대문 밖으로 나아가 송별연에 참예하였다. 이 송별연에 모인 사람들은 왕을 무서워하는 생각을 떼어버리고 가장 유쾌하게 마시고 말하고 읊조렸다. 조상치의 높은 명성도 더욱 높으려니와 왕의 아름다운 뜻도 더욱 빛나는 듯이 생각되었다.

나중에 지필을 내어 전송하는 시와 글을 쓸 때에도 사람들은 꺼림없이 각기 자기 생각하는 바를 썼다. 그중에는 이러한 구절이 있었다.

'瞻望行塵 卓乎難及'352)이라 한 것은 박팽년(朴彭年)의 말이요, '永川淸風 便作東方之箕潁 吾輩乃曹丈之罪人.'353)이라 한 것은 성삼문(成三問)의 말이다. 이 두 사람의 글 구절 중에 우리는 오는 날에 있을 일을 짐작할 것이다.

수양대군의 준비는 날로 갖추어 갔다.

어리신 왕의 좌우에는 왕의 심복이 될 만한 이는 하나도 없어지고 말았다. 왕이 오래 만나지 못한 혜빈을 사모

---

352) 행차하시는 티끌을 바라보자니 높아서 따르기가 어렵습니다.
353) 영천의 맑음이 나라의 기산영수가 되니, 저희는 어르신네의 죄인이로소이다.

하여 자개(者介)라는 궁녀를 은밀히 혜빈에게로 보내었더니 그것이 탄로가 되어 자개는 박살을 당하고 말았다. 왕의 외가댁인 화성부원군(花城府院君) 댁과 처가 되는 여량부원군 댁과도 전혀 내왕이 끊이고 말았다. 더구나 혜빈 궁에 갔던 죄로 자개가 박살을 당한 뒤로는 궁녀들은 모두 전전긍긍하여 왕께서 무슨 말씀을 내리시면 그대로 할 것인가 말 것인가 하고 겁부터 먼저 집어먹었다. 낮 말은 새가 듣고 밤 말은 쥐가 듣는다. 어느 구석에 어느 궁녀가, 또는 어느 내시가 수양대군 궁에서 요화를 받아먹는지 모른다. 그저 입을 다물어라, 이렇게들 생각하였다. 그러니까 궁중은 음산하고 적막하고 무시무시하였다. 열여섯 살 되시는 상감과 열일곱 살 되시는 왕후와 두 분이 호의를 가지지 아니한 사람들 속에 외로이 마주 앉으시었다.

왕도 울울불락하시어 내전에 납시는 일이 별로 없으시고 매양 무엇을 생각하시는 듯하시다가는 간혹 눈물을 떨구시는 일도 있었다.

왕은 소년 시대에 마땅히 있을 쾌활한 기운을 잃어버리고 말으시었다.

열여섯 살이던 종달새의 봄철과 같이 즐거운 때연마는

왕은 그러한 소년의 즐거움을 다 잃어버리시었다. 계유(癸酉)년 변(수양대군이 황보인, 김종서 등을 죽인, 소위 계유정난)이 있은 뒤로부터 이년이 못되는 동안이언마는 그 짧은 동안에 왕은 나이를 열 살은 더 지내신 듯이 노성하시었다.

독자는 다 아시거니와 왕은 결코 침울하신 천성을 타고 나신 어른은 아니시다. 비록 나시면서 어머니(처음에는 현빈이다가 돌아가신 뒤에 현덕왕후라 추숭을 받으신 권씨)를 여의시어 사랑 중에도 가장 큰 사랑이라는 어머님의 사랑은 맛보시지 못하였지마는 조부 되시는 세종대왕께서는 항상 팔에 안으시고 무릎에 놓으시어 곁을 떠나게 아니하시도록 귀애하시었고 부왕 되시는 문종대왕의 인자하신 사랑은 말할 것도 없거니와 세종의 후궁이요, 왕의 양육을 맡아서 한 혜빈은 기출이나 다름없이 어머니다운 사랑을 드렸다. 이러신 동궁은 은 궁중의 사랑과 위함의 중심이 되시지 아니하였던가. 그 양반이 원하시는 것으로 이루어지지 아니한 것이 있으며, 그 양반이 싫다 하신 것으로 직각에 치어지지 아니한 것이 있던가?

그때에 왕은 오직 놀고 즐거우시었고 오직 뜻대로 뛰시었다. 참 어떻게나 귀하게 소중하게 나고 자라신 어른이신가. 그렇지마는 삼년 내에 할아버님과 아버님을 다 여의시고 이제는 어머님을 대신하던 혜빈마저 만나기를 금함이 되시었다. 사모하시는 누님 경혜공주며, 매부 되는 영양위 정종도 무슨 큰일 때가 아니고는 만나심을 금함이 되었고 지금 세상에 살아 있는 사람 중에 왕께 대하여 가장 자애가 지극할 외조모되는 화산부원군(花山府院君) 부인 최씨(崔氏)와 만난 지도 벌써 일년이 넘는다. 외숙 되는 권자신도 예조판서로 있기 때문에 하루 한 번씩 조회에서 얼굴을 대할 뿐이요, 정답게 말 한 마디 붙일 수 없었다. 왕은 당신이 친근하게 말 한 마디라도 하시는 것이 그에게 큰 위험이 될 줄을 아신다.

나이가 열여섯 살이면 가장 그리운 것이 할머니, 아주머니, 누이 같은 정다운 친족들인 것은 임금이나 뭇 사람이나 다를 리가 없다. 그 아버님의 성품을 받아 애정이 자별하신 왕은 더구나 골육지정이 작별하시었건마는 이 소원조차 풀지 못하였다.

왕의 일언일동은 하나 빼지 아니하고 도리어 좋지 아니한 편으로 보태어서 수양대군과 정인지에게 소소하게 일러바치어지었다. 그래서는 대수롭지 아니한 일을 가지고 혹시는 수양대군에게, 혹시는 정인지에게 간한다고 말은 좋게, 듣기 싫은 책망을 받았다. 수양대군이나 정인지의 말대로 하면 왕은 문밖에 나가지도 말고 누구를 불러 보지도 말고 내시나 궁녀까지라도 가까이 하지도 말고 등신 모양으로 온종일 가만히 앉아 있어야만 한다. 그것이 임금의 체면이라고 한다.

이렇게 마음 펴지 못하는 세월을 보내시는 왕은 마치 사나운 계모 밑에 사는 며느리 모양으로 앳되고 숫된 기운이 사라지고 부자연하게 노성한 빛이 올랐다. 왕이 무슨 근심이 계시어(흔히는 수양대군이나 정인지에게서 불쾌한 소리를 들으신 뒤에) 문지방에 가슴을 대시고 멀거니 하늘을 바라보실 때에는 그 얼굴이 마치 삼십이나 넘은 사람의 태를 보이시었다.

혜빈이 아직 궁중에서 쫓겨나기 전에 왕의 이러한 모양을 뵈옵고 비감함을 이기지 못하여 목을 놓아 울었다고 한다.

외양에만 노성한 태가 도는 것이 아니라 눈치를 보시는 데나 마음을 쓰시는 데는 더욱 그러하였다. 마음이 그러하시므로 외양에 나타나는 것이다. 얼굴은 마음의 목록이라고 한다.

오월 십사일은 문종대왕의 첫 번 기신이다. 작년까지

는 상복이나 입고 있었건마는 금년에는 벌써 길복이다. 이것이 다 회구354)적인 왕에게는 슬픈 일이다. 그만큼 아버님은 더욱 멀어가는구나 하고 왕은 제복 소매가 젖도록 우시었다. 이 광경을 보고 아니 운 이는 수양대군, 정인지같이 목석같은 간장을 가진 사람들뿐이었다.

제사가 끝난 뒤에 왕은 오래간만에 경혜공주와 경숙옹주 두 분 동기를 만나 체면 돌아볼 새 없이 우시었다. 경혜, 경숙 두 분 누님도 가슴이 터지도록 울었다. 돌아가신 아버님을 우는 것보다도 외로우신 오라버님을 위하여 운 것이다. 궁녀 중에도 복바치어 오르는 울음을 삼키는 이가 몇 사람 있었다. 이 일이 또 후환의 비밀 중에 하나가 된 것은 말할 것도 없다.

이 일이 있은 뒤로부터 왕은 더욱 슬픈 마음을 가지시었다.

유월도 다 지나고 윤 유월 초생 어느 날, 왕은 더위를 피하시와 경회루(慶會樓)에 오르시었다. 이해에 날이 가물고 더위가 심하여 대단히 민정이 오오하였다.355)

왕은 난간 가으로 거니시며 흙 타는 연기라고 할 만한

---

354) 懷舊: 옛 자취를 돌이켜 생각하는 것.
355) 여러 사람이 원망하고 떠들다.

까만 기운이 안개와 같이 돌린 하늘 가를 바라보시며,

"이렇게 가물어서 백성이 어찌 산단 말이냐."

하고 한탄을 하신다.

"그러하오. 민정이 오오하오이다."

하는 것은 왕의 곁에 모신 내시 이귀(李貴)다. 이귀는 같은 내시 김충(金忠), 김인평(金印平)과 같이 항상 왕의 곁에 모시도록 수양대군의 명함을 받은 자들이다. 이들이 본래 아무 세력 없이 궁중에서 늙은 성명 없는 내시들이다. 본래 세종대왕 때부터 왕께 친근하던 내시들은 다 쫓겨나고 아무 능력 없는 내시들을 골라 왕을 모시게 한 것이다. 그러한 십여 명 내시 중에 이귀, 김충, 김인평 세 사람은 가장 왕께 충성을 가진 사람들이다.

"아랫녘에는 비가 왔다고 아니하느냐."

어저께 전라 감사의 장계(狀啓)가 오른 것을 보시고 하시는 말씀이다.

내시들은 대답할 바를 모르고 다만 허리를 굽힐 뿐이었다.

"이렇게 가무는 것이 임금의 죄라 하니 예로부터 그러한 말이 있느냐?"

"황송하옵신 말씀이오나 어디 전하께 죄라 함이 당하

오리이까. 천종지성이시고……."

김인평의 말이 끝도 나기 전에 왕은,

"너는 글을 모르는구나. 옛날에 대한 칠년 적에 탕 임금이 신영백모하고 이신위희생하사 도우상림지야 하시지 아니하였느냐."

하시고 깊이 탄식하시는 어조로,

"이 몸에 죄가 많아 음양이 불화하고 풍우가 불순하며 민생이 오오하니 어찌할꼬. 세종대왕 어우에는 이러한 일은 없었다고 하시지 아니하느냐. 모두 불초한 이 몸의 탓이로구나."

모신 내시들과 궁녀들은 다만 황송하여 허리를 굽힐 뿐이요, 아무 말이 없었다.

이윽고 내시 김충이가,

"젓삽기 황송하오나 소인이 듣사오니 이 음양순사시는 재상이 할 일이라 하오니 이것이 모두 대신의 죄인가 하오."

하고 이마가 마루청에 닿도록 한 번 허리를 굽힌다.

"소인도 그러한가 하오."

하고 이귀와 김인평도 말한다.

왕은 눈을 돌리어 내시들을 한 번 흘겨보시고 웃으시며,

"그런 소리를 하고 그 목이 몸에 붙어 있을까."

하고는 달리 엿듣는 자나 없는가 살피시는 듯 얼른 사방을 둘러보신다. 지금 이런 소리를 하는 내시도 염탐군인지 알 수 없고 또 저 궁녀들 중에도 왕께 가장 친근한체하는 자가 한명회의 끄나풀이 아닌지도 알 수 없는 것이다.

"소인의 모가지가 열 번 떨어지더라도……"

하고 주먹으로 눈물을 씻는 김충을 본 체 만 체 심서[356)를 진정하기 어려우신 듯이 걸음을 옮기시니 연당을 바로 내려다보는 서향 난간 앞에 와 발을 멈추시며,

"세종께옵서 여기 앉으시기를 즐겨하시었거든."

하고 추연한 빛을 띠운다.

"그러하오."

하는 것은 이귀의 대답이다.

"이맘때면 소인이 상가마마를 안아 받드옵고 세종대왕마마를 모시어 이곳에 있었사외다."

하고 늙은 궁녀 하석(河石)이가 눈물을 머금는다.

왕은 감개무량한 듯이 하석의 주름 잡힌 낯을 바라보시며,

---

356) 심회.

"그랬더냐. 내가 울지나 않더냐."

하시고 웃으신다. 적막한 웃음이다.

"전하께옵서는 어리신 적에도 성덕을 갖추시와 아프신 때가 아니면 보채실 일이 없었사외다."

"그랬으면 다행이다. 유모도 잠을 잤겠구나."

"황송하오."

왕의 유모 되는 궁비(宮婢) 아가지(阿加之)와 그의 남편 이오(李午)도 혜빈과 함께 궁중에서 쫓겨난 사람 중의 하나다.

"참으로 인자하옵시고."

"인정이 많으시와 누구 하나 책망하신 일도 없으시옵고."

이러한 늙은 궁녀 고염석(高廉石)의 말이나 젊은 궁녀 김수동(金壽同), 이막산(李漠山)의 말은 결코 왕께 요공357) 하는 말이 아니라 사실이었다.

왕은 더욱 비감이 새로워지는 모양이었다. 손을 들어 기둥과 난간을 어루만지며,

"세종께서는 여기 거니시기를 즐겨하시더니. 지금 계

357) 자기의 공을 스스로 드러내어 남이 칭찬해주기를 바람.

시더면 오죽이나 나를 귀애하시랴."

하시며 눈물을 떨구시었다. 그 말씀의 비창함이 듣는 사람의 창자를 끊는 듯하였다.

늙은 내시 김충은 어린 아이 모양으로 두 소매를 눈에 대고 흑흑 느껴 울었다. 다른 내시들과 궁녀들도 울었다.

이때에 내전 편으로서 사람들이 오는 모양이 보인다.

어떤 궁녀가 가만히 '쉬' 하는 소리로 다른 사람들에게 사람 오는 것을 알리매 내시들과 궁녀들은 얼른 고개를 돌리어서 눈물을 씻어버리고 가장 태연스러운 태를 보이었다. 왕도 눈물을 거두시고 인왕산 가으로 떠도는 구름 조각을 바라보았다. 한 나라의 임금의 몸으로 궁중에 있으면서도 바싹만 하여도 깜짝깜짝 놀라고 궁녀나 내시만 보아도 눈치를 슬슬 보지 아니하면 아니 될 당신의 가엾은 신세를 생각하면 하늘에 떠도는 구름조각이 부러웠다.

경회루로 왕을 찾아오는 이는 좌의정 정인지다.

인지는 공손히 손을 읍하여 눈앞에 돌고 추보(趨步)358)로 왕의 앞에 나아와,

"좌의정 정인지 아뢰오."

358) 총총걸음으로 빨리 달림.

하고 허리를 굽혔다.

왕은 난간을 잡았던 손을 떼고 돌아서시었다. 왕은 미간을 잠깐 찡그리었다. 또 무슨 귀찮은 소리를 하러 왔는고. 이번에는 또 무엇을 잘못했다는 잔소리를 하러 왔는고. 정인지가 와서 좋은 말이야 무엇이 있으랴 하여 인지를 보시기만 하여도 지긋지긋하시었다.

"좌상(左相)은 덥지 아니하오?"

하는 것이 인지에게 대한 왕의 첫 말씀이다. 이 고열에 듣기 싫은 소리는 말라시는 듯하였다. 인지도 이 외의 말씀에 어찌할 바를 모르고 잠깐 머뭇거리다가,

"황송하외다."

할 뿐이었다.

"삼남(三南)에는 비가 왔다 하오?"

하고 왕이 물으신다. 마치 인지의 입에서 말이 나올 새가 없이 미리 막아 놓으시려는 듯하다. 이것도 인지에게는 의외의 물으심이다. 실상 요사이 수양대군이나 정인지는 삼남에 비가 오고 아니 오는 것 같은 것은 생각해 볼 여가도 없었다. 그들은 요사이 야이계일(夜以繼日)359)로

---

359) 밤을 지새우면서 그 다음날까지 계속해서 일을 한다는 뜻으로 어떤 일을 아주 열심히 한다는 것을 가리키는 말이다. (출전:『孟子』「離婁下」)

어떤 중대한 일을 의논하노라고 나라 정사까지도 잊어버린 지가 오래다. 과연 금년 같은 한재는 국가에 큰일이다. 그러나 사욕에 골몰한 자들은 국가를 생각할 새도 없었다.

"황송하오나 아직 아무 장계도 오르지 아니하였소."

하고 인지는 등골과 이마에 구슬땀이 흐름을 깨달았다.

'총명하고 가련한 어린 임금' 이러한 생각이 인지의 마음속에 떠올랐다.

"비 온다는 소식이나 있다고?"

하고 왕은 실심한 듯이 또 앞에 구부리고 선 신하를 멸시나 하는 듯이 몸을 돌리어 인왕산 위에 뜬 구름장을 바라보시었다.

이윽고 다시 고개를 돌리시며,

"양서(兩西)360) 각 읍에는 비가 온다 하오?"

하고 둘째 번 물음을 인지에게 던지신다.

인지는 한 번 더 등과 이마에 구슬땀을 흘리지 아니치 못하였다.

"황송하오."

---

360) 평안도와 황해도를 아울러 이르는 말.

할 뿐이었다.

"황송 할 것 있소? 좌상같이 명철한 사람은 그런 것을 다 알고 있는 줄 알았지."

하고 왕은 다시 인왕산 구름장을 바라보신다. 구름장은 점점 높이 떠올라 삼각산(三角山)을 향하고 흘러간다.

"또 서풍이 부니 비가 올 리가 있나. 여름에 왜 서풍만 불어."

하고 뒤에 선 대신이 있는 것도 잊어버리신 듯이 멀거니 가는 구름만 바라보신다.

왕의 이러하신 태도는 결코 심상한 것이 아니다. 이것은 왕이 정인지에게 대한 적개심을 분명히 발로하는 표적이었다. 왕이 부왕과 조부께 대한 효성은 골육지친에도 뻗치어 누가 무어라고 하더라도 수양대군을 미워할 지경까지는 감정을 끌어가지 못하였다. 비록 수양대군이 당시에게 대하여 자애심이 부족한 숙부라 하더라도 충의의 절개가 부족한 신하라고까지는 생각하지 아니하시었다. 아니하시었다는 것보다 그의 천품으로는 못하신 것이다.

왕의 인자하신 성품이, 게다가 어리신 마음이 누구든지를 의심하거나 미워하는 법을 배우기는 심히 어려운 공부다. 그러나 지나간 삼년 간에 왕은 이 공부를 조금은 배우시어 근래에는 좌의정 정인지의 심사를 의심도 하고 미워도 하게 되시었다. 실상 왕에게서 모든 친한 사람과 편안한 마음을 빼앗아 간 것이 정인지의 손이 아니냐. 숙부인 수양대군을 참 미워 못하시는 왕은 그의 수족인 인지를 원망 아니 할 수 없었다.

정인지가 근래에 더욱 왕을 괴로우시게 하는 말을 아뢰고 가끔 일부러 왕의 화를 돋우는 말, 심지어는 왕을 멸시하는 듯한 말을 하는 것이 심하게 되어 아무리 하여도 왕은 정인지에게 대하여 호의를 가질 수가 없으시었다.

인지의 말에 왕이 못 들은 체하고 고개를 돌리시어 다른 데를 보시거나 좌우를 돌아보시고 다른 말씀을 하시거나 혹은 탑전에 부복한 그를 본체만체 하고 일어나 나오시거나 하시면(근래에 이러한 일이 수차 있었다) 그것이 또 임금의 덕이 아니라 하여 이른바 직간(直諫)361) 의 거리가 되었다.

왕은 한 번은,

"늙은이의 객쩍은 소리가 듣기 싫다는 것이 임금의 도

---

361) 바른 말로 직대하여 잘못을 간함.

리에 어그러진다 하면 임금의 귀에 거슬리는 객쩍은 소리만 하는 것은 신하의 도리에는 어그러지지 아니하오? 내가 나이 어리고 덕이 비록 박하지마는 선생의 가르치심을 글로 읽었고 선왕의 말씀을 이귀로 들어서 말의 옳고 그른 것과 사람이 충성되고 아니 된 것을 가릴 줄은 아오."

하시었다. '좌상의 말에 터럭끝만한 충성이 있다 하면 내 마음은 스승에게 대한 공손한 마음으로 그 말을 듣겠소' 하는 말이 복받치어 오르는 것을 그야말로 임금이 신하에 대한 체모에 어그러지는가 하여 꾹 눌러 참으시었다.

이 일이 있은 지가 삼사일 되었다. 그 동안 인지는 한 번도 왕께 무슨 말씀이든지 주달한 일이 없었다.

"오늘은 어찌 정가가 아니 오는고."

하고 저녁때마다 왕은 혼자 웃으시었다. 즉위하신 처음에는 왕은 지극한 존경과 신뢰로 정인지를 대하였다. 그는 정인지가 조부 세종대왕이 사랑하시던 신하일뿐더러 아버님 문종대왕이 스승으로 대접하여 당신을 부탁하신 사람인 까닭이다. 그래서 처음에는 인지의 귀 거슬리는 말도 충성을 쓸 말로만 여기었으나 임금의 총명하심은 인지의 품은 악의를 간파하여버렸다. 입으로는 이 소리를 하고 마음으로는 저 생각을 하는 줄을 간파하였고, 귀찮게 하는 소리가 모두 왕의 마음을 떠보거나 왕을 못 견디게 하려는 간계라고만 생각하시게 되었다.

삼사일이나 말이 없다가 오늘 이렇게 늦게 미복으로 경회루에 납신 때건만도 들어온 것을 보면 필시 대단히 듣기 싫은 말이 있는 모양이라고 왕은 생각하시었다. 왕의 눈과 궁녀들의 낯에 눈물 자국이 있는 것을 보았으면 그것이 또 이 충신의 말거리가 되리라 하고 처음에는 끔찍끔찍하고 지긋지긋하시었으나 몇 마디로 인지를 욕을 보이고 나시니 '제까진 것이' 하는 자포자기에 가까운 태연한 마음이 생긴다. 늙고 학식 많고 경험 많고 말솜씨나 일솜씨가 다 노련한 정인지라 하더라도 무서울 것이 하나도 없었다. 학문 토론을 하거나 꾀 겨룸을 한다면 몰라도 총명이나 예지나 말에 네게 질 내가 아니라 하고 왕은 혼자 마음속에 정인지는 땅바닥에 기는 조그마한 벌레같이 생각하신다.

정인지 역시 처음에는 군신지분과 때때로 무심중에, 무사한 때에 발로되는 사람인 양심으로 등과 이마에 땀도 흘리었으나 왕에게 이만큼 수모를 하고 나면 그의 악할 수 있는 정인지의 마음은 매 맞은 독사와 같이 **빳빳**하게 토라지었다.

좌의정 정인지는 흩어지려던 용기를 수습하여 아무리 한 감동할 만한 일에도 감동하지 아니하도록 피 흐르는 것을 보더라도 그 조그마한 눈을 깜짝도 아니하도록 굳게 결심하고 소리를 가다듬어,

"전하께 아뢰오."

하고 외치었다.

왕이 깜짝 놀라리만큼 그 소리가 여무지었다. 마치 갑자기 치는 쇠 소리와도 같았다. 왕은 인제 시작이로구나 하고 몸은 여전히 인왕산을 향하고 고개만 뒤로 돌리어 정인지를 보시었다.

"은밀하게 아뢰올 말씀 있사오니 청컨대 좌우를 물리시오."

하고 인지가 다시 아뢴다.

"은밀한 말?"

하고 왕이 반문하신다.

"은밀한 말이 무슨 은밀한 말이란 말이요? 또 내가 무어 잘못한 것이 있소? 내가 덕이 없어서 날마다 좌상에게 잔소리--아차 잔소리가 아니라 충간이라더라. 충간

을 듣는 것은 세소공지어든 곁에 사람이 있기로 어떠하오? 할 말이 있거든 하오."

하시며 왕은 몸을 돌리시어 곁에 놓인 교의에 걸터앉으신다. 견디기 어려운 일이라도 당하자구나. 아무려면 내게야 일 있겠느냐 하시는 태다.

인지는 딱한 듯이 약간 고개를 들어 좌우에 있는 궁녀와 내시들을 힐끗 본다. 그들은 상감님보다도 무서운 정 정승의 눈살에 몸에 소름이 끼치어 왕이 명하심도 기다리지 아니하고 서너 걸음씩 비슬비슬 뒤로 물러서다가는 그 후에는 좀 더 걸음을 빨리하여 기둥 뒤로 슬슬 몸을 감추어 버린다. 그중에 오직 김충(金忠)이가 까딱없이 본래 섰던 자리에 서서 좌의정 같은 것은 안하에도 두지 않는 듯이 태연하다.

인지는 참다못하여,

"너는 어찌하여 물러나지 아니하느냐."

하고 어전인 것도 꺼리지 않고 독이 있는 어성으로 김충을 꾸짖었다.

"어전에서 무엄하오."

하고 김충은 엄숙하게 인지를 흘겨보았다.

인지의 눈초리는 노염으로 빨갛게 상기가 된다. 이 순

간에 김충의 목숨이 어찌될 것은 결정이 되었다.

살기가 찬바람 모양으로 돈다. 조선 천하에 누가 감히 호랑이 같은 좌의정 정인지의 비위를 긁적거릴 자랴. 그의 비위를 거스리다가는 임금이라도 자리를 쫓겨날 그러한 세도 재상의 비위를 거스리는 김충의 이 순간의 행위는 무슨 큰 변이 일어날 조짐이라고 아니할 수 없었다. 인지의 전신에는 찬 기운이 한 번 돌았다. 그 기운은 마치 서리를 몰아오는 갈바람 모양으로 천지를 숙살할 기운이다. 인지의 이 기운과 김충의 저 기운과 그만 마주치어 버렸다. 그것은 큰 싸움의 시작이어니와 다 늙어빠진, 마치 벌레와 같이 천한, 한낱 내시 김충과 수양대군의 심복이 되어 군국 대권을 마음대로 잡아 흔드는 좌의정 정인지와의 씨름은 우습기를 지내서 기막히다고 할 만한 말 되지 않는 씨름이다. 옳은 것은 언제나 연약한 광대로 차리고 무대에 뛰어나와서 옳지 아니한 힘에게 찬혹한 피투성이가 되어서 거꾸러지어 구경군의 눈물을 자아내게 하는 것이 조물의 뜻이다--심술궂은 뜻이다.

왕은 김충을 향하여,

"물러 있거라."

하고 명을 내리시었다. 그제서야 김충은 약간 허리 굽은 몸을 끌고 비틀걸음으로 십수 보 밖에 물러섰다. 그러나 그의 껌뻑껌뻑하는 눈은 항상 왕의 몸에 있었다. 제 따위가 그리한 대야왕에게 무슨 도움이 되랴마는 오직 억제할 수 없는 충성이 그러하게 함이다.

"은밀한 말이라니 무슨 말이요?"

하고 왕은 김충이 물러나는 양을 물끄러미 보시고 그의 앞에 반드시 참혹한 죽음이 있을 가엾이 여기던 뒤에 인지를 향하여 물으시었다.

김충은 왕의 앞에서 물러나와 궁녀들 모이어 서 있는 곳을 지나가며 누구더러 말하는지 모르게,

"엿들어 보아야지."

하였다. 늙은 상궁하석(尙宮河石)이 얼른 김충의 말을 알아듣고 젊은 궁녀 수동(壽同)과 막산(漠山)을 눈짓하여 앞으로 가까이 불러 정인지 눈에 뜨이지 아니하게 몸을 숨기어 그 하는 말을 엿들을 것을 말하였다.

영리한 두 궁녀는 늙은 상궁의 뜻을 알았다. 만일 정정승에게 들켰다가는 철여의 모둠매에 뼈다귀 하나 온전치 못할 줄을 모름이 아니지마는 평소에 사모하던 왕을 위하여 몸의 위험을 무릅쓰고 하여드릴 일이 생기는 것이 도리어 기뻤다. 두 궁녀는 작은 가슴을 두군거리고 기둥

그늘에 몸을 숨기어 살랑살랑 정인지의 뒤로 가까이 들어갔다. 가는 길에 왕의 눈이 두 궁녀를 보았으나 그들의 뜻을 아시는 듯이 못 보신 체하였다.

왕은 비록 정인지의 입에서 어떠한 말이 나오더라도 태연자약할 결심은 하시었으면서도 그래도 무슨 말이 나오는가 하고 마음이 놓이지를 아니하였다. 그래서 태연 자약하려고 애쓰면 애쓸수록 마음이 산란함을 깨달으시었다.

정인지도 차마 말이 나오지 아니하는 듯이 입술이 열리려다가는 닫히고 열리려다가는 또 닫히었다.

"아뢰옵기 황송하오나 지금 국보간난(國步艱難)하와 내외다사(內外多事)하옵고 민심이 돌아갈 바를 몰라 유언비어가 항간에 성행하올뿐더러 간신 인(仁), 종서(宗瑞)의 여당이 아직도 경향에 출몰하와 불궤를 도모하는 모양이오니 이러다가는 아뢰옵기 황송하오나 역성지변(易姓362)之變)이 있을까 저어하오며 그러하오면 위로 태조대왕과 열성조(列聖朝)363)의 위엄이 일조에 오유(烏有)364)가 될뿐더러 무고한 창생이 도탄에 빠질 것이온즉

---

362) 나라의 왕조가 바뀜.
363) 여러 대의 임금의 시대.

지인지효(至仁至孝)[365]하옵신 전하께옵서 이 일을 어찌 차마하시리이까……."

정인지는 가장 지성측달한 어조로 이렇게 지금 나라 일이 위태한 뜻을 아뢰다가 말이 막히었다. 그것이 마치 차마 할 수 없는 말이 있는 듯하였다.

왕은 인지가 아뢰는 말씀을 들으시며 용안에 근심하는 빛이 가득하시어 하시다가 인지가 말을 끊으매 왕은 옥좌에서 일어나시어 두 손을 가슴에 들어 읍하시며,

"내가 부덕(不德)한 탓이요. 좌상이 이러한 충성된 말씀을 하거든 내가 앉아서 들을 수가 있소? 내가 부덕하고 또 유충(幼沖)하여 조종의 유업을 위태하게 하고 창생으로 하여금 도탄에 빠지게 한다 하니 내 지금 찬땀이 등에 흐르오. 그러나 다행히 숙부 충성이 하늘에 사무치고 좌상이 또한 경국 제세지재[366]가 있으니 부덕한 나를 보도(輔導)하여 대과(大過)[367]가 없도록 하오."

하시고 다시 자리에 앉으신다.

어리고 감격성이 많으신 왕은 정인지가 나라로 근심하

---

364) 있던 것이 완전히 없어져 버림.
365) 더없는 인자함 지극한 효도.
366) 濟世之才: 세상을 구제할 만한 뛰어난 재주와 역량.
367) 큰 허물.

는 말을 하는 것을 보시고는 지금껏 의심하고 미워하시던 생각도 버리시고 도리어 인지의 충성에 감동이 되신 것이다. 그러고 대신을 모만하신 생각을 후회하신 것이다.

인지도 왕의 말씀에 숨이 꽉 막히었다. 왕이 자기를 미워하시는 때에는 아무러한 말이라도 하기가 어렵지 아니하나 자기를 신입하시는 양을 뵈옵고는 그 어른의 가슴을 아프시게 할 말씀을 사뢰기가 매우 거북하였다.

그러나 요마한 인정(인지는 그것을 요마하다고 생각한다)에 구애하여 대공을 세울 기회를 놓칠 수는 없다. 왕에게 왕위를 내어 놓으라는 첫 마디는 꼭 자기 입으로 나오게 해야만 한다. 그렇지 아니하면 우의정 한확에게 그 공을 빼앗길 근심이 있다.

본래 수양대군이 정인지더러 왕께 퇴위하시기를 권하라는 부탁을 한 것은 아니다.

아무리 수양대군이 왕위에 야심이 있더라도 이러한 부탁을 자기 입으로 할 수는 없는 것이다. 마치 내가 왕이 되고 싶다 하는 말을 제 입으로 할 수 없는 모양으로 왕께 물러나시기를 청해 달라는 말도 제 입으로 할 수 없는 것이다.

이러한 때에는 다 그 뜻을 잘 알아차리는 사람이 있어

서 당자는 겉으로 싫다고 하여도 그 사람이 나서서 국가를 위하여 이리이리하지 아니하면 아니 된다고 서둘러야 하는 것이니 정인지가 곧 이 사람이다.

입 밖에 내어서 말은 아니하더라도 그야말로 이심전심으로 수양대군이 왕위에 야심이 있는 것을 그의 심복이 되는 총명된 부하가 알아차리었다. 그것은 권람과 한명회 두 사람이다. 하루의 반 이상을 수양대군 궁 밀실에서 살고 수양대군의 심중을 취찰[368]하기로 직업을 삼는 이 두 사람이 아니고야 어떻게 주공(周公)의 마음속에 성왕(成王)의 자리를 빼앗을 뜻이 있는 줄을 분명히 알아보랴.

수양대군이 왕이 미는 것이 두 사람에게 이롭지 못하다 하면 두 사람은 그 뜻을 알고도 모르는 체할 것이지마는 그것이 자기네에게 크게 이익이 되는 일이기 때문에 나서서 설도(說道)[369]를 하게 되는 것이다. 이 사람들이 자기의 뜻을 알아본 표를 보일 때까지에 수양대군의 마음이 얼마나 조급하였을 것은 진실로 동정할 일이다.

권람, 한명회가 수양대군의 야심을 확적히 안 뒤에 첫째로 할 일은 이 뜻을 두 대신--좌의정 정인지와 우의정

---

368) 살피어 헤아림.
369) 도리를 설명함.

한확에게 전하는 것이어니와 이 일도 어려우려면 무척 어려운 일이지마는 쉬우려면 또 무척 쉬운 일이다. 어떠한 경우에 이 일이 어렵겠는가 하면 그것을 전함을 받을 사람이 이(利)로 움직이지 아니할 사람인 경우다. 이러한 경우에는 그 사람을 휘어 넣으려면 그 일에 의리의 가면을 씌워야 하거니와 대단히 어려운 일이다.

그렇지마는 저편이 이에 움직이는 줄만 알면 거저먹기다. 마치 음탕한 계집을 유혹하는 것이나 다름없다. 슬쩍 눈치만 보이면 그만이다. 오직 한 가지 어려움은 분명히 입 밖에 내어 말할 수도 없고 더구나 무슨 증거가 될 만한 것을 뒤에 남길 수도 없는 것이다. 자칫 잘못하면 역적으로 몰려서 모가지가 날아날 일이다. 권람, 한명회는 이런 일을 목이 날아나게 할 사람이 아니다.

권람은 그 조부 권근(權近)의 반연으로 소시로부터 정인지와는 교분이 있었고 또 우의정 한확은 수양대군과도 친척간이어서 두 사람에게 수양대군이 속에 먹은 뜻을 전하기에는 편함이 많았다. 그러나 그보다도 정인지나 한확이나 다 이를 보면 따라가는 사람들이다.

권람과 한명회의 계책은 정인지, 한확 두 사람으로 하여금 공을 다투게 함이었다. 누구든 먼저 왕께 퇴위를 권하는 사람이 수공(首功)이 될 것은 말할 것이 없다. 그런데 이 일은 아무리 그들이라도 심히 어려운 일이었다. 아무리 그들이기로 인정이 없을 리가 없다.

어리신 임금을 생각하고 문종대왕의 고명하신 것을 생각하면 측은한 생각이 아니 날 리가 없다--의리라는 생각도 아니 날 리가 없다. 의리라는 생각을 떼어버리기는 그들에게는 어려운 일이 아니라 하더라도 인정을 발로 밟아버리기는 그들이라도 눈물 없이는 할 수 없는 일이었다. 될 수만 있으면 이런 못할 일은 아니하였으면 하는 것이 그들에게도 소원이다.

그렇지마는 수양대군의 뜻은 변할 리가 없은즉, 내가 아니하면 반드시 다른 사라이 하리라, 다른 사람에게 좋은 일을 시키느니보다도 내가 하리라, 내생의 지옥을 누가 보았더냐 하는 것이 정인지, 한확 두 사람이 마침내 도달한 심리였다. 이러한 결론으로 정인지가 한확보다 먼저 왕께 '물러납시오' 말씀을 아뢰려 들어온 것이다. 이윽히 잠잠하다가 마침내 좌의정 정인지는 입을 열었다.

"아뢰옵기 황송하오나 열성조의 위업을 보시와……"

인지는 또 열성조를 팔았다.

왕은 인지가 머뭇머뭇 어물어물하는 태도에 한참 동안

스러지었던 의심을 다시 품으시게 되었다. 변변치 못한 말은 아무리 꾸며도 당당한 기운이 없었다.

"이렇게 국보가 간난하옵고 또 전하께옵서는 비록 천종지성이시와도 춘추 어리시오니 국사로 보옵든지 전하께옵서 옥체를 한가히 하시기로 보옵든지 이때에 군국대사를 다른 사람에게 넘기시고 전하께옵서는 편안히 즐거우신 일생을 보내심이 옳을까 하오."

인지의 이 말을 왕이 차마 들을 수 있으랴. 왕은 인지가 말하는 뜻을 못 알아들으시는 듯이 실신한 사람 모양으로 물끄러미 인지의 조그마한 몸뚱이를 바라보실 뿐이었다.

인지는 말하던 김에 단단히 따질 필요를 느끼고,

"그뿐 아니옵고 만일 이대로 가오면 옥체에도 무슨 불측한 일이 있을지 알 수 없사오니 신자의 도리에 어찌 차마 보오리까. 그리하옵기 소인이 죽음을 무릅쓰고……."

왕은 인제야 인지가 하는 말이 무슨 뜻인지를 깨달은 듯하였다. 그러나 설마 그 뜻이랴 하였다. 왕이 아니시라도 아무라도 설마 그 뜻이랴 할 것이다. 그렇지마는 좌의정 정인지가 신자의 도리에 차마 앉아 볼 수 없어서 죽기를 무릅쓰고 사뢰는 충성된 말의 뜻은 결국 그 뜻이요, 다른 뜻은 아니었다.

"군국대사를 숙부에게 맡기었으니 이제 날더러 무엇을 다른 사람에게 주란 말이요?"

하고 왕은 인지의 참뜻을 알아보실 마지막 길로 이렇게 물으시었다.

"아뢰옵기 황송하오나 보위(寶位)를 수양대군에게 사양하시오."

하고 인지는 무서운 곳을 지나가는 사람 모양으로 눈을 꼭 감았다. 어디서 벼락이 떨어질 듯한 무서움도 있으나 대단히 어려운 곳을 지나온 듯한 안심도 있었다. '왕이 대노하시기로 제 나를 어찌하랴', 인지의 머리 속에는 이러한 생각이 지나간다. '이제는 왕은 벌써 거추장거리는 한 어린 아이다. 왕은 벌써 수양대군이 아니냐', 인지는 이렇게도 생각하여 자기가 저질러 놓은 일이 무서운 일이 아니라는 것을 스스로 믿으려 한다. 그리고 자기의 총명과 용기와 행운을 스스로 치하한다. 이러하는 동안이 실로 순식간이다.

"좌상이 나더러 왕위에서 물러나란 말이야."

하시고 왕은 옥좌에 벌떡 일어나시었다.

"나더러 부왕께서 전하여 주신 왕위를 버리란 말이야? 그것이 대신이 할 말이야. 그것이 어느 성경 현전에 있는 신하의 도리야? 정인지의 목에는 칼이 들어갈 줄을 몰라?"

왕은 용안이 주홍빛이 되시고 발을 구르시었다.

"숙부가 있거든 정인지를 시켜 이런 말을 하게 한단 말이냐. 누구 없느냐. 이리오너라! 역신 정인지를 금부로 내려 가두고 전교를 기다리라 하여라! 난신적자를 하룬들 살려둔단 말이냐. 요망한 늙은 것이 오늘따라 가장 충성이 있는 듯하기로 무슨 소리를 하는고 하였더니 언감생심 그런 소리를 한단 말이냐. 이놈 네가 선조의 녹을 먹고 고명하심을 받았거든 이제 이심을 품으니 천의가 없으리란 말이냐. 누구 없느냐. 이 역신을 끌어내는 놈이 없단 말이냐."

하시는 왕의 두 눈에서는 원통한 눈물이 흘렀다.

왕이 부르시매 궁녀들과 내시들이 모여 왔으나 아무도 감히 정인지에게 손을 대는 이가 없었다. 담나 눈들이 둥글하여 벌벌 떨 뿐이었다. 정인지에게 손을 대는 것은 마치 호랑이의 수염을 건드림과 다름이 없을 것이다.

정인지도 왕이 진노하심도 돌아보지 아니하고 좀 더 어성을 높이어,

"옛날로 말씀하여도 요, 순, 우의 상전(相傳)이 있었사

옵고 우리 나라로 말씀하더라도 태조대왕(太祖大王)께옵
서 정종대왕(定宗大王)께 선위(禪位)[370]를 하시왔고 정
종대왕께옵서는 또 태종대왕께 선위하시었사오며 또 황
조(皇朝)로 말씀하와도 건문황제(建文皇帝)께옵서……."
하고 왕으로 하여금 선위하는 일이 결코 전에 없는 일도
아니요, 또 흉한 일도 아닌 것을 해득하게 하려고 한다.
그러나 왕은 인지의 말이 끝나기도 전에,

  "선조 고명 받은 충신 정인지가 나를 요, 순을 만들려
는가."
하시었다. 인지에게는 실패는 없었다. 먼저 말만 떼었으
면 벌써 성공이어니와 한번 인지가 내어놓은 말은 반드
시 실현되고야 말 것이다. 그것은 인지의 힘이 커서 그런
것이 아니다.

  인지가 시세의 그러한 기미를 용하게 빨리 살피고 미첩
하게 그 기미를 자기에게 이익이 되도록 이용한 것이다.

  인지가 할 말을 다 하고 물려나간 뒤에 왕을 웅위하는
사람들이 일시에 목을 놓아 울었다. 경회루가 한바탕 울
음터가 되기는 실로 개구 이래에 처음이다.

---

370) 왕위를 물려줌.

왕은 인지의 말을 들으시고 인지를 질책하실 때에는 노성한 어른이시었으나 인지가 물러나가고 좌우가 우는 것을 보신 때에는 도로 열여섯 살 먹은 어린 고아시었다. 그래서 왕은 흑흑 느껴우시다가 궁녀들의 부측으로 정신 잃은 이와 같이 내전으로 돌아오시었다.

내정에서도 왕과 그를 따르는 사람들이 우는 양을 보고 모두 무슨 일이 생긴고 하여 황황하였다. 궁녀들은 섰던 자나 걸어오던 자나 다 발이 붙은 것같이 우뚝 서서 몸을 움직이지 못하였다. 근래에 궁중에는 불원간에 무슨 큰 변이 생기리라는 예감이 돌았다. 그 변이 무엇인지 아무도 감히 입 밖에 내어 말은 하지 못하더라도 속으로는 저마다 아는 듯하였으니 그것은 곧 어리신 왕의 몸에 관한 불길한 일이었었다.

"웬일인지 상가마마께옵서는 낙루하시며 드옵시오."

하고 지밀나인이 아뢰는 말에 왕후 송씨께서도 깜짝 놀라시와,

"낙루라니? 상감마마께옵서 어째 낙루를 하옵신단 말이냐."

고 계하로 뛰어 내리시었다.

왕은 내전에 들어오시는 길로 몸이 불편하다 하시고

좌우를 물리시고 자리에 누수시었다.

왕후는 뒤에 남아 왕이 비감하시는 까닭을 알려 하시었으나 아직 어리시고 혼인하신 지 일년밖에 아니 뒤 내외분이시라 왕후는 아직도 왕의 앞에서 수줍을 떼지 못하시어 직접으로 왕께 연유를 여쭙기도 어려웠다.

그러나 왕후는 상궁하석에서 오늘 경회루에서 일어난 일을 대강 들으시고 또 기둥 뒤에서 엿듣던 김수동, 이막산 두 궁녀를 부르시와 좌의정 정인지가 왕께 아뢰던 말과 왕께서 인지에게 하시던 말씀을 낱낱이 들어 기절하실 듯이 괴로워하시었다.

그러나 왕후는 궁중이 어떠한 곳인 줄을 아시었다. 낮 말은 새가 듣고 밤 말은 쥐가 듣는 곳이어서 무슨 말이나 행동을 마음대로 못하는 곳인 줄을 여자이니만큼 더 잘 아신다. 그래서 왕후는 눈물을 거두시고 좌우를 물리신 뒤에 지금 이 처지가 어떠한 처지인 것과 이 처지에서 할 일이 무엇인가를 생각하시기에 힘을 쓰시었다. 그렇게 태연하기를 힘쓰시었으나, "세상에 이런 말도 듣는 법이 있느냐." 하시고 왕후는 마침내 무릎에 엎드리어 우시었다.

그 슬픔은 구천에 사무치고 영원히 끝날 줄을 모르는

듯하였다. 왕의 자리를 물러남도 슬픔이려니와 남편 되시는 왕의 몸에 만일의 변이 미칠 것을 생각하면 천지가 캄캄해지는 듯하였다.

여자는 아무리 급한 때에라도 완전히 정신을 잃어버리는 일은 없고 반드시 이해타산을 할 여유를 가진다고 한다. 어리신 왕비로 이러한 때에 생각나시는 것은 친정 부모다. 아무리 어려운 처지에 있더라도 친정 부모에게만 알리면 무슨 도리가 있을 듯하였다. 부모라 함은 여량 부원군 송현수 내외다.

그러나 송현수에게 기별을 전하는 것이 용이한 일이 아니다. 궁녀가 대궐 밖으로 나가는 것이나 밖의 여자가 궁중에 들어오는 것이 비록 절대로 금함이 되었다고는 할 수 없더라도 거의 무망이었고 섣불리 하다가는 목이 날아나는 판이다.

그렇다고 하루라도 지체할 수는 없다. 왕후는 첫째 어느 나인을 붙들고 부탁할까 애를 쓰시었다. 평소에 보면 다 심복 같지마는 이런 중대한 일을 당하고 보면 다 의심스러웠다.

"설마 막산이야 어떨라고. 막산이보다 염석(廉石)이가 날까. 이런 때에 자개(者介)가 있으면 작히나 좋을까."

하고 혜빙 궁예 출입한다고 박살을 당한 자개를 생각하시었다. 염석은 하석(河石)과 같이 세종대왕 시절부터, 왕이 왕세손(王世孫)이라고 일컬을 때부터 왕의 곁에 모시는 늙은 상궁이요, 막산(漠山)은 수동(壽同)과 같이 금상이 즉위하시면서부터 왕께 친근히 모시는 젊은 궁녀다. 왕의 곁에 근시하는 궁녀들이 다 쫓겨나는 판에 이런 사람들은 특별히 눈에 뜨일 만하지 아니한 덕으로 이를테면 잘나지 못한 덕으로 오늘날까지 왕의 곁에 남아 있는 것이다. 그러니까 그녀들은 양전마마께서 보시면 가장 오래 낯익은 궁녀들이어서 특별히 귀애하심을 받았다. 그렇지마는 그들을 곧 믿을 수 있을까 의문이다. 그래도 이 사람들 밖에 더 믿을 사람이 없다.

왕후는 마침내 여러 사람이 눈에 뜨이지 아니하게 막산을 부르시어,

"막산이, 너 어려운 일 하나 들어 주련?"
하고 은근히 물으시었다.

막산은 왕후의 이렇게 은근하신 태도에 너무나 황송하여 머리를 조아리며,

"곤전마마께옵서 하라 하옵시면 소인이 물엔들 아니 들어가며 불엔들 아니 들어가오리까. 머리를 베어 신을

삼아 바친들 양전마마 태산 같으신 은혜를 갚을 길이 없사옵니다."

하고 눈물을 떨어뜨린다. 수동은 아까 경회루에서 생긴 감격이 아직 스러지지 아니하였다가

왕후의 심상치 아니하신 태도에 다시 불길이 일어난 것이다. 아직 왕후의 말씀이 무슨 말씀인지는 알지 못하거니와 그것이 대단히 중대한 것인 줄은 짐작하였다.

"어떻게 하면 오늘 일을 부원군 궁에 통할 수가 있겠느냐? 믿고 하는 말이니 네가 무슨 도리를 생각하여라."

하시는 왕후의 말씀을 듣고 수동은 이윽히 생각하더니,

"소인이 할 도리가 있으니 곤전마마는 염려를 부리시오. 오늘밤으로 이 말씀을 부원군궁에 통하도록 하오리이다."

한다.

"그러면 작히나 좋으랴. 그러하면 상감마마께 아뢰와 네 공은 후히 갚으려니와 너도 아다시피 이 일이 심히 큰일이니 만일 탄로되었다가는 필시 큰 변이 날 것이다. 네 목숨도 위태하려니와 잘못하면 부원군 궁에도 화가 미칠까 하니 부디 조심하여라."

하고 왕후는 적이 마음을 놓으시는 중에도 여자다운 자

상한 걱정을 하신다.

"곤전마마, 염려 부리시오. 쥐도 새도 모르게 하오리다."

"다행한 말이다마는 무슨 꾀가 있느냐. 어찌할 생각이냐. 그러고 오늘밤에는 꼭 되겠느냐. 나는 새라도 마음대로 출입하지 못하거든 네가 무슨 재주로 이 기별을 통하려 하느냐."

하고 그래도 왕후는 염려를 놓지 못하신다.

"그것은 염려 없사외다. 별시위(別侍衛) 댕기는 사람에 소인의 오라비의 친구 형제가 있사외다. 이 사람들만 만나서 부탁을 하오려 하오."

하고 막산은 왕후를 안심시키려고 여량부원군 집에 기별 전하는 방법을 말씀하였다.

왕후는 펄쩍 뛰신다.

"그것이 될 말이냐. 네 오라비 친구가 어떠한 사람이길래 이러한 부탁을 한단 말이냐. 별 시위나 댕기는 것들을 어떻게 믿고……."

"그렇지 아니하오이다. 그 사람네 형제로 말씀하오면 비록 벌레와 같이 천한 태생이오나 의리를 목숨보다 중히 아옵고 한 번 허락한 말씀이면 물불이 앞을 가리어도 변하지를 아니하오. 요새 정승, 판서님네는 사재사초(事

齋事楚)를 당연히 알아도 소인네 천한 무리는 그러할 줄을 모르오."

하고 막산은 기를 내어 자기네 계급이 충성됨을 변호한다.

"옛날에는 그러한 사람들도 살았다 하지만 지금 세상에도 있을까?"

하고 왕후는 반신반의하시었으나 막산의 충성을 믿고 만사를 맡겨버리고 말았다.

김득상(金得祥)은 아직 삼십이 다 차지 못한 젊은 별시위다. 키는 그렇게 큰 키는 아니나 구간(軀幹)371)과 사지가 모두 힘 있게 어울리게 붙고, 빛은 검을지언정 얼굴과 이목구비가 다 바로 박히어 날래고 굳센 기운이 미우에 가득하였다. 일신이 도시 양기덩어린 듯이 항상 유쾌하였다. 그는 동무들에게와 아는 여자들에게 사랑을 받았으나, 또 여간해서는 성을 내는 일이 없이 한 마디 '이런!' 하고 참아버리거니와 한 번 성이 나는 날이면 벼락 감고 호랑이 같았다. 아는 사람은 그를 독한 사람이라고 하였다.

궁녀 막산이가 이 김득상의 가장 절친한 친구 김덕산

---

371) 포유류 따위의 몸 가운데서 머리, 사지를 제외한 몸뚱이의 부분. 몸뚱이의 등걸, 곧 목으로부터 볼기까지를 말함(몸통).

(金德山)의 누이로 이 용사 득상과 봉 내외하고 다니는 동안에 깊이 사랑의 정이 들게 된 것은 가장 자연한 일이다. 궁녀된 막산이가 시집갈 수 없는 것은 물론이지마는 득상이도 아직 장가도 들지 아니하고 궁중 으슥한 그늘에서 때때로 막산을 만나 보는 것으로 만족히 여기었다.

이러한 사람의 친구는 몇 사람 되지 아니하나 사귄 사람은 다 형제와 같았다. 마음에 맞지 아니하는 사람은,

"저는 저요, 나는 나지."

하여 내어버리고,

"여보게 동관--"

하고 우댓조로, 혹은 왕심릿조로 한 번 반갑게 부른 뒤에 손으로 아프리만큼 어깨를 툭 치는 사이만 되면,

"어, 그럼세."

하고, 한 번 허락한 것이면 다시 두 말이 없고 어떤 친구에게 어려운 일이 생기면 내 일 내어 놓고 나서서 보아준다. 친구가 어느 놈한테 매를 맞았다는 소문을 들으면 그는 밥을 먹다가도 자다가도,

"이런 제길. 그놈의 정강이가 성해!"

하고 뛰어나선다. 그러는 날이면 저놈의 정강이나 내 정강이나 간에 하나는 부러지고야 만다.

만일 어느 친구가 친환[372]이 나거나, 내환[373]이 있거나, 아환[374]이 있거나 하여 돈이 없어 곤란한 것을 보아? 그는 곧 아내의 비녀, 속옷이라도 잡혀다가 도와준다.

그들에게는 왕께 대한 충성이 있다. 그러나 막산이 말마따나 벌레같이 미천한 계급에 태어난 그들로는 충성이 있어야 그것을 보일 기회가 없었다. 쥐가 사자에게 충성을 보이려는 것과 다름이 없다. 그러고 돈에도 팔리고 이름에도 팔리고 아침에는 왕가, 저녁에는 이가를 섬기는 무리들만이 충신열사는 도맡아 가지고 있다. 마치 소경이 보기를 맡은 것과 같다.

그날 밤은 마침 별시위 김득상이가 대궐에 번(番)드는 날이다. 밤 자정에 번을 들어 이튿날 오정에 나가게 되었다. 득상이 맡은 직책은 철여의를 들고 사정전(思政殿) 뒷마당을 지키는 일이었다. 사정전은 왕이 낮에 거처하시는 편전이어서 밤에는 그렇게 중요하게 지킬 필요는 없는 곳이지마는 그래도 군사 네 명이 전후좌우 사방을 밤새도록 지키게 되었다.

---

372) 부모의 병.
373) 아내의 병.
374) 자식의 병.

윤 유월 날은 밤에도 더웠다. 대궐 마당에도 모기가 앉았고 경회루 가초 끝에는 북두성 자루가 걸려 있다.

득상은 사정전 뒤뜰을 동에서 서으로 왔다가는 가고 왔다가는 가기를 수없이 반복한다.

크나큰 대궐은 어두움 속에 보면 하늘에 솟은 괴물 같았다. 득상의 발자취 소리는 저벅저벅 전각에 울린다.

"어느 새 반딧불이 났네."

하고 득상은 발을 멈추고 귀신의 등불 모양으로 파란 불을 껐다 켰다 하며 뒷담을 넘어 사정전 추녀 밑으로 날아가는 반딧불을 때리기나 하려는 듯이 손에 든 철여의를 내어둘러 보고는 또 걷기를 시작한다. 걷다가는 한 걸음 멈추는 것은 무엇이 들리기를 기다리는 것이다.

밤에 대궐 안에서 궁녀와 밀회한다는 것은 목숨을 하나만 가지고는 못할 일이다. 한 번 들키는 날이면 그 목숨은 간 곳을 모른다. 그렇지마는 어떤 때 사람의 사랑은 죽음보다 힘이 있다. 그래서 한 해에도 몇 사람씩 죽는 양을 보면서도 궁녀는 사랑의 뒤를 따른다. 크나큰 대궐 안에는 사랑하는 두 사람을 감출 만한 으슥한 담 모퉁이와 나무 그늘도 많다. 두어 마디 속삭거려 보고 손 한 번 마주잡아 보고 이것만으로도 사랑하는 사람들이 서로 만나는 것은 목숨 하나 내어낼 만한 값은 넉넉하다.

득상이와 막산이도 이렇게 만난다. 이틀에 한 번 드는 번이 삼추보다도 오랜 듯하였고, 또 번들 때마다 반드시 만나지는 것도 아니었다. 혹시 내전에서 (막산은 내전에 있는 궁녀니깐) 먼 곳에 번을 들게 되어도 만나기 어렵고 또 혼자가 아니요, 이삼인이 같이 있게 되어도 만날 기회는 적었다. 그런ㄷ 오늘 저녁 같은 때는 비교적 좋은 기회다. 득상은 혼자서

종용한 곳에 왔다 갔다 할 수가 있는 것이다.

이윽고 담 밖에서 자박자박하는 발자취가 들린다. 득상은 우뚝 선다.

"왔다! 왔다!"

하고 득상은 그 발자취 소리가 그리운 막산의 것인 줄을 안다.

득상은 가만히 뒷문을 나서서 담 그늘에서 몸이 호리호리한 여자의 팔목을 잡을 수가 있었다. 득상의 손바닥은 불같이 덥다.

"아무도 없소?"

하는 것은 어두운 속으로 앞뒤를 바라보는 막산의 말이다.

"그럼 없지. 누가 있어? 마마님 행차에 어느 놈이 얼씬

했다봐. 내님이 가만 두어?"

하고 득상은 막산이나 겨우 들을 말로 호통을 빼고는 씩 웃는다. 그러고는 자기도 안심이 아니 되어 서너 걸음씩이나 앞뒤로 왔다 갔다 하며 어두움 속을 살피고 나서는,

"아무도 없어. 원 이렇게 어두운 데가 세상에 어디 있담. 요렇게 내 곁에 섰건만도 우리 마누라 얼굴이 다 보이지를 않는걸. 어디 정말 우리 막산 아씨신가 어디 좀!"

하고 팔을 막산의 목에 걸어 잡아끌며 자기 얼굴을 막산에게로 가까이 대며,

"하하 분명히야. 분명히 우리 정경부인이신 걸. 왜 우리 마누라는 정경부인이 못되라는 법 있나?"

하고 그 무서운 용사가 마치 어리광하는 어린아이 모양으로 혼자 좋아라고 한다.

그래도 막산은 말이 없이 다만 색색 숨결만 빠르다.

"웬일이야? 말이 없어? 왜 무슨 걱정이 있나?"

하고 득상은 파흥이 되는 듯이 막산의 목을 팔에서 내어놓고 한 걸음 뒤로 물러선다.

막산은 가슴을 두군거리다가 마침내 말을 내었다.

"무엔지 큰일 났소. 오빠헌테 어려운 청이 있어."

"거 무슨 청이람. 말을 해 보아. 내 힘에 할 일이면야

동생 청 안 듣겠나."

친구의 누이라 하여 동생이라 하고 오라보니의 친구라 하여 오.라 부르는 것이다. 득상이가 농담삼아 '마누라'라고 불러도 막산은 노여하지 아니한다. 두 사람의 사랑이 깊고 깊어 내외나 다름없는 것은 사실이다. 그러면 막산이가 구실을 물러나와 득상에게 시집을 가버리면 그만이지마는 그들의 일이 그렇게 뜻대로 되기도 어렵다. 이 사람들은 그냥 두면 언제까지든지 어두운 구석에서 몰래 만나는 사랑의 생활을 보낼 것이다. 그들은 자기가 지금 처하여진 처지에서 벗어나려고 반항적인 노력을 할 생각이 나지 아니한다. 그들은 마치 식물과 같이 누가 어느 곳에 갖다 심으면 일생 그 자리에서 늙는다. 이렇게 평탄의 운명의 물결에 순종하는 백성도 이따금 험한 물굽이를 만나 바위 뿌다구니에 부딪치어 피거품이 되어버리는 수가 있다. 득상과 막산도 지금 그러한 경우를 당한 것이다.

"꼭 내 청을 들어 주지?"

하고 막산은 애원하는 듯이 득상을 바라본다.

득상은 의심스러운 듯이 좌우를 돌아보며,

"누구 엿듣는 사람 없을까?"

"엿듣기는, 우리네 따위의 말을 믿을 들어서는 무엇을 얻어먹겠다고."

하고 득상은 웃는다.

막산은 오늘 낮에 왕이 경회루에 납시었을 때에 일어난 일--정인지가 들어오던 일, 좌우를 돌리라던 일, 내시 김충이가 아니 물러나던 일, 자기가 수동이와 함께 기둥 뒤에 숨어서 엿듣던 일, 정인지가 왕께 여쭙던 말, 왕께서 진노하시던 일, 우시던 일, 자기네도 울었단 말. 그런 뒤에 왕후께서 막산이를 부르시와 여량부원군 댁에 기별을 전하라고 부탁하신 말, 그러고는 자기가 염려 없다고 장담한 말까지 여자다운 자세함으로 내려 말을 한 뒤에,

"그러니 내야 무슨 힘 있소? 그래서 오빠 말씀을 아뢰었지. 소인의 오라비의 절친한 친구에 김 아무라는 별시위 다니는 사람이 있습니다고, 그 사람은 의리를 보고는 사생을 불구하는 사람이라고, 그 사람께 말하면 오늘밤으로 부원군께 기별이 갈 터이니 염려 놓읍소사고. 그랬더니 곤전마마 말씀이 그러면 부디 그 사람에게 잘 몰하라고, 그러면 후히 상을 주시마고 그러신단 말씀이야요. 내가 잘못했지 오빠를 위태한 일에 천거해서 안 되었지?"

하고 정말 미안한 표정을 하였다.

"아니, 무어? 그놈이, 그 정가 놈이 상감마마께 어쩌고 어쩌고? 이놈을 당장에 때려 죽여야."

하고 득상은 은밀한 말인 것도 잊어버린 듯 소리를 냅따 지르며 철여의를 어두운 허공 중에 내어 두르고 금방 어디로 달려가기나 할 듯한 기세를 보인다.

"아이 여보!"

하고 막산은 잠든 사람을 깨우는 모양으로 득상의 팔을 힘껏 잡아 흔들었다.

이때에 고루(鼓樓)에서 사경을 아뢰는 복 소리가 둥둥 울려온다.

왕후의 친정인 여량부원군 송현수 집에서는 이런 줄은 알 까닭도 없이 상하 내외가 고요히 잠이 들어 있었다. 이러한 때에 별시위 득상이가 대문을 두드리었다.

만일 왕께서 나라의 실권을 잡으시었을 양이면 국구되는 여량부원군 집이 이렇게 소조하지는 아니하련마는 모든 권세를 수양대군에게 맡겨버리신 왕으로는 무엇 하나 마음대로 하시는 것이 없어서 그 처가댁 대문이 명색이 솟을 대문이지 줄행랑이라고는 대문 좌우에 단 한간씩 밖에 없었다.

내시 이귀(李貴), 김인평(金印平), 김충(金忠) 세 사람은 경회루에서 나오는 길로 각각 기회를 엿보아서 정인지가 오늘 왕께 아뢴 불충, 무엄한 말을 금성대군, 한남군(漢南君), 영풍군(永豊君)께 전하고 또 지중추 조유례(趙由禮), 호군(護軍)375) 성문치(成文治)에게도 김충이가 평소에 친밀하던 까닭에 이 일을 알리고 일이 심히 급하니 곧 무슨 조치가 있기를 청하였다.

궁녀 하석(河石), 고염석(高廉石) 등도 곧 사람을 놓아 혜빈 양씨에게 이 기별을 전하였다.

혜빈 양씨는 이 기별을 받는 대로 곧 왕의 외숙되는 예조판서 권자신에게 사람을 보내었다.

이러한 위태한 심부름을 한 이는 다 영민한, 충성된 여자들이었다. 혜빈의 심복으로 심부름을 한 이는 관노(官奴) 이오(李午)의 처 아가지(阿加知)다. 아가지는 왕이 어리신 적에 젖을 드린 연고로 줄곧 궁중에 있다가 수양대군에게 혜빈이 쫓겨나는 통에 같이 쫓겨나와서 혜빈궁에 붙이어 살며 밤낮에 왕을 생각하고는 울고 혜빈과 함께 후원에 칠성단을 모으고 왕의 만세를 빌고 있다.

---

375) 조선시대 오위(五衛) 소속의 정4품 무관직.

왕의 외조모 화산부원군 부인 최씨(崔氏)의 심복으로 이번 일에 심부름을 한 이는 아지(阿只)와 불덕(佛德)이라는 두 비자요, 왕의 장모 되는 여량부원군 부인의 심부름을 한 이는 내근내(乃斤乃)라는 아직 열여덟 살 된 비자였다. 그리고 궁중과 외간에 연락하는 일을 많이 하기는 내은(內隱), 덕비(德非), 용안(龍眼) 등 무당이었다. 세종대왕 시절에 내불당(內佛堂)을 폐한 뒤로는 궁중에 여승의 출입이 없어지고 그 대신에 무당이 출입하게 되었다. 혜빈도 무당을 믿는 이었었다. 혜빈이 궁중으로부터 쫓겨난 것이 무당들에게도 타격이었으나, 그래도 궁녀들이 사는 곳에 무당은 언제나 필요하였고 비록 혜빈이 궁중에서 쫓겨나 아무 세력이 없다 하더라도 내은, 덕비, 용안 같은 무당들은 오랫동안 혜빈의 비호를 받은 옛 정, 옛 은혜를 저버리지 아니하였다.

이 어려운 처지에서 왕을 구하여 내는 길은 오직 하나다. 그것은 곧 수양대군을 치어바리는 것이라 함은 누구나 생각할 바다. 금성대군이나, 송현수나, 권자신이나 또는 혜빈이나 정인지가 왕에게 선위하시기를 권하였다는 소식은 그리 놀라울 것도 없었다. 차라리 기다리는 일이 올 만한 때에 온 것처럼 심상하게 생각하였다. 그러할뿐더러 설사 이것이 놀라운 일이라 하더라도 그들에게는 군국 대권을 한 손에 잡은 수양대군을 저항할 아무 준비도 없었다. 금성대군, 한남군, 영풍군 세 분은 친형제연마는 아직은 서로 의심하는 처지다. 한남군, 영풍군 두 분은 다 혜빈의 아드님이요, 따라서 왕과는 숙질인 동시에 형제와 같이 자라났다. 그러기 때문에 누가 생각하든지 왕의 여러 분 숙부 중에 왕께 대하여 가장 큰 동정을 가질 이는 이 두 분이다. 이 점으로 보아서 이귀 등은 곧 이 두 분에게 정인지지가 왕께 선위하시기를 간하였단 말을 전한 것이다.

또 금성대군으로 말하면 왕의 여러 숙부 중에 가장 대의명분을 지키는 이일뿐더러 바로 석 달 전인 지나간 삼월에 금성대군 궁에서 화의군(和義君), 최영손(崔永孫), 김옥겸(金玉謙) 등이 모이어 사연(射宴)을 베풀었다 하여 금성대군이 수양대군의 말로 고신(告身)376)을 당한 것으로 보더라도 수양대군과는 서로 대적이요, 왕께는 충성과 동정을 가진 줄을 누구나 알 것이다. 그렇지마는 이렇게 외사가 일치하면서도 금성대군과 한남군, 두 분과는

---

376) 관원에게 품계와 관직을 임명할 때 주는 임명장.

서로 의사가 통할 지경은 아니다. 비록 형제라도 대군과 군과는 지위가 다르고 그럴뿐더러 왕의 집 형제들은 우리네 형제와 같이 친근할 수가 없었다. 그래서 서로 저편이 수양대군 편이나 아닌가 하고 의심하는 처지다.

송현수, 권자신, 금성대군, 한남군, 영풍군, 혜빈, 조유례, 성문치, 영양위 정종--이러한 왕의 편이 될 만한 이들은 아무 연락 없이 모래 알알이 흩어진 힘이다. 이 흩어진 힘이 얼마나한 일을 할까.

송현수, 권자신 두 사람의 관계도 그러하다. 송현수는 왕의 장인이나 수양대군하고는 소시부터 친한 사이다. 그러기나 하길래 수양대군이 그 딸로 왕후를 삼은 것이다. 지금도 송현수는 수양대군에게 친근한 대접을 받았다. 그리하기 때문에 금성대군이나 권자신 편에서 보면 송현수는 수양대군을 없이 할 의논을 함께 할 사람은 아닌 듯 하였다. 또 사실상 송현수는 그렇게 야심이 있고 수완이 있는 사람이 못되고 또 살신성인(殺身成仁)할 만한 충의의 열정이나 용기가 있는 사람도 아니다. 득상(得祥)에게서 왕후의 전갈을 듣고도,

"으응?"

하고 쓴 입맛을 다시었을 뿐이다.

"대감, 이 일을 어찌하시려오? 글쎄 이런 변도 있을까. 곤전마마가 얼마나 마음이 괴로우실까. 아이, 가엾으시어라. 글쎄, 대감 어찌하시려오? 그 정인지가 하는 놈을 가만 두신단 말요?"

하고 부인이 발을 굴러도 현수는,

"여보, 하인을 듣겠소. 지금이 어느 세상이라고 그런 소리를 함부로 하오?"

하고 시끄러운 듯이 팔을 내어두른다.

"어느 세상이면 누가 어찌할 텐가. 정인지가 제가 아무리 세도를 하기로 우리를 어찌한단 말씀이요?"

하고 그래도 부인은 호기 있는 소리를 한다.

"누가 정인지가 무섭다나?"

하는 현수의 말에 부인은,

"그럼 누가 무섭소?"

하고 약간 성을 내며,

"수양대군인들 무서울 것이 무엇이요? 다른 사람들은 부원군이 되면 무서운 사람이 없다던데. 대감은 왜 그리 못나시었소? 그래, 그러면 중전(中殿)께서 저렇게 대감이 도와드리기를 바라고 계시는 데도 수양대군이 무서워서 가만히 계실 작정이요? 아버지 정리에 어떻게 그러신

단 말씀이요?"

하고 현수를 몰아세웠다.

"그러니 어떻게 한담. 수양대군이 내 말 들을 사람인가. 공연히 섣불리 그런 소리 하다가는 봉변이나 했지 무슨 소용 있나. 다 운수지 운수야, 천운이 수양대군께로 돌아가는 것을 어찌하나. 설마 목숨이야 어떠하겠소. 비전하한테도 가만히 계시기만 하라고, 수양대군 눈밖에 났다가는 그야말로 무슨 봉변을 당할지 모른다고, 멸눈지환을 당한다고 말씀이나 하구려."

하고는 도로 자리에 누워 눈을 감는다.

부인은 애가 타서 공 튀듯 하였다. 따님의 장래를 생각하면 앞이 캄캄하였다. 남편이 어쩌면 저렇게 못났는고 하고 원망스러웠다.

"아이구, 이 일을 어찌하리. 대감이 아니하면 누가 이 일을 막아내리. 멸분지환? 그래 금상마마가 선위를 하시고 수양이 들어앉으면 대감 댁은 멸문지환을 안 당할 줄 아시오? 그때야말로 멸문지환을 당한다나…… 대감 같이 무골충377)이가 어디 있단 말이요? 사내가 왜 한번

377) 굳은 의지나 기개가 없는 사람을 비웃는 말.

나서서 수양의 역모를 막아내지를 못하고 무서워! 무서워! 가, 다 무엇이요? 부원군이 되어도 세도 한 번 못 부려 보고 무서워, 무서워하다가 멸문지환만 당하게 되니 이런 기막힐 데가 어디 있소?"

하고 발을 둥둥 구른다.

"허허, 글쎄 이게 무슨 요망이람. 이 밤중에 울기는 왜 울어? 멸문지환이란 소리는 왜 자꾸 외워? 방정맞게."

이렇게 내외 싸움만 벌어지고 말았다. 송현수는 아무 책동을 할 기미를 보이지 아니한다.

송현수가 그렇게 생각하면 부인도 어찌할 수 없을 줄을 알고 기운이 줄었다.

그러나 그대로 가만히 있을 수가 없다고 생각하여 비자 내근내(乃斤乃)를 부려 돈과 쌀을 주어 소경 나갈두(羅乫豆)에게로 문복을 보내었다. 한 번 신명의 뜻이나 알아보고 나서 일이 될 듯하다면 그 점괘를 가지고 한 번 더 대감을 졸라 보자는 뜻이다.

"아직 밝지도 아니하였는뎁시오?"

하고 내근내는 부인의 명령을 이상하게 생각하였다. 밤은 아직 오경도 아니 친 때다.

내근내근 부원군 부인의 말을 들어 이 일이 지극히 크

고 은밀한 일인 줄을 알고는 자기가 그러한 일에 관계되는 것을 만족하게 생각하면서 가마를 타고 뒷문으로 나아가 늙은 아비를 따라 사직골 나갈두의 집으로 간다.

나갈두는 당시 명복으로 모든 상류 가정의 부인들의 신임을 받아 문복하는 사람이 접종하는 판이었다. 여량 부원군 송현수 부인도 나갈두의 단골 되는 귀부인 중의 하나다. 내근내근 어리어서부터 부인의 심부름으로 이 집에를 다니었다.

소경 나갈두는 깊이 든 잠을 깨어서 내그내를 불러들였다.

"어디서 오시어소?"

하고 소경은 의심스러운 듯이 내객에게 물었다.

"아니 저 부원군 댁에서 왔는데."

하는 것은 소경의 아내다.

"오, 내근내야?"

하고 나갈두는 반가운 듯이 웃으며 소경이 흔히 하는 버릇으로 손을 내어 밀어 저편의 몸을 만지려 든다.

내근내는 나갈두의 손을 피하면서,

"부원군 부인 마님께서 보내시어서 금한 일로 왔으니 어서 소세378)나 하셔요."

하고 책망하는 듯한 어조다.

"무슨 문복하실 일이 있나?"

하고 소경은 약간 겸연쩍어한다.

"그저 젊은 여편네 소리만 나면 사족을 못 쓰지. 아이 흉해라, 병신 고운 데 없다고."

하고 마누라가 내근내를 향하여 눈을 실쭉하며 바가지를 긁는다. 나갈두의 아내는 좀 자색이 있고 천성이 음탕하여 소경 남편에게는 결코 충성된 아내가 아니었다. 그는 본래 안평대군 궁 비자로서 안평대군의 온 집안이 멸망하는 통에 어떻게 빠지어 나와서 돈 잘 번다는 장님 나갈두의 마누라가 된 것이다. 그래서 자기는 귀한 가문에서 생장하였다 하여 마치 제가 귀한 사람이나 되는 듯이 남에게 찾아오는 사람에게 자랑하고 교만을 부리었다. 이 음탕한 계집에게는 항상 한둘씩 간부가 있어 남편이 앞 못 보는 것을 기회로 여기고 다만 몸만 훔치어 주는 것뿐 아니라 나갈두가 벌어들이는 전곡도 훔치어 내었다. 그래도 노래에 혹한 젊은 계집 앞에 나갈두는 정신이 없었다.

---

378) 머리 빗고 얼굴을 씻음.

갈두는 소세하고 아내를 시켜 싸서 매달았던 돗자리를 내어 깔게 하였다. 이 돗자리는 어느 대가에서 문복하러 올 때에만 내어 까는 것이다. 그러고 수양대군 부인이 해주었다고 자랑하는 화류 점상과 궁중에서 나왔다는 (하사하신 것은 아니나 어찌어찌 굴려나온 것이다) 오동 향로 향합과 자주 명주 주머니에 넣은 거북.

상은 남향하여 놓고 소경은 상을 앞에 놓고 앉아서 거북을 두 손에 받들어 들었다 향로에서는 향연이 피어올라서 상 위에 양푼에 가득 담은, 내근내가 가지고 온 얼음 같은 백미와 그 앞에 은빛같이 닦아 놓은 놋종발 청수 그릇 위에 구름같이 안개같이, 어리어 신령을 청하여 내린다.

천지신명에 묻는 말씀은 이것이다.

지금 조정에 세도 잡은 간신이 있어서 신기(神器)를 엿보오니 장차 어디로서 어떠한 충신열사가 일어나서 외로우신 왕과 왕후를 돕사오리까 함이다.

"은밀히 은밀히."

라고 하면서 이러한 소리를 비자에게 통하고 노방에서 매복하는 소경과, 그 소경의 마누라에게까지 통하는 것은 진실로 여자의 어리석음이다. 그러나 따님이신 왕후를 생각하기에 골똘한 송현수의 부인은 남편인 대감을 믿을 수 없게 된 때에 천지신명에게 물어볼 수밖에 없었던 것이다.

나갈두는 이 심상치 아니한 큰 점에 대하여 어떠한 태도를 취할고 하고 거북을 두 손으로 움키어 받들어서 피어오르는 향연 위에 이윽히 머물게 하였다. 향불 연기는 점점 더 많이 거북을 싸고 올랐다.

내근내는 거북을 향하여 경건하게 일어나서 네 번 절하였다.

나갈두는 이윽히 거북을 공중에 흔들더니 문득 한 손으로 점상을 땅 하고 치며,

"사흘 안으로 거사를 하여야 한다. 사흘이 지나면 객성(客星)이 자미성(紫微星)을 범하는 괘라, 궁중에 곡성이 진동하고 나라의 주인이 바뀌리라 하는 것인데 나라의 주인이 바뀌면 국척(國戚)인들 무사할 리가 있나. 상감 외갓댁인 화산 부원군 댁과 곤전마마 친정되는 여량부원군 댁에 큰 화가 미치겠다 하는 괘요."

하고 나갈두는 신명의 뜻을 전하는 어조를 끊고 보통 어조로,

"나라에 큰 일이 있는 때에는 신하가 점을 아니하는

법이야. 점해서 쓸 데가 없거든, 정말 임금께 충성이 있으면야 오는 일을 미리 알아보아 무엇하나. 수인사대천명(修人事待天命)[379]으로 죽든지 살든지 할 일을랑 하고 보는 법이야. 일이 될까 아니 될까 점을 한다는 것이 말이 되나. 어, 세상도 말세로군."

하고는 입맛을 다시며 거북을 손으로 두어 번 쓸어 보고 자주 명주 주머니에 집어넣는다.

금성대군은 내시들의 내통으로 정인지가 왕에게 한 말을 들어 알았다. 그러고는 주먹을 들어서 서안을 치고 미친 듯이 소리를 질렀다.

"우리 집이 망하는구나!"

금성대군은 독자가 이미 아시거니와 왕의 숙부요, 수양대군의 친 아우님이다. 불행히 충의(忠義)와 강직(剛直)을 가지고 이 어지러운 세상에 태어나서 하루 가슴 끊지 아니할 날이 없다. 왕께 충성을 다하려면 골육의 형을 원수로 삼지 아니하면 아니 될 것이다.

안평대군이 돌아간 뒤로 종일 중에 그래도 수양대군과 겨눌 사람은 비록 나이는 어리나 금성대군 한 분 밖에

---

379) 사람의 힘으로 할 수 있는 일을 다하고 하늘의 명을 기다림. 즉, 하늘의 명을 따른다는 뜻으로 운명에 맡김을 의미함.

없었다. 그러하기 때문에 수양대군은 벌써부터 금성대군을 미워하여 가만히 사람을 놓아 그 행동을 살피어 안평대군 모양으로 처치해 버릴 기회만 엿보았다. 요전에 금성대군 궁에서 화의군이며 누구누구와 사연(射宴)을 베풀었다 하여 처벌을 당한 것도 이 때문이다.

오늘 들은 말과 같은 말이 있을 줄을 금성대군은 미리 짐작하였었다. 만일 진실로 이러한 일이 있다 하면 금성대군은 가만히 앉아 있을 수가 없었다.

금성대군은 신전에 아침도 아니 먹고 수양대군 궁으로 달려갔다. 금성대군이 수양대군 궁에 가기는 설에 세배 간 뒤로는 처음이다. 그래서 금성대군이 단신으로 말을 타고 여름 해가 아직 뜨기고 전에 달려드는 것을 보고 수양대군 궁 사람들은 놀랐다.

금성대군은 형님인 수양대군의 붙들어 앉히고,

"형님, 어저께 정인지란 놈이 상감께 선위하시기를 청하였다. 하니 이것이 정가 놈의 생각이요? 형님이 시키신 게요?"

하고 단도직입으로 질문을 발하였다.

수양대군은 안색을 변하며,

"네가 미쳤느냐. 그게 웬 소리냐."

하고 뚝 잡아떼었다.

"그렇거든 오늘로 정가를 삭탈관직하고 내어 베이시오! 그렇지 아니하면 정가가 제 마음대로 한 말이라 하더라도 세상에서는 형님이 시키신 것으로 알 것이요. 워낙 정가란 할 수 없는 소인(小人)이요, 간신이요. 그놈을 살려 두었다가는 형님까지도 누명을 쓰시리다. 어떻게 허실테요? 형님의 대답을 듣고야 가겠소이다."

하고 금성대군은 따지었다.

"상감 처분이지. 정인지가 대신이어든 낸들 어찌하나."

하고 수양대군은 어디까지든지 모르는 체한다.

금성대군은 형님의 진의를 의심하는 듯하는 눈으로 수양대군을 이윽히 바라보더니,

"형님이 그런 간신 놈들의 꾀에 넘어서 외람한 뜻을 두면 우리 집안은 망할 것이요. 금왕의 숙부로서 군국 대권을 다 잡으시었으니 무엇이 부족하단 말씀이요? 형님이 만일 잘못된 뜻을 품으시면 천하가 명고이공지할 것이요. 나부터도 형님의 목에 칼을 겨눌 것이외다."

하였다. 금성대군은 수양대군이 잡아떼는 것을 그대로 믿을 수가 없었지마는 그 이상 더 말해야 쓸 데 없을 줄 알고 다만,

"형님, 매양 주공으로 자처하지 아니하시오? 부디 주공이 되시오. 그러고 충의를 모르는 간신뱅랑 모두 물리치어 버리시오."

하고 물러 나왔다.

금성대군이 다녀간 뒤에 수양대군은 대단히 불쾌하였을뿐더러 또 놀래었다. 왜 불쾌한고 하면 안평대군이 없어진 뒤로 누가 감히 자기의 비위를 거스르지 못하더니 나이로 말하면 십사오년이나 어린 금성대군이 얼러대는 품이 안평대군 이상인 까닭이다. 괘씸한 것을 보아서는 당장 한 마디로 호령하여 버리겠지마는 금성대군의 말이 옳고 보니 옳은 말의 힘에는 수양대군의 패기도 고개를 들기가 어려웠다.

"허, 그것도 없애버려야 되겠는걸!"

하고 수양대군은 나가는 친 아우 금성대군의 뒷모양을 바라보며 생각하였다.

안평대군을 죽이자고 정인지, 권람, 한명회의 무리가 진언할 때에는 골육의 정도 생각하고 세상의 물도 염려가 되었으나, 한 번 이러한 일을 저질러 놓은 뒤인 오늘날에는 그것 다 우스웠다. '제왕가(帝王家)에서는 그러한 일은 예사요' 하고 권가, 한가들의 말이 과연 그럴 듯하게 돌리었다.

그것은 그렇다 하고라도 정인지가 어저께 경회루에서 벽좌우하고 왕께 아뢰었다는 말이 이렇게 빨리 외간에 흩어진 것이 놀랍지 아니할 수 없다.

"원, 누가 말을 내었담."

하고 수양대군은 매우 초조한 빛을 보인다. 왕이 사람을 시키어 누구누구 하는 사람들에게 정인지의 말을 전하였는가. 그렇다 하면 그 심부름은 누가 하였을까. 이 일을 금성대군 외에 또 누가 아는가. 수양대군은 이 생각 저 생각에 매우 신기가 불평하여 조반도 자시는 듯 말 듯하였다.

부인 윤씨가 수양대군이 수색이 있는 것을 보고 물었다.

"나으리 무슨 근심이시오? 천운이 나으리께 돌아 왔거든 무슨 근심이시오? 대사를 하시는 양반이 소소한 걱정을 버리시오."

이것은 수양대군이 무슨 근심을 할 때마다 그 부인이 격려하는 말이다. 더구나 '천운이 나으리께 돌아 왔거든' 하는 것은 입버릇 모양으로 반드시 하는 말이다. 부인의 이 말은 미상불 수양대군에게는 큰 힘이 되었다.

수양대군은 그렇게 굳굳한 사람이면서도 어느 한편 구

석에는 내약한 데가 있었다. 때로 그는 냉혹하기 철석같아도 때로는 또 더운 눈물을 흘리는 이였다. 윤씨 부인이며 정가, 한가, 권가 같은 이들이 돕지 아니하였던들 그는 제왕의 사업을 할 생각은 아니하고 외로운 조카님을 도와 주공을 본받았을는지도 모른다.

"벌써 누설이 되었구려."

하고 수양대군은 부인을 바라보았다. 부인도 잠깐은 놀란다.

수양대군은 금성대군이 와서 하던 말을 하였다.

"그거 누설되었기로 걱정하실 것 있소? 성사하면 더 말할 것 없거니와 만일 일이 틀어지면 정 정승이 한 말이니 정 정승께 밀으시오그려."

하고 부인은 태연하다.

수양대군은 부인의 바르지 못한 생각이 불쾌하여 입을 다물어버리었다.

식후에는 한남군과 영풍군이 와서 금성대군 모양으로 정인지를 엄벌하고 수양대군은 어디까지든지 주공이 되어서 어리신 상감의 몸과 자리를 옹호하여야 할 것을 말하고, 다음에는 또 송현수가 와서 그와 같은 뜻으로 수양대군에게 간청을 하였다. 송현수는 부인의 조름을 못 이기어 우선 수양대군한테 한 번 말이나 하여 보자고 오기 싫은 길을 온 것이다.

수양대군의 화는 상투 끝까지 올랐다. 은밀하게 한다는 노릇이 이렇게 그날 밤으로 누설이 되니 화가 아니 날 수 없다. 오늘 안으로 몇 놈의 모가지가 날아나고야 말 것을 수양대군은 생각하였다. 그 눈에는 살기가 있다.

한남군, 영풍군도 수양대군을 만나보고 나서는 분개하기는 하였으나 어찌할 도리가 없었다.

왕의 외숙 권자신도 속수무책이라고 생각하고 다만 일이 되어 가는 양을 볼 수밖에 없었다.

나이 많고 부인의 지혜를 가진 혜빈도 섣불리 이 사람 저 사람과 뜻을 통하다가 발각이 되면 한남군, 영풍군 두 분 아울러 자기 삼 모자가 화를 면하지 못할뿐더러 왕께까지도 누가 미칠 것을 알았다.

오직 따님을 생각하고 여량부원군 부인이 밖에서는 잠시도 가만히 있을 수 없고, 궁중에서는 내시 김충 등과 궁녀 막산 등이 발을 동동 굴러 애를 썼다. 그러나 경제가 엄중하고 염탐이 많아서 비록 뜻이 같다 하더라도 서로 의사를 통할 수가 없었다. 가까스로 여편네들이 새에 나서서 입으로 말을 전하였으나 힘 있는 대감네들이

겁을 집어먹고 쉬쉬 하니 수양대군을 반대하여 왕을 옹호하는 큰 운동을 일으킬 가망은 없었다.

이래서 온 하루 동안이나 왔다 갔다 하던 끝에 세워진 계획이란 것이 무당을 시키어서 수양대군과 정인지가 죽어버리도록 예방을 하는 것, 인왕산에 사람을 보내어 칠성과 산천에 왕과 왕후를 위하여 기도를 올리는 것 등이요, 가장 유력한 계획이라 할 것이 지중추(知中樞) 조유례(趙由禮), 호군(護軍) 성문치 등이 중심이 되어 일변 장사를 사서 수양대군과 정인지 등을 습격하고 일변 격문을 돌리어 천하에 민심을 일으키자는 것인데 금성대군을 머리에 떠받들려 한 것이다.

그러나 이러한 일이 다 준비도 되기 전에 김득상이 어제 밤 밖에 나갔던 것이 발각이 되고 경회루에서 정인지가 왕께 선위를 청하는 말씀을 아뢸 때에 먼 발체 모시고 있던 내시들과 궁녀들이 왕과 왕후의 목숨을 해하려 음모를 하였다는 혐의로 엄형 국문을 당하게 되었다. 김득상은 대장부라 뼈가 부러지어도 실토할 리가 없지마는 젊은 궁녀 막산이가 매에 못 이기어서 왕후의 명으로 김 득상에게 말 전한 이야기며, 늙은 상궁하석, 고렴석의 명으로 궁녀 수동과 함께 기둥 뒤에 숨어 정인지의 말을 엿들었단 말이며, 그 밖에 인왕산에서 기도하는 말, 수양 대군과 정인지를 저주한다는 말까지 다 일러 바치어버렸다. 다만 왕께서 시키더니 하여 시키시었다는 대답을 듣고 싶어 하였으나 그것은 대답하지 아니하였다. 또 조유례, 성문치 등이 하는 계획은 막산이가 몰랐기 때문에 말하지 아니하였다.

그래서 막산이가 실토하는 중에 든 사람들은 모조리 붙들려버렸다.

사건은 이만하고 말았을 것을 소경 나갈두의 처 변씨(邊氏)가 그 남편을 없애버릴 생각으로 그 정부요, 금부(禁府)에 나졸(邏卒) 다니는 홍갑룡(洪甲龍)에게 여량부원군 댁에서 이러이러한 일로 점치려 왔더란 말을 고하여서 내근내(乃斤乃)가 붙들리게 되고, 왕의 유모 아가지(阿加之), 권자신의 비자 아지(阿只), 불덕(佛德), 무녀 내은(內隱), 덕비(德非), 용안(龍眼) 등이 인왕산 기도소에서 붙들리게 되었다.

조유례, 성문치 등은 일이 탄로될 줄을 알고 조유례는 장사 김득성(金得誠)을 구종 모양으로 복색을 시키어 데리고 수양대군을 찾아가고, 성문치는 장사 윤갯동(尹金同)을 데리고 정인지를 찾아 갔다. 이것은 기회를 엿보아

각각 하나씩 때려죽이자는 꾀다.

수양대군은 조유례가 금성대군 문객인 줄을 알기 때문에 보지 아니하고 궁노를 시키어 그가 데리고 온 구종으로 차린 김득성을 묶어서 죽도록 때리라고 하였다. 이것은 조유례를 욕보이어 금성대군으로 하여금 분통이 터지게 하려는 뜻이다.

그러나 무예와 여력이 파인한 김득성은 감추었던 철여의를 내어둘러 달려드는 수양대군 궁노들을 수십 명이나 두들겨 누이고,

"역적 수양대군 나서라!"

소리를 치며 안으로 달려 들어갔다.

김득성이는 임금의 원수와 아우(김득상)의 원수를 한꺼번에 갚으려는 듯이 성난 범 모양으로 철여의를 두르며 수양대군 궁 안마당으로 뛰어 들어 간다. 만일 수양대군이 득성의 눈에 번뜻 보이기만 하였던들 득성의 성난 철퇴에 가루가 되고 말았을 것이다. 그러나 수양대군은 벌써 뒷문으로 도망하고 부인과 두 아들과 맏며느리 한씨(우의정 한확의 딸)와 여러 비복이 크게 놀래어 좁은 구석을 찾았다.

그래도 부대부인 윤씨가 태연히 대청에 나서서,

"이놈! 어떤 놈이완데 어디라고 무엄하게시리······이 봐라, 저놈을 끌어내어 단개에 때려죽이지를 못하느냐."

하고 소리를 지른다.

"어머님! 어머님!"

하고 열아홉 살 되는 맏아드님(이름은 숭(崇)--후에 왕세자 된 뒤에 이름은 장(暲)--이니, 후에 덕종대왕(德宗大王)이라는 추숭을 받았다)은 황황하게 어머니 윤씨의 소매를 끌어 만류하고 일곱 살 되는 둘째 아드님(이름은 평보(平甫)--아버지 수양대군이 왕이 되신 뒤에 이름은 황(晄)--세조대왕의 뒤를 이어 예종대왕(睿宗大王)이 되시었다)은 어머니의 치마에 매어달리어 득성을 바라보며 울었다.

부인은 두 팔로 두 아들을 안으며,

"이놈 어디 한 걸음만 올라서 보아라 천벌이 내릴 터이니!"

하는 소리에 득성은 기운이 꺾이었다. 어차피 인제는 죽는 몸이니 닥치는 대로 수양대군 식구를 때려죽이리라 하였더니 부대부인 위풍에 눌리어서 수양대군을 찾는 모양으로 뒤꼍으로 돌아갔다. 거기서 젖먹이(나중에 월산대군(月山大君))를 안은 수양대군 맏며느님 한씨를 만나 철퇴를 들었으나 때리지는 아니하였다. 그는 미처 뒷문을 다 나서서 못하여서 밖에 매복하고 섰던 수양대군 궁 호위하는 삼십여 명 갑사(甲士) 한 떼의 포위를 받아 반이나 죽도록 얻어맞고 잔뜩 결박을 지웠다. 조유례는 벌써 수족을 묶이어 문 밖에 넘어지어 있다가 득성이가 갑사들에게 끌리어 나오는 것을 보고,

"수양은 잡았지?"

하고 물었다.

득성은 못 잡았다는 뜻으로 고개를 흔들어 보인다. 흔들 때에 이마며 두 귀 밑에서 흐르는 피가 빗방울 모양으로 좌우로 흩어진다.

"으으응! 역적을 놓치었구나!"

하고 으쩍 깨문 것이 조유례 자기의 혓바닥이다. 수양대군을 못 죽이었으니 자기는 죽는 몸이어니와 죽기 전에 국문을 받으면 혹시나 정신없는 소리로라도 금성대군을 부를까 겁이 나서 차라리 말을 못하도록 혀를 끊어버린 것이다. 나이 오십이 넘어 빈발이 반백이나 된 조유례, 그는 결코 국은을 많이 받아 영달한 사람은 아니다. 그의 입에서 흘러내려 반백인 수염을 적시고도 땅바닥을 물들이는 피는 그의 임금께 대한 충성이다.

정인지가 왕께 선위를 청한 것보다는 조유례가 수양대군 궁에 야료한 것이 큰 변이다.

입으로 피를 흘리는 조유례와 전신이 도시 피투성이가 된 김득성은 반은 끌리고 반은 채워서 야주개와 황토마루를 지나 의금부(義禁府)로 왔다. 끌려가는 그들의 다리는 두 마디 세 마디로 부러진 듯하여 바로 서지를 못하였다. 아이들이 구경삼아 뒤를 따랐다.

금부에는 벌써 성문치와 윤갯동이 역시 반생반사가 되어 분들려 와 있다가 조유례 일행이 들어오는 것을 보고 실망한 듯이 고개를 숙여버렸다. 성문치도 장사 윤갯동을 데리고 정인지를 찾아 갔으나 정인지 집 대문과 사랑에는 수십 명 갑사가 옹위하고 있어 사람을 들이지를 아니하므로 성문치는 윤갯동을 데리고 병문 어귀에 숨어 있다가 정인지가 평교자를 타고 나오는 것을 보고 달려들었으나 정인지는 얼른 뛰어 내려 길갓집 행랑으로 뛰어 들어 가고 중과부적하여 붙들려온 것이다.

이튿날 우의정 한확, 좌찬성 이사철, 우찬성 이계린, 좌참찬 강맹경이 비청에 모여 이번 사건을 의논할제 영의정 수양대군과 좌의정 정인지는 일부러 의논에 참예하지 아니하였으니 그것은 그들이 직접 사건 관계자인 까닭인 것도 있거니와, 또 하나는 어저께 당한 일이 자못 창피한 까닭이기도 하다. 뒷문으로 도망한 수양대군이나 길갓집 행랑에 숨은 정인지나 결코 남보기 부끄럽지 않지 아니하였다.

수양대군과 정인지가 비록 이 자리에 있지 아니하다 하더라도 여기 모인 자가 다 그들의 심복인 것은 말할 것도 없다. 오직 한확이 정인지와 공명을 다투는 일은 있으나 수양대군과 정인지는 이번 사건의 책임을 왕과 왕후에게까지 돌리고 싶었으나 왕은 사실상 이번 일을 아시지도 못할뿐더러 아직 일반의 물론을 두려워하여 동지(同知) 중추(中樞) 원사(院事) 조유례(趙由禮), 호군 성문치를 역적으로 몰고 그들이 한남군(漢南君) 어, 영풍군 선(永豊君璇) 등과 부동하여380) 금성대군 유(瑜)를 왕위에 올리려고 한 것같이 꾸미었다. 이렇게 한 데는 이유가 있다. 수양대군과 정인지가 욕을 당하였다는 소문은 번개같이 퍼지어 '고소하다' '통쾌하다'는 생각을 주었기 때문에 만일 이제 조유례, 성문치를 대신할 습격한 죄로 다스린다 하면 세상의 동정은 도리어 조, 성동에게로 돌

380) 그른 일에 어울려 한통속이 되다.

아가고 수양대군과 정인지는 불이익한 처지에 서게 된다. 그러나 조, 성을 역적으로 몰면(그렇게 백성의 눈을 속일 수가 있을까) 몰지 못할 것도 없을뿐더러 자기네는 도리어 왕을 옹호하는 충성으로서 왕을 위하여 조, 성의 욕을 당한 것으로 볼 수가 있을 것이니, 이야말로 저편의 화살로 저편을 쏘는 격이다 하는 것이 권람, 한명회의 헌책이었고, 또 정부에서도 그럴 듯하게 생각한 것이다.

이리하여 조유례, 성문치는 고만이야 왕을 해하려던 음모자로 몰리고 혜빈 양씨, 금성대군, 한남군, 영풍군 등은 수양대군한테 찾아 갔던 죄로 조, 성의 머리라 하여 삼남 각처로 귀양을 보내었다. 전혀 애매한 사람을 차마 죽이지는 못한 것이다.

윤갯동, 김득성, 김득상, 왕의 유모, 이오(李午)의 처 아가지(阿加之), 궁녀 하석(河石), 고염석(高廉石), 김수동(金壽同), 김막산(金漠山), 내시 이귀(李貴), 김인평(金印平), 김충(金忠), 소경 나갈두, 송현수의 비자 내근내, 권자신, 비자 아지(阿只), 불덕(佛德), 무당 내은(內隱), 덕비(德非), 용안(龍眼) 등은 다 사형을 받았다.

이번 통에 요행으로 벗어난 것은 송현수와 권자신이니 이것은 부득이하여 면하여진 것이다. 왕이나 왕후가 수양대군을 없이하기 위한 일이면 왕의 외숙과 장인이 참예도 하려니와 금성대군의 무리가 왕을 없이하려고 하는 일에 그들이 관계할 까닭이 없을 것이다.

다만 하나 알 수 없는 일은 이번 통에 영양위 정종을 유배(流配)한 일이다.

어느 편으로 생각하더라도 그는 이번 사건에 관계한 형적도 없고 또 관계할 리도 없건마는 청천벽력으로 순천부(順天府)에 귀양을 가게 되었다. 정종이 귀양길을 떠나기 전에 경혜공주는 오라버님이신 왕께 마지막으로 하직이나 사뢰려 하였으나 국가의 죄인(?)으로는 그러한 특전을 허함이 될 리가 없었다. 그래서 한 어머니의 피를 나눈 단두 동기인 왕과 공주는 남북 천리에 이별하게 되었다. --그것은 영원한 이별이 되었다.

이 일이 있음으로부터 왕은 유폐(幽閉)되나 다름이 없었다. 궐내에서도 마음대로 출입을 못하시고 어느 한 전각에 계시라는 강제를 받아 왕은 항상 사모하옵는 조부 세종대왕께서 즐겨 거처하시던 자미당(紫薇堂)에 숨으시와 왕후와 마주 보시고 우시는 세월을 보내시게 되었다 --그러한 세월도 며칠이 없었다.

금성대군은 순흥부(順興府)에, 영양위는 순천부에……

이 모양으로 왕의 편이 될 만한 이들은 다 먼 곳으로 치어버림이 되었다. 왕의 곁에 모시던 낯익은 내시와 궁녀들조차 다 비평에 죽어버리니 궁중은 왕과 왕후에게는 지옥보다도 더욱 적막하였다.

"상감마마, 모두 소인이 경솔하와……"

하고 왕후 송씨는 당신이 이번 일을 저지르신 것을 왕의 앞에 후회하고 운다.

"이만만 하고 말겠소? 이보다 더한 일이 올 터이지. 그렇게 눈물을 흘려서 되겠소. 마음을 철석같이 가지고도 견디어내이기가 어려울걸. 그렇지마는 불서(佛書)에도 인생은 헛된 것이라 하였고, 또 속담에도 우리 인생이 한바탕 꿈이라 하였으니 꿈이 오래면 얼마나 오래요? 그저 가위 눌린 줄 알고 지납시다그려."

왕은 이러한 말씀을 하신다--마치 인생의 쓴 맛 단맛을 다 보고난 노성한 사람 모양으로. 그러나 언제나 이렇게 태연한 생각으로 계실 수는 없었다. 원래 인자하신 성품에 왕후가 슬퍼하시는 것을 보실 때에는 웃는 얼굴을 지으시고 불경 생각도 하시어 태연하신 태도로 위로하는 말씀도 하시지마는 그것도 한때지, 혼자 촛불을 대하실 때나 어원(御苑)381)에 새소리를 들으실 때에도 눈물이 앞을 가리움을 금하실 수가 없었다. 조부님 생각, 아버님 생각, 용모도 기억하지 못하시는 불쌍하신 어머님 생각, 남편따라 죄없이 먼 시골에 귀양간 누님 생각, 애매한 원혼이 된 근시하던 내시와 궁녀들 생각, 믿던 숙부 수양대군 생각, 막막한 앞길, 가엾은 왕후의 신세, 모두 불길한 생각, 피눈물을 자아내는 생각뿐이다. 밤에 주무시다가도 경회루에서 정인지를 꾸짖으시던 꿈을 꾸시고는,

"이놈! 늙은 놈이! 그것이 임금 섬기는 도리냐."

하고 소리를 지르시고 목을 놓아 우시었다.

"상감, 꿈이시오, 꿈이시오."

하시고 왕의 옥체를 흔들어 깨우시는 왕후도 울음을 참으시노라고 입술을 물으시었다.

"내가 칼을 빼어서 인지놈을 치려는 서슬에 나를 깨우시었구려."

하시고 왕은 아까운 듯이 입맛을 다시었다.

잠을 깨어서 가만히 눈을 감고 계시노라면 죽어버린 늙은 김충, 김인평, 이귀 같은 내시들이며 수동, 막산 같

381) 궁궐 안에 있는 동산이나 후원.

은 젊은 궁녀들의 모양이 방안에 어른거리는 듯하여 몸에 소름이 끼침을 깨달으신다. 그러다가는 수양대군과 정인지가 횃불을 돌리고 칼 빼어 든 군사를 데리고 두 분이 주무시는 침전으로 들어와 두 분의 목에 칼을 겨누는 모양도 보인다.

왕은 이러한 불쾌한 환상(幻像)을 떼어버리려고 베개 위에서 머리를 흔드시고, 혹은 잠드신 왕후를 흔들어,

"마마 마마, 자오!"

하고 깨우시기도 한다.

그러한 때에는 두 분 사이에 무서운 생각이 나지 아니할 만한 말씀, 어리신 때에 지내시던 일, 혼인하신 후에 생긴 일 중에도 유쾌하던 일을 골라서 말씀하시나 어느덧 차고 무서운 현실 문제에 이야기 끝이 돌아와서는 눈물과 한숨으로, 그리고는 서로 위로하시는 말씀으로 끝을 맺고는 피차에 저편이 먼저 잠드시기를 기다리시었다.

한 번 왕께서 어떤 산 밑, 강가에 정결한 초당을 지으시고 농가 생활을 하신다는 꿈을 꾸시다가 깨어서 왕후를 깨워 그 꿈 말씀을 하시고는,

"그런데 꿈에 그 집에 마마는 아니 왔거든. 그 어째

아니 왔을까. 내가 있는데 마마가 아니 올 리가 있소?”

하고 웃으신다.

“새로 집을 짓는 꿈을 꾸면 흉하다는데.”

하고 왕후는 민간에서 들은 이야기를 생각하였으나 그런 말을 아뢰지 아니하고,

“김씨는 꿈에도 상감 곁을 떠나지 아니하였어요?”

하시고 잠깐 질투하시는 생각을 발하였다. 김씨라 함은 왕후와 동시에 권완의 딸과 함께 후궁으로 들어온 이니 김사우(金師寓)의 딸이다. 왕은 김씨를 특히 사랑하시는 까닭이다. 김씨는 가장 영리하고 아름다웠던 까닭이다.

“마마, 내가 왕위를 버리고 일개 농부가 된다면 마마는 어찌하려오?”

하고 왕은 더욱 잠이 달아나시는 모양으로 왕후께 농담 삼아 말씀하신다.

“상감께서 농부가 되옵시면 소인은 지어미가 되지 아니하오리까…… 그런데 왜 그러한 흉한 말씀을 하옵시는지.”

왕후는 심히 염려되시는 모양이다.

“농부 된다는 것이 흉한 말일까. 나는 왕가에 태어나지 말고 농부의 집에 태어났으면 하오. 농부들 속에야 수양

숙부와 같이 무정하고 정인지 모양으로 고약한 사람이 있을라고. 산에고 들에고 마음대로 다니고 백반종탕이라도 마음 편히 끓여 먹고 앉았는 것이 도리어 살찔 것 같단 말이요."

왕의 말끝은 흐린다.

"그야 상감께서는 인자하시와 백성을 생각하시기에 그러하시거니와……어찌하여 그런 슬픈 말씀만 하옵시는지."

하시고 왕후는 지극히 슬퍼하시는 모양으로 몸을 상감 무릎 위에 엎드리신다.

왕은 손을 들어 왕후의 등을 만지시며,

"농담이요. 부러 하는 말이요."

하고 위로하시나 왕후의 등을 만지시는 손은 떨린다.

왕은 일래에 심히 수척하시었다. 밤에 잠을 잘못 주무시고 수라도 원체 많이 잡수시는 편은 아니시지마는 요새 며칠 동안에 술을 드시는 듯 마는 듯하시었다. 그래야 왕후 밖에는 왕이 이러하심을 근심하여 드리는 이조차 없다.

내시나 나인이나 모두 권람, 한명회가 고르고 골라서 드린 것들이니 왕이나 왕후를 편안하시게 모신다는 것보다는 두 분의 동정을 염탐하고(설마 그렇기야 하랴마는) 도리어 일부러 두 분의 심사를 불편하시게 하는 듯하다. 그렇게까지는 아니 간다 하여도 지밀(至密)에 있는 이로는 두 분께 대하여 정성을 가지는 이는 극히 적었고 설사 있다 하더라도 그러 빛을 드러내는 것은 생명이 위태한 일이었다.

이렇게 불쾌하고 답답하고 외롭고 괴로운 세월을 보내시는 왕에게는 날마다 정인지, 신숙주, 이계전, 권람, 이사철의 무리가 번갈아 들어와서, 혹은 달래고, 혹은 타이르고, 혹은 가장 충신인 체하고 울며 간하고, 혹은 위협하여 수양대군에게 선위하시는 길 밖에 없는 것을 귀찮게 아뢰인다.

"또 그 말이야?"

하고 왕은 마침내 화를 내시게까지 되었다. 그러나 저 무리는 예정한 계획이라 화를 내시거나, 말거나 진노하시거나 말거나 그것을 교계할 바가 아니다. 왕을 귀찮으시게 하여 자리에서 물러나시게만 하면 그만인 듯하였다.

왕으로 하여금 선위하시게 한 공을 어떤 사람 하나에게만 돌리는 것이 못할 일이니 나도 나도 그 공에 한몫 끼이자 하는 것이 이 충신들의 심리다. 이대로 오래 가면 칼을 품고 달려들어 왕의 목을 베어들고 수양대군 앞에 공 자랑을 할 사람이 나올는지도 모른다. 그러나 아직은 너무 남보다 뛰어나는 공을 세우려다가 자칫하여 모가지를 잃어버리는 것보다는 바로 전 사람이 왕께 여쭌 말씀 정도보다 한 걸음만큼 더 나가게 하는 것이 약은 것이었다. 그래서는 갑보다는 을이 더 들으시기 어려운 말씀을 왕의 앞에 아뢰면 병은 을보다 한층 더 심하게 하고 다시 갑은 병보다 더 심하게 하여 이렇게 끝없이 들락날락 점점 더 무엄하게 되었다.

왕께서는 처음에는 괘씸하게도 무섭게도 생각하시었으나, 나중에는 그 무리가 모두 파리떼와 같고 모기떼와도 같아서 귀찮고 성가시기만 하시었다.

저놈들도 사람인가. 인형은 썼지마는 모두 개, 돼지만도 못한 놈들이다. 모두 더럽고 염치없고 음흉하고 간교하고 은혜 모르고 야멸치고……평소에 그렇게 번드르하게 공자, 맹자 다 된 듯이, 이윤(伊尹), 주공(周公) 다 된 듯이 글던 놈들이 일조에--일조에--일조에 똥 묻은 개가 다 된 것을 생각하시면 도리어 우스꽝스럽고 통쾌하였다. 이렇게 생각하시면 얼마큼 현실의 괴로움을 잊기도 하시었다.

아무리 여러 신하들이 성가시게 선위하시기를 아뢰어도 왕께서는 한결같이 물리치시었다.

그러나 하루는 정인지가 왕께 최후의 경고를 하였다. 그것은 왕께서 만일 자진하여 선위하시지 아니하시면 '국가를 위하여' 강제로라도 선위하시도록 할 터이니 생각하시라는 것이다. 이때에 정인지는 몸소 들어오지 아니하고 신숙주를 시키어서 말씀하게 하였다. 정인지가 몸소 예궐하지 아니하고 사람을 시킨 것은 실로 무례하였으나 그는 병탈을 하였고 또 그렇지 아니하더라도 이제는 왕께서 그런 것을 책하실 힘이 없으시었다.

신숙주는 정인지의 뜻을 아뢰고 나서는 자기 뜻으로 선위하심이 왕을 위하여, 국가를 위하여 가장 온편한 계책임을 아뢰었다. 다년 외교관으로 닦은 변설로 신숙주는 어리신 왕의 뜻을 움직임이 컸다. 그의 말은 마치 충성된 신하로서 임금을 위하여 눈물을 흘리며 부득이한 처분을 청하는 은근한 태도를 가지었다. 은근한 대도만 하여도 왕께는 한없이 고마웠다. 그동안 왕께 진언(進言)한 대관들은 군신의 분의를 지키는 것은 처음뿐이요, 왕께서 자기네 말을 거절하실 때에는 가장 무엄한 태도와 말로 지존을 위협하였다. 인정 반복이 어찌하면 이다지도 심하랴 하고 왕은 우시었다. 그런데 신숙주는 그래도 눈에 거슬리는 모야, 귀에 거슬리는 말은 아니하였다.

"저놈인들 내게 무슨 충성이 있으랴."

하시면서도 마치 목마른 사람이 물을 가리지 아니하는 모양으로 은근한 태도만이 고마웠다.

이때에는 왕은 신숙주의 아뢰는 말씀에 화도 아니 내시고 가만히 듣기만 하시었다. 신숙주도 왕께서 고개를 푹 수그리고 근심에 잠기신 것을 뵈올 때에 가슴에 측은한 생각이 움직이지 아니할 수 없었다. 숙주의 청량한 기억 속에는 왕께서 왕손으로 계실 때에 세종께서 품에 안으시고 집현전으로 오시와 자기와 성삼문, 박팽년 등을 바라보시고,

"이 어린 것을 부탁한다."

하시던 것이며 또 문종대왕께서(문종대왕은 신숙주의 무리와는 군신지의가 있을 뿐 아니라 죽마고우라 할 만한 친구였다. 문종이 동궁으로 계실 때에 얼마나 신숙주의 무리를 애경하시었다. 공부를 같이 하시고 사업을 같이 하시지 아니하시었던가) 승하하시기 얼마 전에 그때 동궁이신 왕의 등을 만지며 눈물겨운 말씀으로,

"부탁한다."

하시던 것이 역력히 생각난다. 그날 밤에 술이 대취하여 입직청에서 잘 때에 문종대왕은 손수 어의로 숙주의 무리를 덮어 주시지 아니하였던가. 이것이 얼마나한 은혜며, 얼마나한 우정인고. 그때에 숙주는 잠이 깨어 눈물을 흘리며,

"이 임금을 위하여 목숨을 안 버리고 어이하리."
하고 성삼문과 함께 맹세하지 아니하였던가. 그것이 겨우 삼년 전 일이다. 그런데 신숙주는 수양대군의 수족이 되어 선왕에게 고명받아 도와야 할 왕을 보좌에서 떠밀어내는 것으로 갚으려 한다.

"나도 뜻을 정하였으니 다시는 성가시게 굴지 말라고 수상(首相)과 좌상(左相)에게 말하오."
하시고 신숙주를 내어 보내시었다.

신숙주가 나간 뒤에 왕은 목을 놓아 통곡하시었다. 자미당 첩문을 나서다가 신숙주는 왕의 곡성을 듣고 추연히 배회하였다. 그러나 그는 대세가 이미 이리 된 바에 부질없이 왕께 동정하는 양을 보이다가 장래에 화를 사는 것이 극히 어리석은 일인 것을 깨닫고 빨리빨리 걸음을 옮기어 무서운 데서 달아나는 사람과 같았다. 이날 이때의 말할 수 없이 슬픈 인상은 일생 신숙주의 가슴을

떠나지 아니하고 그를 괴롭게 하였다. 그가 임종(그는 오래 살지도 못하였다)에 가장 괴로움 받은 것이 이때 생각이었다.

왕후는 불시의 곡성에 놀라시었다. 이날에 두 분은 마주보고 마음 놓고 우시었다. 자미당에서는 느껴 우시는 소리가 온종일을 두고 때때로 울려 나왔다. 비록 무심한 내시들과 궁녀들도 비감하지 아니할 수가 없었다.

그러나 이 날에 왕은 마침내 큰 결심을 하시었다.

하룻밤을 울음으로 지내신 왕이 잠을 이루시기는 짧은 여름밤이 다 지나고 훤하게 먼동이 뜰 때였다. 왕은 옷도 끄르지 아니하시고 안식에 비스듬히 기대신 체 그만 잠이 들어버리신 것이다. 왕께서 잠 드시는 것을 보고야 왕후께서도 눈을 붙이시려 하였다.

그러나 왕후는 마침내 잠이 드시지를 못하시었다. 그것은 왕께서 슬퍼하심의 심한 것이 염려될뿐더러 또 왕께서 어떠한 결심을 하시었는지 조금도 발설치 아니하는 것이 근심이 되었다. 어떠한 생각을 하시느냐고 물으시기도 어렵고다만 한 마디 한 마디 눈치만 떠보려하나 왕께서는 털끝만치도 왕후에게까지도 뜻을 보이심이 없으시었다. 그것이 왕후의 가슴을 아프게 하였다.

다만 왕후에게 한 가지 대견한 것은 이러한 큰 슬픔이 생긴 뒤로부터 왕이 왕후께 대한 애정이 눈에 뜨이게 깊어짐이다. 어리어서 혼인하신 까닭도 있지마는 왕과 왕후는 그리 정다우신 내외분은 아니시었다. 왕후가 다소 샘을 가지시는 바와 같이 후궁 김씨에게 대한 애정이 더 많으시었다. 그러하던 것이 최근에 와서는 눈물겹도록 왕후를 측은히 여기시었다.

싱상 왕에게 이때에 애정이니 무엇이니 할 여유가 없으시었지마는 이러한 인생의 어려운 일, 아픈 일을 당하시매 본래 인정을 통찰하는 밝은 마음을 가지신 왕은 임금이라는, 사람이 만들어 놓은 지위를 뛰어나서 벌거벗은 사람으로 사람을 대하시는 경계를 터득하신 것이다. 이 때문에--정인지 같은 사람까지도 측은히 여기시는 마음을 가지는 양반이시기 때문에 왕은 남보다 갑절 인생의 슬픔을 맛보시는 것이다.

왕은 인정이 많으심으로나 인생을 속 깊이 통찰하심으로나 시인(詩人)이시었다. 그러나 시인만 되시었던들 다행일 것을 시인의 상상력으로 지어내기 어려운 큰 비극의 가장 비참한 주인공이 되시었다. 그래서 왕은 시인의 예민한 감수성으로 인생의 슬픔을 감수할 여가가 없이 당신 스스로의 아픔과 쓰림을 감수하시게 되었다. 그 어리고 연연하고 인자하고 깨끗하고 죄없는 몸이--마음이 이렇게 견디기 어려운 수난(受難)을 하심은 너무 애연한 일이다.

윤 유월 초십일. 가뭄은 아직도 끝날 바를 몰라서 대궐 마당에 풀 잎사귀도 노릇노릇 시들 지경이다. 대궐 추녀 끝에 지저귀는 참새들도 더위를 못 이기어 입을 벌리고 할딱거리고 먹을 것을 찾으러 나갔던 왜가리, 따오기도 헛걸음을 하고 어원 수풀로 돌아갔다. 더구나 날개도 흔들지 아니하고 마치 날개를 잊어버린 듯이 휘 공중에 떠도는 소리개의 백년 풍상에 다 떨어진 거무데데한 날갯죽지가 숨이 막히는 더위를 내어뿜은 듯하다. 경회루 연당에 비추이는 흰 구름 조각, 그 그림자에 흔들리는 가는 물결 그것조차 부글부글 끓어오르는 듯하거든 몇천 년에 두 번도 있기 어려운 큰 슬픔은--왕의 가슴이야 오죽이나 답답하시었으랴. 돌아보는 이 하나도 없는--참으로 하나도 없는 외로운 처지--잡아먹으려는 흉물에게 에워싸인 처지--그것은 백날 가무는 여름날보다도 더욱 숨 막히는 일이다.

그러한 윤 유월 초 십일 오정이 지나서 우의정 한확이

왕께 알현하였다. 사흘 만에 뵈옵거니와 왕은 몰라보게 수척하시어 진실로 차마 뵙기 어려웠다. 왕과 연배가 같은 자녀들을 둔 한확은 왕의 이렇게 초췌하신 양을 뵈옵고 측은한 정이 발하지 아니할 수 없었다.

"용안이 초췌하옵시니 옥체 미녕하옵시니까."

하고 한확은 진정으로 왕을 동정하였다. 실상 이번 선위 문제에 대하여 공이 정인지에게 돌아가 장차 세도가 그에게로 돌아갈 것을 생각하기 때문에 한확은 그윽이 불쾌하게 여기었다. 될 수만 있으면 이번 정인지가 머리가 되어서 하는 선위 문제를 방해하여 정의 세력을 때려 누인 뒤에 서서히 자기가 중심이 되어 문제를 해결하고 싶었다. 왜 그런고 하면 한확은 성격으로 보든지, 수양대 군과 인척 관계로 보든지 그보다도 그 딸을 명나라 황제의 후궁에 넣어 광록사(光祿寺) 소경(少卿)이라는 명나라 벼슬을 가진 것(이것은 당시에 큰 자랑이 아닐 수 없었다)으로 보든지 한확은 정인지의 하품에 서기를 달게 여기지 아니한다.

"몸보다 마음이 아프오. 마는 나 같은 사람이 아프거나 쓰리거나 경 같은 사람에게 무슨 상관 있소?"

하고 왕은 전에 없이 한확의 말을 빈정거리었다.

"황송하오."

하고 한확은 허리를 굽힌다.

"우상은 명나라에도 다녔고 명나라 벼슬도 하였으니 알 만하오마는 그 나라에서는 대신들이 무슨 일을 하고 있소?"

하고 왕은 이상한 말씀을 물으신다.

"하문합시는 뜻을 소신이 알지 못하오나 황조(皇朝)기로 신하의 도리에야 국조(國朝)나 다름이 있사오리까."

"같단 말요?"

"예, 같은가 하옵니다."

하는 한확은 어떻게 아뢸 바, 임금의 뜻이 무엇인지를 몰라 당황하였다.

"그러면 명나라에서도 대신들이 하는 일이라고는 번갈아 돌며 나며 임금더러 자리에서 물러나라고 하기로 일을 삼소?"

하시고 낭랑하게 웃으신다.

"소신이 지존 앞에 무슨 죄를 범하였사온지?"

하고 한확은 울고 싶도록 어찌할 바를 몰랐다. 그에게는 그만큼 내약한 구석도 있었거니와 또 왕이 이상하게 태연하신 태도로, 마치 노성한 사람 모양으로 풍자를 하시는 것이 모두 심상치 아니하여 그 태연하신 위엄ㅎ과 열일곱 살답지 아니하신 지혜에 놀린 것이다.

"우상이 무슨 죄가 있겠소? 세울 공을 못 세웠으니까 오늘 그 공을 세우려 왔나 보오."

"소신이 세울 공이 무엇이든지, 만일 소신더러 하라시는 일이 있다 하면 소신이 분골 쇄신을 하옵기로 견마지역을 다하려 하옵거니와 어리석은 소신이 무슨 일을 하올 바를 알지 못하옵니다."

왕은 한확의 말을 대수롭게 여기지 아니하는 듯이 눈을 들어 이글이글 불길이 일어난 듯한 뜰에 까치와 참새가 뛰어다니는 것을 바라보시다가 한확에게로 얼굴도 돌리지 아니하시고,

"흥, 내게 견마지역을 하여서 공될 것이 있소? 좌의정본을 받아서 새 임금 밑으로 돌아가야지……."

이때에 마당에 앉아서 무엇을 주워 먹던 참새 두 마리가 물고 차고 오르락내리락 서로 싸우는 것을 보시고,

"어, 조놈들이 왜 싸울까. 넓은 천지에 조그만 몸뚱이가 무엇이 부족해서 서로 싸울까. 요놈, 고얀놈들로고."

하시고 궁녀를 시키어 싸우는 참새를 날려버리라고 분부하신다.

한확도 고개를 들어 뜰을 바라보았다. 궁녀의 '후어! 후어!' 하는 소리에 싸우던 참새들은 싸움도 원수도 다 잊어버리고 날아서 지붕을 넘어버린다.

"새 임금이라 하옵시니 어쩐 말씀이시온지?"
하고 한확이 왕께 여쭙는다.

왕은 참새들이 날아가는 양, 붉은 잠자리가 오고 가는 양, 하늘의 구름, 모두 무상을 아뢰는 듯한 자연을 바라보시매 인생 만사가 다 귀찮은 것만 같이 생각이 되어 아까보다도 더욱 냉정하신 어조로,

"우상, 내가 만기(萬機)를 수양 숙부에게 맡기려오. 놓은 일이 있소. 정인지가 나를 내어 쫓은 공을 혼자 차지할 터이니 경이 가서 내 다짐을 받고 왔노라고 하오. 그것이 좋은 일이 아니오?"
하시고 또 하하 웃으신다.

한확은 엄연히 위엄을 갖추어,

"상감께 아뢰오. 아까 정인지가 새 임금 밑으로 돌아갔다 하옵시고 이제 또 만기를 수양대군에게 맡기신다 하옵시니 그것이 어찌한 말씀이옵신지? 수양대군은 이미 군국대사를 다 맡았사온즉 다시 더 맡기옵실 것은 무엇이오리까. 수양대군이 매양 주공되기로 자처하오니 혈마

이지를 품을 리 없사온즉, 모르옵거니와 좌의정 정인지가 무슨 무엄한 말씀을 아뢴 것이나 아니온지 도무지 소신은 어찌 아뢸 바를 알지 못하옵니다. 설사 조정에 딴 뜻을 품는 자가 있다 하오면 목을 베어 천하에 보이심이 지당하옵거든 만기를 맡기옵신다 하옵심은 어찌한 성의(聖意)이온지?"

하고 한확은 음성에는 충분(忠憤)이 떨리는 듯하다.

이튿날 왕은 정식으로 내시 전균(田鈞)을 우의정 한확에게 보내어, "予幼沖不知中外之事, 致姦黨竊發, 亂萌未息, 今將以大任傳付領議政."[382]이라는 뜻을 전하였다.

한확은 어제 아뢴 대로 그러시지 마시기를 전균을 통하여 계청하였다.

그러나 왕의 뜻은 굳었다.

"내 전일부터 이 뜻을 가지었노라. 계교 이미 정하였으니 가히 고치지 못할지라. 속히 모든 절차를 차비할지어다."

하시는 교지를 다시 내리시었다.

---

382) "내가 나이가 어리고 중외(中外)의 일을 알지 못하는 탓으로 간사한 무리들이 은밀히 발동하고 난을 도모하는 싹이 종식하지 않으니, 이제 대임(大任)을 영의정에게 전하여 주려고 한다."

이날은 단종대왕 삼년 을해(乙亥) 윤 유월 십일일이다.

이왕 선위를 하지 아니치 못할 것이면 정인지 배에게 위협을 당하여 창피한 꼴을 당하느니보다는 차라리 정정당당하게 내 편에서 내어던지리라 한 것이 왕의 생각이었다. 이 생각을 내시느라고 왕은 지난밤에도 잠을 이루지 못하시고 몇 번을 우시었다. 우의정 한확에게 선위하신다는 전교를 내리신 뒤에는 부랴사랴 간략한 노부(盧簿)로 종묘에 하직까지 하시었다.

신시(申時)!

정원(政院), 정부(政府), 육조(六曹)할 것 없이 대신으로부터 아래 서리(書吏)에 이르기까지 난리를 당한 모양으로 끓었다.

신시!

백관은 경회루(慶會樓) 아래로 모였다. 아무도 가슴만 두근거릴 뿐이요, 입도 벙긋하지 못하였다. 하늘이 무너지는 큰일이 생기지 아니하느냐, 발가락만 달싹하여도 무슨 큰 변이 날 것만 같았다.

부슬부슬 안개비가 온다. 음산한 바람이 이따금 연당에 마르나 남은 물에 가는 물결을 일으킨다.

승지(承旨) 성삼문(成三問)은 명을 받아가지고 내시 전균(田鈞)을 데리고 대보(大寶)를 가지러 상서원(尙瑞院)으로 달려간다.

삼문이 대보를 내시 전균에게 돌리고 경회루로 돌아올 때에 사정전(思政殿) 뒷문 밖에서 도총부 관노(官奴)를 만났다. 관노는 삼문에게 절하고 종이 조각 하나를 전한다.

도총부 도총관으로 입직(入直)한 삼문의 부친 성승(成勝)의 필적이다. 다른 말 아무 것도 없고,

"참인가."

하는 두 자뿐이었다. 물론 오늘 왕께서 선위하신다 하니 참이냐 하는 뜻이다.

경회루 밑 박석 위에 아무 것도 깔지도 아니하고 남향으로 옥좌를 설하고 앞에는 정원(政院), 정부(政府), 육조(六曹), 집현전, 사헌부, 사간원의 중요한 대관들이 모였다. 그들 중에도 오늘 무슨 일이 있는지 분명히 아는 이는 몇 사람이 되지 아니하였다. 다만 왕께서 급히 부르신다고만 들었을 뿐이다. 물론 무슨 일인지 속으로는 다 알았다. 그처럼 창졸간에 이 일이 생겼다.

나중에 수양대군이 좌의정 정인지를 데리고 위풍이 늠름하게 뚜벅뚜벅 걸어 들어왔다. 수양대군이 들어오는

것을 보고 대관들은 모두 약간 허리를 굽히어 경의를 표하였다. 모두 마음이 그를 무서워하는 생각이 났다. 수양대군은 일동을 휘둘러보고 옥좌에서 댓 걸음 앞에 읍하고 섰다.

이렇게 기다리기 한참. 음산한 바람만 이슬비를 돌아 연당 위로 오락가락한다.

이윽고 왕이 사정전 뒷문을 납시와 초췌하옵신 용안이 경회루를 향하시고 옥보를 옮기시었다. 상감으로는 마지막 걸음을 걸으시는 것이다.

왕은 익선관(翼蟬冠), 곤룡포(袞龍袍)를 갖추시었다. 감개무량하신 모양으로 경회루와 연당과 인왕산을 한 번 돌아보신 뒤에 약간 걸음을 빠르게 하시어 권설한 옥좌에 좌정하신다.

수양대군, 정인지, 한확을 비롯하여 대소 관리가 다 이마가 땅에 닿으리만큼 허리를 굽힌다.

승지(承旨) 성삼문(成三問)은 대보를 안고 옥좌에서 두어 걸음 오른편에 시립하였다.

이날에 문관만을 부르고 무관을 부르지 아니한 것은 수양대군의 의사다. 무신의 곧고 굳센 성정이 이 광경을 보면 어떤 변을 일으킬는지 모르는 까닭이다. 도총관 성승이나, 훈련도감 유응부나, 용양위(龍驤衛) 대호군 송석동 같은 이는 수양대군이 이날에 꺼리는 사람 중에 가장 중요한 사람이요, 금영대장(禁營大將) 봉석주(奉石柱)도 반드시 수양대군의 심복이라고 할 수 없었다.

권람은 이조판서로, 한명회는 어느덧 병조판서로 모두 불차(不次)383)로 엽등하여 의기양양하게 수양대군 뒤에 서 있다.

우찬성 강맹경은 계유 사변에 도승지로서 수양대군에게 황보인, 김종서의 계획을 일러바친 사람이요, 그 밖에 옥좌 앞에 늘어선 대소 관인들은 다 수양대군이나 정인지와 무슨 인연이 있는 사람들이다.

신숙주가 온 것은 물론이요, 승지(承旨), 사관(史官)이 시립하고 박팽년도 집현전에 입직하였다가 불리었다.

박팽년은 성삼문, 하위지 등과 아울러 수양대군이 자기 사람을 만들려고 애쓰는 사람들 중에 하나다.

왕은 태연하려 하시나 그래도 흥분한 빛을 감추지 못하여 손을 가만 두지 못하시었다. 사람들은 무슨 처분이 내리는가 하고 숨도 크게 쉬지 못하였다.

---

383) 순서를 따르지 않는 인사 행정의 특례.

왕은 일어나신다. 그 아름다우신 얼굴가 빛나는 눈!

"영의정!"

하고 낭랑한 음성으로 부르시니 수양대군은 서너 걸음을 추보(趨步)384)로 옥좌 앞으로 나와 부복한다.

"오늘 대임(大任)을 숙부께 맡기오."

하시고 예방승지 성삼문을 향하여 국새(國璽)를 올리라는 뜻을 보이신다.

성삼문은 두 팔로 받들었던 옥새를 힘껏 부둥켜안고 그만 실성통곡한다.

수양대군은 부복하여 있다가 머리를 들어 성삼문을 흘겨본다.

삼문은 두 눈에 눈물을 거들 수도 없이 왕명을 거스르지 못하여 슬행(膝行)하여 국새를 받들어 왕께 드린다.

왕은 삼문에게서 국새를 받으시와 수양대군에게 전하신다.

시립한 사람들 중에서는 느껴우는 소리가 들린다. 한확이 눈에서는 눈물이 흘렀다. 비록 밖에서는 왕의 선위를 주장하던 무리라도 손에 옥새를 들고 서 계신 왕을

---

384) 빠른 걸음으로 달림.

우러러뵈옵고 그 심사를 미루어 볼 때에는 눈물이 아니 흐를 수가 없었다.

수양대군은 이마를 조아려 세 번 사양하였다. 그러나 마침내 일어나 옥좌 앞에 꿇어앉아 왕의 손에서 국새를 받아 들고 어찌할 바를 모르고 다시 부복하였다. 수양대군도 마음이 설레고 눈물이라도 흘리고 싶었으나 조금도 슬프지 아니하였다. 손에 오랫동안 바라고 바라던 옥새가 있지 아니하냐. 이것은 꿈이 아니라야 한다.

왕은 명하여 수양대군을 부축하여 나가게 하라 하시고 당신도 모든 시름, 모든 무거운 짐을 벗어 놓은 듯이, 그러나 얼빠진 사람 모양으로 옥좌에서 일어나시어 왕이 위의도 다 끝났다 하는 듯이 걸어 나가신다.

박팽년은 억색하여 안색이 죽은 사람 같더니 왕이--인제는 왕이 아니시다--듭신 뒤에 경회루 연못에 빠져 죽으려 하였다. 그러다가 성삼문에게 붙들린 바 되었다.

"이 사람, 참으소. 비록 신기(神器)는 옮기었다 하더라도 상감께서는 아직 상왕(上王)으로 계옵시니 우리네는 아직 죽지 말고 할 일이 있지 아니한가. 그리다가 성사가 아니 되면 그때에 죽더라도 늦지 아니할 것이 아닌가. 이 사람아 참으소."

하고 손을 마주잡고 통곡하였다.

남산과 낙산에 무지개가 서고 인왕산 머리에 걸린 햇빛이 구름 틈으로 흘러 경회루와 울고 섰는 두 사람을 비추인다.

수양대군은 곧 근정전(勤政殿)으로 올라가려 하였으나 다시 생각하고 대군청(大君廳)으로 나왔다. 이때에는 벌써 수양대군이 아니요, 상감마마시어서 백관이 좌우에 시립하고 군사가 겹겹이 시위하였다. 일각이라도 지체할 수 없다. 일변 집현전 부제학 김예몽(金禮蒙)을 시켜 선위(禪位), 즉위(卽位)의 교서(敎書)를 봉하게 하고 일변 유사(有司)를 시켜 근정전(勤政殿)에 헌가(軒架)를 베풀어 즉위식 차비를 시켰다. 그 동안이 실로 순식간이다.

수양대군은 미리 준비하였던 익선관(翼蟬冠), 곤룡포(袞龍袍)를 갖추고 위의 엄숙하게 백관의 옹위를 받아 근정전 뜰로 돌아가 수선(受禪)385)하는 의식을 마치고는 정전에 올라가 옥좌에 앉아 백관의 하례를 받고 이내 사정전(思政殿)에 들어가 상왕(上王)께 뵈오려 하였으나 상왕은 받지 아니하시었다.

---

385) 임금의 자리를 물려받음.

그날 밤으로 왕(수양대군)은 근정전에 대연을 배설하고 백관을 불러 질탕하게 노시었다.

오늘밤에는 군신지분을 파탈하고 놀자. 누구든지 마음대로 마시고 마음대로 노래하고 마음대로 춤추라, 무슨 일이나 허물치 아니하리라 하시었다. 그리고 왕이 친히 잔을 들어 정인지, 신숙주, 강맹경, 한확 같은 공신들에게 술을 권하고 좀 더 취하게 되매 몸소 무릎을 치고 노래를 부르시었다.

신하들도 한없이 기쁜 듯하였다. 아까까지는 영의정이요, 같은 신하였지마는 지금은 삼감이 되신 수양대군이 손수 권하시는 술잔을 받을 때에 황송하고도 감격하여 눈물을 흘리는 자까지 있고, 우리 성주(城主)께 충성을 다하리라고 술 취하여 어눌한 음조로 맹세하는 것은 저마다였다.

질탕한 풍악이 울려올 때에 사정전(思政殿)에 계옵시던 상왕(上王)께서는 왕대를 돌아보시고 말없이 낙루하시었다. 새 임금을 모시고 질탕하게 노느니 옛 신하들은 흥겨 옛 주인을 생각할 여유가 없었다. 어떻게 하여서라도 새 임금의 마음에 들자, 어떻게 하여서라도 옛 임금을 사모하는 표를 보이지 말자 하고 그들은 없는 취흥도

돋우었다. 더구나 정인지, 강맹경 같은 사람들은 회색이 만면하여 새 임금의 성덕을 칭양하였다.

권람과 한확 같은 무리는 여러 사람들 새에 끼어 앉아서 술을 마시고 즐기는 체하면서도 누가 불편한 기색을 가지는가 하고 속으로 치부하여 두었다. 그중에 성삼문, 박팽년의 무리 같은 것은 말할 것도 없다. 만일 이 자리에 허후(許詡)나 살아 있었던들 한바탕 풍파를 일으켰을 것이나 그러한 노인은 이미 씨를 끊었다. 오직 청년 학사들 중에 비분강개한 눈물을 머금고 끓어오르는 창자를 둘 곳을 몰라 할 뿐이다.

잔치가 더욱 질탕하고 군신 간에 취흥이 더욱 무르녹았을 때에 성삼문은 참다못하여 뒷간에 간다 핑계하고 자리에서 물러나와 하늘을 우러러 통곡하였다. 이개도 나오고, 유성원도 나왔다. 나중에 박팽년도 나와서 뜰에 서서 서로 손을 잡고 울었다.

그러나 말을 없었다.

오직 김예몽이 이번 선위, 측위의 교서를 짓는 사람으로 뽑힌 것을 자랑삼아 의기양양하고 홍윤성, 양정(楊汀) 같은 무리가 호기 당당하여 공신의 머리인 것을 자랑하였다.

"숙부!"

하고 왕은 연해 양녕대군을 돌아보고 마치 그의 승인을 얻으려는 듯이 환심을 사려하였다. 양녕대군은 오래 산 것과 공연히 서울에 돌아온 것을 후회하고 내일로 금강산을 향하여 떠나기로 결심하였다.

이렇게 태평 건곤이 열린 한 편 구석에 거의 아무도 모르게 상왕은 왕대비와 함께 대궐을 빠져 나시어 수강궁(壽康宮)386)으로 몸을 피하시었다.

왕은 이날 밤을 이 대궐 안에서 지내시기를 원치 아니하시었다. 조부님, 아버님이 계시던 곳이라 떠나기도 어렵지마는 지나간 삼년 동안 지낸 일을 생각하면 지긋지긋하기 그지없는 곳이다. 무엇하러 한 시각인들 이곳에 있으랴. 더구나 이제는 남의 집이 아니냐.

"마마, 우리는 나갑시다."

하고 상왕은 왕대비를 향하여 마치 이사 가자는 예사 사람 모양으로 말씀하신다.

"나가다니 어디를 나가시오?"

하고 대비도 놀라신다.

---

386) 현 창경궁 터에 있던 고려시대 궁궐.

"기왕 쫓겨나는 몸이 내어쫓기를 기다리고 있을 것이 있소? 나라라기 전에 먼저 나갑시다. 수강궁(壽康宮)은 선조께서 동궁으로 계실 때에 오래 계시었으니 그리로 갑시다. 또 혜빈이 바로 얼마 전까지 거기 계시었으니 아직 퇴락하지는 아니하였을 것이요."

이 말씀에 대비는 새로운 슬픔이 또 솟아오르시오 그만 방송통곡하시었다.

상왕은 내시 전균(田鈞)을 부르시와,

"내가 지금 수강궁으로 갈 터이니 차비하라."
하시는 명을 내리신다.

전균은 황공하여,

"젓삽기 황송하오나 지금 상감께서 잔치를 베푸시와 백관이 다 근정전에 입시하오니 차비를 하라 하옵신들 누구를 불러 하오리이까. 밤도 깊었사온즉 명일로 하심이 어떠하올지."

"그럴 수 없다. 오늘밤에 여기서 지날 수가 있느냐. 어서 수강궁으로 갈 차비를 하여라. 차비라야 별 것 있느냐. 네 사람이 타고 갈 것이나 장만하려무나. 아무리 쫓겨나가는 임금이기로 이 밤에 장안 대도상으로 걸어갈 수야 있느냐. 또 탈 것이라 하여도 나는 이미 서인(庶人)

이라 무엇인들 계관하랴. 너희들 타고 다니던 것이라도
넷만 내려무나.”

“그러하와도…….”

하고 전균은 차마 못할 듯이 주자한다. 전균은 실상 어찌
할 바를 모르는 것이다. 아까까지 왕으로 계시던 양반이
이 밤중에 초초하시게 대궐에서 나가신다는 것도 말이
아니요, 또 그냥 나가시게 하였다가는 새 왕에게 어떠한
변을 당할는지도 알 수 없는 일이다. 그러나 상왕의 재촉
하심이 심하시므로 부득이 궁녀를 타고 다니는 보교 넷
을 준비하여 사정전(思政殿) 앞뜰에 들여대었다.

상왕은 무엇을 아까와하시는 빛도 없이 대비와 후궁
권씨, 후궁 김씨 두 분을 데리시고 초초한 보교에 오르
신다.

전균 이하로 내시 몇 사람과 저번 통에 갈아들여 지척에
모시던 궁녀 칠팔인이 울며 네 가마 뒤를 따르고 뒤에
떨어지는 내시와 궁녀들은 울고 땅에 엎드리어 배송한다.

“광화문(光化門)으로 가오리이까?”

하고 여짜온즉 상왕은 침음양구하시다가,

“건춘문(建春文)으로 나가자.”

하신다. 이 말씀이 뒤따르는 사람들에게는 더욱 슬펐다.

윤 유월 열하루. 송편 개보다도 배가 불룩한 달이 비오다가 개인 하늘에 떠 있다. 근정전 전정에 불빛 조용한 것이 뒤를 돌아보는 사람들의 눈에 비치인다.

네 분이 타신 가마는 동관과 통안으로 마치 반우 들어오는 행렬같이 소리도 없이 수강궁(壽康宮) 대문에 다다랐다.

텅텅 빈 수강궁은 대문이 열리었을 리가 없다. 본래 수강궁은 창덕궁 가까이 있어서 별궁 모양으로 쓰던 조그마한 대궐이다. 궁을 지키는 군사들도 다 잠이 들어서 한참이나 대문을 두드리기 전에는 일어나지도 아니하였다.

"누구야?"

하는 졸리운 소리는 마치 사삿집 행랑아범 소리나 다름이 없었다.

"쉬! 상감마마 거동이시다."

하고는 두드리던 관노(官奴)가 열리는 대문을 좌우로 활짝 열어 제친다.

쓸쓸한 수강궁에는 번드는 군사의 방 밖에는 불 켜놓은 방도 없다. 우거질 대로 우거진 뜰, 뜰에서 제 세상으로 알고 우짖던 늦은 여름 벌레 소리가 난데없는 사람의 발자취와 등을 빛에 놀라 끊이락 이으락 한다. 달빛이 횡뎅그렇게 빈 대청들과 방들을 더욱 캄캄하게 만든다.

대비와 두 분 후궁은 두 걸음도 서로 멀어지지 아니하고 상왕의 뒤를 따라서 곰팡냄새 나는 장마 지낸 방으로 들어가신다. 몇 번을 거미줄이 얼굴에 걸리었고 날아나는 박쥐에게 놀람이 되시었다. 방에는 먼지가 켜켜이 앉았다. 이러한 황량한 곳에 길 잃은 사람들 모양으로 한 줄로 늘어선 사람들의 그림자가 초롱불 빛에 어른어른 춤을 추는 것은 이 세상 사람들 같지도 아니하다.

"이거 어디 사람 앉겠느냐. 방을 좀 훔치어라!"

대비는 이러한 말씀까지 하시게 되시었다. 남치마 입은 궁녀들이 이리저리 오락가락하며 방을 치운다.

초를 사오려 하나 돈이 없다. 한 나라의 왕으로 주머니에 돈을 지니랴. 내시들이나 궁녀들도 궁중에서 돈 쓸 일이 없었다. 관노의 돈을 꾸어서 초를 사왔다. 대관절 이것이 웬일인고. 이런 법도 있나 하고 군사들과 관노들도 어찌된 영문을 몰랐다.

새 왕이 상왕께서 수강궁으로 옮아가신 줄을 안 것은 상왕과 대비가 수강궁에 마주 앉으시어 새로운 눈물을 흘리실 때였다. 왕은 상왕이 이렇게 하신 것을 불쾌히 여기었으나 더 어찌할 수 없어서 급히 명하여 상왕이 쓰실 것을 넉넉하게 수강궁으로 보내라 하시었다.

이튿날 윤 유월 십이일은 수양대군이 왕으로 첫 번 조회를 받고 정사를 하시는 날이다. 차마 그날로 집을 옮기어 대궐로 들어올 수는 없어서 아직 며칠 동안은 수양대군 궁에 계시기로 하고 아침마다 위의를 갖추어 경복궁으로 오시되 기치와 창검이 황토마루에서 광화문까지 닿았다. 이날에 상왕의 이름으로 이러한 교서가 발표되었다. 그것은 집현전 부제학 김예몽이가 지은 것이다. 이번에도 유성원더러 지으라 하였으나 그는 굳이 사양하였다. 손을 끊기로 맹세한 것이다.

이 교서로 보건대 상왕은 나이 어리시고 일을 모르시므로 덕망이 많고 국가에 공로가 큰 숙부 수양대군에게 무거운 짐을 옮기신다는 뜻이다. 어리신 왕이 그대로 가시면 흉악한 무리들 때문에 장차 종묘와 사직이 위태할 것이니 이때를 당하여 종묘와 사직을 안보할 사람은 수양 대군 밖에 없다 하여 스스로 마음이 나시어 선위하신 것 같다. 그렇지마는 실상에 들어가 보면 이렇게 하고 싫어하는 선위가 있을 리가 없다. 또 이 교서라는 것은 정인지가 앉아서 시키고 수양대군이 한 번 읽어 본 것이요, 왕(상왕)은 한 번 보신 일도 없는 것이다. 만일 상왕이 보시었던들 반드시,

"이런 거짓말이 어디 있으랴."

하고 찢어버리시었을 것이다.

후에 왕(수양대군)은 상왕을 창덕궁(昌德宮)으로 옮기고 공의온문(恭懿溫文) 태상왕(太上이라고 존호를 받들고 王) 대비 송씨는 의덕(懿德) 왕대비(王大妃)라고 하였다. 그리고 매삭 삼 차 일일, 십이일, 이십이일에 왕이 친히 창덕궁에 나아가 상왕과 대비께 문안을 드리기로 하고 칠월에 처음으로 면복(冕服)[387]을 갖추시고 왕후 윤씨(본래 수양대군 부대부인)와 함께 백관을 거느리고 크게 위의를 갖추어 창덕궁에 뵈오러 가시었으나 상왕과 대비는 받지 아니하시었다.

왕(수양대군)이 백관을 거느리고 창덕궁에 진안하실 때에 상왕이,

"마땅치 아니하오."

---

387) 조선시대 임금의 정복, 곧 면류관과 곤룡포.

하고 거절하신 것은 매우 중대한 사건이었다. 첫째로 창덕궁 돈화문 밖에서 왕후와 왕자들과 백관을 거느리고 들어가기를 거절당한 것이 더할 수 없이 창피한 일일뿐더러, 둘째로 이번에 상왕이 왕의 진알을 거절함으로 하여 민간에서 상왕의 마음에 동정하는 것이 더욱 간절하게 되었다. 아무리 상왕이 자진하여 금상에서 선위를 하시었다고 선전하더라도 이 사실이 있은 뒤에 그 선전은 아무 효과도 있을 수가 없었다. 그러면 누가 상왕에게 이런 꾀를 아뢰었는가. 이것이 반드시 어리신 상왕의 생각만은 아닐 것이니 응당 책략을 아뢴 자가 있으리라는 것이 왕과 한명회의 추측이었다. 그렇지마는 이 말은 상왕께 여쭈어볼 수도 없는 일인즉 다만 많이 사람을 놓아 염탐할 뿐이었다.

상왕이 왕의 알현을 물리친 뒤로 뜻있는 사람들의 불평이 더욱 높아진다. 성승, 성삼문, 박팽년, 유응부, 박정(朴靖), 이개, 하위지, 유성원, 윤영손(尹鈴孫), 김질(金礩), 권자신, 송석동(宋石同), 이휘(李徽), 성희(成熺) 등이 금상을 폐하고 상왕을 복위하도록 맹약한 것도 이때 일이다.

이상에 적힌 사람들 중에 성승은 도총관으로 성삼문의

아버지요, 성희(成熺)는 당숙이요, 박정, 유응부, 송석동은 다 장신(將臣)으로 병권을 가지었고, 권자신은 상왕의 외숙으로, 윤영손은 상왕의 이모부로 창덕궁에 출입할 수가 있고 나중에 동지를 팔아서 공명을 산 김질과 이휘는 다 성삼문, 박팽년 등과 막연한 친구일뿐더러 그중에도 김질은 그 장인 되는 정창손(鄭昌孫)과 함께 상왕 복위에 대하여 가장 열렬한 패다.

애초에 윤 유월 열하루 상왕께서 선위하시던 날에 성승이 몇 십 차례나 정원에 사람을 보내어 아들 삼문에게 선위 여부를 묻다가 마침내 삼문이 앙천[388]낙루하더란 말을 듣고는 그는 곧 병을 일컫고 집에 돌아와 사랑문을 굳이 닫고 집안 사람도 들이지 아니하였다. 밤에 삼문이 돌아온 뒤에야 삼문을 불러놓고,

"네 어찌 살아 있느냐?"

하고 꾸짖었다.

"후설지관(喉舌之官)[389]이 되어 상감 지척에 모시었을뿐더러 네가 선조의 고명을 받았거든 이제 네 손으로 수양(首陽)에게 국보를 전하고 또 그 잔치에 참예하였다

---

388) 仰天: 하늘을 우러러봄.
389) 승정원의 일을 보는 벼슬아치.

가 살아서 집으로 놀아온단 말이냐. 내 평소에 너를 절의 있는 사람으로 여기었더니 내 집에 불행이로구나."

하고 피눈물로써 엄히 꾸짖었다.

삼문은 그 아버지가 죽기를 결심한 줄을 알아차리고 머리맡에 놓인 칼을 보았다. 이 칼은 일찍 세종대왕께서 하사하신 것이요, 성승이 평소에 사랑하던 칼이다. 그는 반드시 칼로 자문하거나 그렇지 아니하면 식음을 전폐하고 굶어서 죽을 결심인 줄을 알았다. 성승은 그러한 사람이다.

삼문은 아버지 앞에 엎디어 느껴 울다가 아버지의 꾸짖음이 끝나기를 기다려,

"소자가 구차히 목숨을 아끼는 것이 아니요 죽을 곳을 찾으려 하는 것입니다. 한 번 죽기는 쉽거니와 상왕을 도와 보위를 회복하기는 뉘 있어 하오리이까. 다행히 우리 사형제 다 무엇이나 할 만하고 또 밖에도 충의지사가 없지 아니할 것이오니 오늘 구차한 목숨을 살려 가지고 돌아온 것은 이 까닭이옵니다."

하고 경회루 밑에서 박팽년과 서로 맹약한 이야기도 하였다.

삼문의 말에 성승은 주먹으로 서안을 치고 기뻐하였다.

"그러하더냐. 진실로 그러할진댄 나도 죽지 아니하고 너희가 하는 일에 한 몫 참예하리라. 사람이라고 다 믿지 말아라. 큰일 그르칠라."

백발이 성성한 성승의 눈에서는 대장부의 피눈물이 흘렀다.

왕은 무슨 변란이 일어나기 전에 하루바삐 그 지의를 굳건히 하기를 힘썼다. 이러하기 위하여서 첫째로 한 일은 요새 말로 하면 선전이다. 왕이 왕이 되고 싶어서 되신 것이 아니라 상왕이 사양하심과 국가의 사정이 부득이 하므로 왕이 되었다는 것을 널리 선전하는 것이다. 왕은 첫째로 이러한 즉위 교서를 내리시었다.

이것 역시 국가 다사한 이때에 이런 임금으로는 종사를 지켜 나갈 수 없다 하여 상왕이 굳이 사양하시고 또 종친과 대신들이 '다 말하기를' 종사 대계를 사양하는 것이 의리에 어그러진다고 하므로 부득이 여론을 좇은 것이라 한 것이다.

둘째로 할 일은 이때에 있어서는 명나라 황제의 승인을 어서 속히 받는 것이다. 이러한 때의 준비로 상왕이 즉위하실 때에도 당시 수양대군으로 명나라에 가시기를 전력을 다하신 것이다. 또 명나라 황제의 후궁의 아버지

되는 한확도 유력한 사람이다. 비록 이번 선위에 대하여 한확이 속으로 반대하는 뜻을 가졌으나 일이 이렇게 된 뒤에야 보신책으로 하더라도 새 왕께 요공할 수밖에 없이 되었다.

왕은 곧 예조판서 권자신(상왕의 외숙)을 파면하고 김하(金何)로 대신하여 정사(正使)를 삼고, 형조참판 우효강(禹孝剛)으로 부사(副使)를 삼아 명나라로 보내었다. 예조판서 권자신을 보낼 수 없는 것은 말할 것도 없는 일이다.

이번 사신은 상왕이 선위하시기 전에 이를테면 조선 왕이라는 벼슬을 사면한다는 사면청원을 하는 사신이다. 이것이 절차로도 당연하거니와 또 새 왕에게도 편한 일이 많다. 첫째 이번 선위가 상왕이 자진하여 하신 것이요, 결코 새 왕이 찬역(篡逆)[390]하신 것이 아닌 것을 보이는 데 편하고, 둘째로는 이번 기회에 황보인, 김종서의 죄를 역설하여 어디까지든지 새 왕이 옳으신 것을 발명하기에 편한 것이다. 미상불 계유정란(癸酉靖亂)이라는 이름으로 일컬어지는 계유 사변은 명나라에서는 매우

---

390) 임금의 자리를 빼앗으려고 하는 반역.

시비거리가 되었다. 누구나 이 일은 당시 수양대군이 자기의 야심을 펴려는 준비로 생각하였고 더구나 이번 선위로 말미암아 그것이 증명된 것같이 알게 되었다.

재래의 관례로 보더라도 명나라가 조선의 내정을 간섭한 일은 없었으므로 이번 상왕이 선위하신 데 대하여 적극적으로 명나라 조정에서 간섭을 하리라고는 생각되지 아니하나, 명나라 조정에서 조금이라도 새 왕의 행동을 비난하는 일이 있으면 그것은 곧 조선 민심에 반향이 되어 새 왕께는 적지 아니한 손해가 될 것이 분명하다.

이에 청사위주문(請辭位奏文)의 필자가 문제가 되었다. 가장 글 잘하는 사람, 가장 명성 높은 사람의 손으로 이 글을 짓게 하는 것이 또한 왕에게 유리한 일이요, 될 수만 있으면 문종대왕의 고명을 받은 집현전 학사들 중에서 택하고 싶었다. 이래서 망에 오른 것이 사헌부 집의 하위지, 승정원 좌부승지(左副承旨) 성삼문, 성균관 사예 유성원 및 상왕의 선위 교서를 지은 김예몽이었다. 박팽년도 망에 올랐으나 그때 병탈하고 집에 누웠기 때문에 문제가 되지 아니하였다.

하위지, 성삼문, 유성원은 심히 곤란한 처지에 있었다. 그러나 준걸히 거절한다 하면 우스운 일에 생명 문제이

므로 이번 일에 붓을 들 사람이다 하여 김예몽을 천하였다. 왕은 세 사람의 뜻을 모름이 아니나 그들의 마음을 당신에게로 돌리기를 힘쓰시기 때문에 더 강잉하지도 아니하시고 김예몽으로 하여금 기록하게 하고 정인지가 지휘하게 하시었다.

그 소위 청사위주문(奏文)이란 것은 이러하다.

(…전략…) 臣竊念自童稚得疾 氣常不順 臣父先臣恭順王 於景泰三年薨逝 臣年十二承襲 罔知所爲 凡百庶務 委諸臣僚 至景泰四年 姦臣謀逆 禍機斯迫 叔父陪臣首陽大君瑈 奔告於臣 旋卽戡定 然獨 凶從未殄 變故相仍 人心未安 念臣孱弱 難以鎭定 念臣孱弱 難以鎭定 社稷安危 所係甚重 先臣母弟瑈 學通古今 有功有德 允孚輿望 已於景泰六年閏六月十一日 令權襲軍國句當 伏望聖鑑洞察 特降明允.

이 글은 다섯 가지 부분으로 되었다. 첫째는 왕이 어려서부터 항상 몸이 약하고 병이 있다는 것을 말하여 건강으로 보아 왕 될 자격이 없는 것을 말하고, 둘째로 이러한 몸을 가지고 열두 살에 왕이 되어서는 어찌할 바를 몰라서 모든 일을 신하들에게 맡기었다는 것을 말하고,

셋째로 그랬더니 간신이 역모를 하는 것을 수양대군이 먼저 왕께 고하여서 그 공로로 나라를 안보하였다는 것, 넷째로 그런데 아직도 흉한 무리가 남아 있고 왕 자기는 왕 될 자격이 없고 숙부 수양대군이 학문이 도저하고 덕이 높고 공이 많고 만민의 숭앙을 받으니 그가 아니면 안 되겠기로 지나간 윤 유월 십일일에 명나라 황제의 윤허도 없이 벌써 왕의 자리를 수양대군에게 물려주었다는 것, 그러하니 제발 허하여 달라는 것이다.

"과연 일대 문장이다!"

하고 왕은 이 글을 보시고는 격절탄상하시었다.

이 글로 보건대 과연 상왕은 선위 아니하실 수가 없고 수양대군은 왕이 아니 되실 수가 없었다. 아무 억지도 없이 일이 순순히 된 것 같다. 이 주문에 대한 대명 황제의 조칙은 반년이 넘어도 오지 아니하였다. 아무리 조선의 내정에 간섭하지 않는 주의를 쓴다 하더라도 명나라 조정에는 이론이 있었던 까닭이다. 첫째는 상왕이 결코 병약하지 아니하시다는 것이다. 상왕이 비록 수양대군과 같이 장골은 아니시고 의탁을 하시와 몸이 작으시고 여자 모양으로 용모가 단아하시와 약질이신 듯하지마는 별로 병환은 계시지 아니하였고, 그뿐더러 근년에 와서는 혼인하신 뒤로 도리어 건강이 증진하시는 형편이시었다.

명나라 조정에서 또 한 가지 이번 선위에 의심을 낸 것은 상왕께서 명철하시다는 것이다. 비록 교통이 불편한 당시라 하더라도 명나라에서는 결코 조선 사정을 알기를 소홀히 여기지 아니하였다. 그래서 상왕이 왕손으로 계실 때부터 장차 명군이 되실 자질을 가지시었다는 정보가 명나라 조정에 아니 들어갔을 리가 없다.

셋째로 이 사위 주문이 믿어지지 아니하는 것은 황보인, 김종서 등이 역모를 하였다는 것이다. 더구나 황보인은 명나라 대관들도 많이 아는 이다. 그들이 수모가 되어서 역모를 하리라고는 생각되지 아니하였다. 이러한 여러 가지 이유로 승인이 지체된 것이다.

명나라 조정에 이러한 이론이 있는 것이 얼마쯤 걱정되지 아니함이 아니나 그렇다고 그다지 크게 걱정될 것도 없었다. 그래서 새 왕은 식구를 데리고 당당하게 경복궁으로 들어와 부인 윤씨는 곤전마마, 열아홉 살 된 맏아드님 도원군(桃源君)은 왕세자, 여섯 살 되는 둘째 아드님(장래 예종대왕)은 해양대군(海陽大君)을 봉하시어 왕의 영화를 누리시고 정인지, 한명회, 권람, 신숙주 이하 사십일인은 좌익공신(左翼功臣)이라 하여 모두 작록을 받아 갑자기 부귀를 누리게 되었다.

다만 마음이 놓이지 아니하는 것은 상왕의 일이다. 아직도 민심은 상왕에 있고 상왕이 왕께 대하여 품으신 노여우심과 원망하심은 풀리지를 아니하시어 선위 후 첫 번 원조인 병자년 설날에 왕이 또 백관을 거느리고 창덕궁에 세배차로 오시었을 때에도 상왕과 대비는 단연히 거절하시고 받지 아니하시었다.

왕은 도저히 상왕의 마음을 풀 수 없는 줄을 깨달으시고 심히 걱정하시었다.

상왕을 현재의 지위에 계시게 하고는 도저히 화근을 끊을 수가 없었다. 크나큰 창덕궁 대궐에 수백 명 사람이 왕을 시위하고 또 외척과 상왕이 신임하는 사람들이 출입하니 그것도 도리어 전에 상왕이 왕으로 계실 때보다도 금하기가 국난하였다. 상왕이 선위하신지 반년이 넘도록 이다지도 왕을 두려워하시는 빛을 보이지 아니하는 것은 반드시 뒤에 상왕을 충동하는 무리가 있는 것이니 이대로 두었다가는 혹시 상왕을 받들어 복위시키려는 반란이 일어날지도 모를 것이다. 그래서 왕은 상왕을 창덕궁에서 어디 조그마한 곳으로 옮겨 모시고 아주 교통과 통신을 끊어버리기로 결심하였다.

이때에 영의정 정인지가 육조 참판 이상을 거느리고 왕께 아뢰었다.

"소신 등이 전부터 매양 아뢰옵는 바이옵거니와 상왕을 지금과 같은 지위에 모시오면 반드시 화근이 될 것이 분명하오니 복원 전하는 속결무류(速決無留)[391]하옵시오."

정인지의 주장은 상왕의 지위를 왕보다도 높이 하여 창덕궁에 거처하시게 하지 말고 상왕의 지위를 낮추어 군(君)으로 강봉(降封)하여서 어느 먼 시골에 계시게 하자는 것이다. 그리하면 첫째로는 민심도 상왕에서 떨어질 것이요, 둘째로는 흉악한 무리들이 상왕을 끼고 흉모를 할 수 없으리라 함이다.

정인지는 두어 번이나 왕께 상왕의 생명을 없이하여 아주 화근을 끊어버릴 것을 진언한 일도 있었으나 왕은 말없이 고개를 흔드시었다.

그러나 근래에 와서 민간에 상왕을 사모하는 생각이 점점 간절하여지고 또 이렇다 저렇다 하는 소문도 들리어 정인지의 뜻이 자못 편치 못하였다. 만일 상왕이 다시 정권을 잡으시거나 그렇지는 못하더라도 누가 상왕을

---

[391] 빨리 결단하고 머무름이 없음.

복위하시게 할 도모를 한다 하면 반드시 정인지 자기가 미움의 관력이 될 것을 잘 안다. 항간에 전하는 말에도 '정가'를 좋지 못하게 말하는 일이 많았다. '정가'라 하면 곧 정인지를 가리키었다. 이러한 줄을 밝은 정인지가 모를 리가 없다. 그러면 이제 남은 일은 죽기를 한하고 상왕을 제거하고 새 왕의 업을 왕성케 하는 것이다. 이것이 동시에 정인지 개인의 보신지책이 되는 것이다.

그뿐 아니라 이렇게 생각하는 사람은 정인지뿐이 아니다. 정란공신(靖亂功臣)이니, 좌익공신(左翼功臣)이 하는 수양대군의 뒤를 따라 부귀를 누리는 측들은 다 정인지와 같은 생각을 가지지 아니할 수 없었다. 그들은 이 모양으로 이해가 상동하므로 한데 뭉칠 수가 있어서 그들의 독한 눈매는 밤낮으로 창덕궁을 향하였다. 원컨대 무슨 급한 병으로 상왕이 돌아가시었으면 하는 이도 불소하였다.

후환을 두려워하는 것뿐 아니라 마치 사람을 때려서 채 죽이지 아니하고 돌아선 사람이 어디를 가나 그 사람이 따라올까 겁이 나는 모양으로 또는 옳은 사람을 모해한 무리들이 하늘 어느 구석에서 이제나 무슨 천벌이 떨어질 듯한 불안이 있는 모양으로 이 정란공신들과 좌익공신들이 창덕궁에 계옵신 상왕을 생각할 때마다 이러한 겁과 불안이 있었다.

이래서 그들은 하루라도 바삐 상왕을 제거하기를 도모하였다. 그러자면 왕의 뜻을 움직일 수밖에 없다. 그런데 왕은 상왕에 대한 말이 날 때마다 항상 말없이 고개를 돌리시었다.

왕도 상왕이 후환의 근원이 되실 줄을 모름이 아니나 골육의 친 조카에게서 이미 나라를 빼앗고 이제 다시 목숨을 빼앗을 뜻은 없으시었다. 될 수만 있으면 현상대로 영원히 가고 싶다고 생각하시었다.

이에 정인지는 상왕을 제거할 정당한 이유를 발견할 필요를 느끼었고 또 그것은 어렵지 아니한 일이었다. 그러면 그 이유란 무엇인가. '첫째는 국가의 안녕을 위하여서요, 둘째는 상왕 자신의 안락을 위하여서'라 함이었다.

국가를 위하여서 상왕을 서울 밖에 계시게 함이 좋다. 상왕이 일생을 편히 지내시기 위하여 높은 상왕의 지위를 떼고 군으로 강봉하는 것이 좋다 하는 것이 인제는 왕께 요공하는 백판의 말투가 되었다. 정인지가 상왕의 목숨을 끊어버리기를 진언하는 때에는 그것은 극히 은밀한 때의 귓속이요, 큰 소리로 하는 말은 역시 이것이었다.

이번에 육조 참판 이상을 거느리고 왕의 최후의 결심을 재촉한 때에도 그 내용은 상왕의 지위를 낮추고 상왕을 어느 조그마한 시골에 가두어버리자는 것이다.

　그러나 왕은 여전히,

　"경들의 말이 옳거니와 자고로 제왕이 일어나는 것은 반드시 천명이니 내가 일어난 것도 천명이어든 간사한 놈들이 있더라도 어찌 상왕을 힘입어 못된 도모를 할 수가 있나. 망진자호야(亡秦者胡也)392)라 하였거니와 천명을 어찌할 수가 있나."

하시었다. 왕이 천명이 당신에게 있는 것을 믿으신 것도 사실이다. 그는 본래 자부심이 많은 이신 까닭에, 그러나 이렇게 천명에 미루고 태연하심을 보이심에는 다른 정책이 있는 것이 물론이다. 그 정책은 무엇인가. 정인지 등 신료로 하여금 더욱더욱 상왕 처치할 것을 발론케 하기 위함이요, 또 하나의 왕자의 경동하지 아니하고 태연한 태도와 상왕께 대한 골육지정이 깊음을 보이려 하심이다. 그렇지마는 왕의 속은 그렇게 편안하실 수가 없었다. 정인지, 한명회 무리보다도 더 조급하신 것이 사실이다.

---

392) 진나라를 망하게 할 자는 오랑캐들이다.

정인지, 한명회의 무리도 와의 이러하신 심정을 잘 알기 때문에 왕께서 거절할수록 더욱 졸랐다.

"전하 일어나옵심이 천명인 것이야 다시 말씀 하오리이까 마는 천명에만 맡길 수 없사옵고 마땅히 인사를 다할 것인가 하오. 상왕은 밖에 나아가 계시게 하여 혐의를 피함이 마땅한가 하오. 만일 늦으면 후회막급이 되올까 하오."

하고 정인지가 물러나지 아니하고 다시 아뢴다. 지극히 충성을 보임이다.

왕은 지필을 올리라 하시와 이렇게 적어 정인지를 보이시었다.

國之大事 固當先庚後甲 熟思博議 生後度葉前量 予料計數月 究端千億 今乃定之 卿等不可以固執 予亦不可以獨斷 不有固執 何取於國論 不有獨斷 何稟於一人 其令修理瑜家 嚴其防禁 約其待從 出居焉可也.

왕에게는 이러한 결심이 벌써 있었던 것이다. 지금 비어 있는 금성대군 궁을 수리하고 그리로 상왕을 옮겨 모시자는 것이다 창덕궁에서 금성대군 궁에 옮겨 모신다는 것은 안방에서 행랑으로 내어모신다는 것보다 더한 일이다. 게다가 **嚴其防禁 約其侍從**, 바깥과 통하지를 못하시게 하고 모시는 사람을 부쩍 줄이자는 것이다.

만일 상왕의 지위를 낮추어 군을 봉하고 어느 시골로 귀양살이를 시킨다 하면 민심을 경동할뿐더러 왕의 성덕에 하자가 될 근심이 있거니와 서울 안에서 거처만 바꾸면 그다지 눈에 거슬리지 아니할 듯함이다.

이튿날 영의정 정인지는 다시 솔백관하고 상왕출외(上王出外)를 청하였으나 왕은 다시 붓을 드시와, '**作日子書憲之英**'라 하고 쓰시었다. 이 일에 관하여 말씀으로 하시기는 퍽 비편하시었던 까닭이다. 하기 싫은 말인 까닭이다.

이 일에 양녕대군 제(禔)가 매우 어려운 처지에 있었다. 그는 종친의 어른으로서 여러 종친을 거느리고 정인지와 함께 상왕 출외를 주청하지 아니치 못할 사세가 된 까닭이다.

왕은 이에 제종(諸宗)과 백관(百官)의 뜻을 버릴 수 없다는 이유로 상왕을 금성대군 집으로 옮겨 모시었다. 금성대군은 벌써 순흥(順興)에 귀양 가 있는 것은 독자가 기억하실 바이다.

상왕을 창덕궁에서 금성대군 집으로 옮겨 모시는 일도

크게 슬픈 일 중에 하나였었다.

상왕과 대비 두 분이 창덕궁에 오신 지 거의 일년이 되어 집과 동상에 다 낯이 익고 마음을 붙이실 때 쯤하여 한 번 상왕께 여쭈어 보지도 아니하고, 별안간 거마를 보내어 두 분을 모시어 내었다. 그것은 마치 잡아내는 것과 같았다. 쓰시던 물건 하나도마음대로 못 나르시고 부리시던 사람들조차 마지막으로 불러 보실 사이도 없으시었다. 그러나 왕은 반항 하실 길도 없어 오직 분을 참고 금성대군 집으로 끌려오시었다. 금성대군 집이 바로 원골이기 때문에 궁장 밑을 돌아 초초하게 행차하시니 백성들도 누구신지 알아 뵙지 못하였다. 그러기에 상왕과 대비 두 분께서 금성대군 궁에 옮아오신 뒤에도 얼마 동안 백성들은 두 분이 창덕궁에 계시거니 하였다.

상왕을 창덕궁에서 금성대군 집으로 옮겨 모시고는 왕은 상왕의 거처 범절에 관하여 이렇게 규정하시었다.

첫째 삼군진무(三軍鎭撫) 두 사람으로 하여금 군사(軍士) 열씩을 거느리고 번갈아 파수하여 잡인의 출입을 금지할 것. 상왕전(上王殿) 두 사람, 차비수 고적 네 사람, 별감(別監) 네 사람을 두되 반씩 잘라 번갈게 하고 시녀(侍女) 열두 사람, 수사 다섯 사람, 복지 두 사람, 수모(水

母) 두 사람, 방자(房子) 각 두 사람, 수사 각 한 사람을 두고 각 색장(色掌) 십이인은 돌에 갈라 번갈게 하고 덕녕부(德寧府) 관원이 차례로 낮에 입직하기로 하고 대비한 분, 별실 두 분 본댁에서 내왕하는 환관, 시녀의 출입이며, 무슨 물건 진납은 사흘에 한 번씩 덕녕부에서 승정원에 고하여 허가를 얻은 뒤에야 하도록 명하시었다.

이렇게 되니 존호는 비록 상왕이라 하여도 갇힌 죄인이나 다름이 없었다. 귀찮고 눈칫밥 잡숫는 식구가 되시었다.

성삼문 부자는 이 일이 있음으로부터 더구나 야심 후면 마주앉아 통곡하였다.

"저렇게 해놓고 어떤 짓을 할는지 알 수 있느냐."
하는 성승의 말은 옳은 말이다. 사람들은 이렇게 상왕을 가두어 놓은 것은 다른 뜻이 있음이라고 수군거린다. 혹시나 음식에 독을 넣어드리지나 아니할는지, 독약은커녕 아무렇게 죽이더라도 그 속에서 하는 일을 아무도 알리가 없다고 생각하였다. 그렇게 돌아가시게 한 뒤에 어떠어떠한 병환으로 승하하시었다고 하면 그만이 아닐까 하였다.

성승이나 기타 상왕을 생각하는 사람들이 가장 염려한

것은 이것이다. 상왕이 살아 계시고야 보복도 하고 어떠한 날에 흑백을 가리어 통분한 것을 씻기도 하려니와 상왕 한 분이 돌아가시고만 보면 만사가 수포에 돌아가고 불의의 무리들은 제 세상이라고 발을 뻗고 누워 억울한 죽음을 당한 의인들--황보인, 김종서 이하로 장차 죽을 수 없는 사람들까지--이 영영 누명을 쓰고 말 것이다.

이렇게 생각한 성삼문의 무리는 매우 초조하여 기회를 엿보았다.

왕이 이들의 음모를 알 리는 없지마는 그래도 그들이 마음 놓이지 아니하는 것은 사실이다. 그래서 그들로 하여금 서울에 모여 있지 못하게 하는 방책으로 박팽년을 전라 감사로 보내고 하위지를 경상 감사로 보내고, 그 밖에도 다 상당히 높은 벼슬을 주어 하나씩 하나씩 외방으로 보낼 경륜을 하였다. 제일착으로 박팽년은 전라 감사로 갔으나, 하위지는 비록 권도라 하여도 수양대군 조정에 벼슬을 아니 받는다 하여 사헌부 집의(執義)라는 상왕 때의 직함을 띤 채로 고향인 선산(善山)으로 돌아가 자제들을 데리고 농사일에 숨어버리고 말았다.

그러하는 동안에 한 기회가 온다. 그것은 상왕이 선위하고 수양대군이 즉위하신 문제에 대한 명나라 조정의 의논이 정하여 수양대군 아무로 조선 왕 됨을 승인한다는 조칙을 가지고 명나라 사신이 서울에 오게 된 것이다.

명나라 사신이 온다는 것은 유월이다. 예조판서 김하(金何) 등이 갔던 일--상왕이 선위하시는 것을 승인한다는 명나라 조서(詔書)가 온 것은 두 달 전인 사월이다. 김하가 명나라에 갔던 것이 지난해 윤 유월이니까 거의 열 달이나 넘은 셈이다. 비록 말썽 되던 일이지마는 명나라 조정은 마침내 새 왕을 승인하게 된 것이다. 왕이 상왕을 창덕궁에서 옮기어 금성대군 집에 가둘 용기를 내신 것도 이것이 큰 힘이 되었던 것이다.

소위 천사(天使)라는 명나라 사신이 오는 것은 정식으로 고명(誥命)과 면복(冕服)을 전하기 위함이다. 이때 명나라 사신은 윤봉(尹鳳)이었다.

윤봉은 의주(義州)에 건너서는 날, 조선 조정에서 마주 간 접반원 신숙주를 보고,

"신왕(新王)이 상왕을 유폐(幽閉)하였다 하니 참인가."

하고 책망다운 질문을 하였다.

그 접반원은 땀을 흘렸다. 대개 명나라 황제가 지난 사월에 왕께 보낸 조서 중에, '有常加德侍母'이라 한 구절이 있는 까닭이다. 왕은 항상 상왕을 우대하되 모름지기

소홀히 함이 없어라 한, 이를테면 명령이다. 그런데 창덕궁에 계시던 상왕을 금성대군 궁으로 옮겨 모신 것은 결코 우대가 아니었다.

이 시절에 명나라 사신의 말이라면 실로 하늘 말과 같이 무서웠다. 실상 윤봉이가 이런 말을 끌어낸 것은 한번 트집을 잡아 보자는 속이요, 왕도 이러한 어려운 트집이 나올 줄 짐작하였길래 신숙주 같은 중신을 국경까지 관반(館伴)으로 파견하시었던 것이었다.

"아니, 왕이 상왕을 유폐하신 것이 아니요. 상왕이 가끔 궁에서 나오시기를 즐겨하시기로 나오신 때 거처하실 곳을 권정(權定)한 것이 아마 간인(奸人)의 입으로 천조(天朝)에 오전된가 보오."
하고 말 부족한 신숙주가 아니라 극력하여 변명하였다.

그러고는 사람을 달리어 서울에 이 뜻을 급보하였다.

의주에서 신숙주가 올린 장계는 일천 백리 길을 밤 사흘, 낮 사흘에 땀 흐르는 파발 말편에 실리어 서울에 올라왔다.

이 편지에 왕의 놀라심도 적지 아니하였다. 명나라 사신이 그만한 트집을 잡는다고 대세에 무슨 변동이 있을 것도 아니지마는 그래도 그에게 책을 잡히는 것은 고통이 아니 될 수 없었다.

이에 왕은 일변 사람을 명하여 창덕궁을 정하게 수리하게 하고, 일변 친히 금성대군 궁에 상왕을 뵈오러 가시었다.

왕이 마지막 상왕을 뵈오러 가신 것은 지나간 설날이니 벌써 반년 전이다. 그러나 그때에도 상왕을 뵈옵지는 못하였으니 정말 서로 대면하시기는 작년 윤 유월 열하루, 경회루에서 선위하시고 나서 사정전에 듭시었을 때다. 그 동안이 일년이 되었다.

왕이 상왕을 뵈오러 오신다는 말씀을 들으시고 상왕은 놀라시었다. 상왕 따위는 다 잊어버리었을 만한 때에 왕이 몸소 온다는 것이 웬일인고 이렇게 생각하신 것이다.

실상 그 동안 두어 달--금성궁에 이이하신 뒤로 말하면 상왕의 지위는 어느 대군 하나만도 못하였다.

상왕은 거절하실 것을 생각하시었다. 그러나 이 처지에 상왕은 거절하실 힘이 없으시다.

비록 오너라 하고 부른다든지 관노를 보내어 붙들어 가더라도 대항할 힘이 없었던 것이다.

그래서 상왕은 왕을 만나시었다. 일년 동안에 두 분의 용모는 무척도 변하시었다. 상왕은 수양 숙부의 얼굴이 과연 왕자답게, 더욱 위엄과 윤택한 빛이 생긴 것을 놀라시고, 왕은 상왕의 얼굴에서 소년다운 빛이 전혀 사라지고 마치 인생의 고초를 다 겪은 중년 남자의 얼굴과 같이 노성하고도 초췌한 빛을 띤 것을 놀라시었다. 마음의 한편 구석에 심히 감동되기 쉬운 인정을 가지신 왕은 기구한 인생의 행로에 감개가 아니 일어 날 수가 없었다.

왕은 상왕을 위로하는 말씀을 많이 하시고 또 이튿날부터 다시 창덕궁으로 이어하실 것과 지금 계신 집이 창덕궁과 연장하여 있으니 어느 때에나 소창하러 나오실 것도 권하시었다.

상왕은 창덕궁으로 다시 가라는 것도 귀찮게 생각하시고 또 이집에 가끔 소창하러 나오라는 것도 우습게 생각하시었다. 이 집--숙부 되는 금성대군이 상왕 당신을 위해서 쫓겨난 집이 잠시인들 상왕의 마음을 편안하시게 할 리가 없다.

그렇지마는 상왕께서는 입 밖에 내어 반대도 아니하시고 그저 들을 만하실 뿐이었다.

"여기도 좋소."

하신 것이 유일한 대답이시었다.

마지막으로 왕은 명나라에서 사신이 온다는 말과 그때

에는 상왕께서도 왕과 함께 태평관(太平館)393)에 천사를 방문하실 것을 말씀하시었다.

"내가 무엇하러 가오?"

하고 상왕은 거절하시었으나 마침내 왕이 오늘 찾아오신 일이 이 일 때문이요, 창덕궁으로 도로 가시라고 하시는 것도 다 이 때문인 줄을 상왕도 대강 짐작하시었다.

왕은 상왕이 태평관에 명나라 사신 방문하기를 거절하시는 것을 고통으로 생각하신다.

새 왕이 상왕을 홀대한다. 두 분의 사이가 좋지 못하다 하는 것이 거짓 선전이요, 도리어 상왕과 왕과의 사이가 극히 친밀하신 것이 사실인 것을 명나라 사신에게 보이는 것이 매우 중요한 일인 까닭이다. 이것은 오직 명나라 조정의 여론을 완화시키기 위하여서보다 조선 내의 민심을 완화하기 위하여서 지극히 중요한 일이다. 그러하기 때문에 왕은 잊어버림이 되시었던 상왕궁에를 몸소 찾아오시었고 상왕께 여러 가지로 유리한 조건을 드린 것이다.

상왕은 마침내 왕의 청을 들으시어 왕과 함께 명사를

393) 조선시대 서울에 명나라 사신을 접대하기 위해 만든 국영의 객관.

태평관에 방문하시었다. 그러할뿐더러 상왕이 결코 창덕궁에서 쫓기어나신 것이 아닌 것을 보이기 위하여 십일 후에는 상왕이 주인이 되어 창덕궁에 명사를 환영하는 어연을 배설할 것까지도 상왕이 허락하시었다. 실로 이 일이 성공된다 하면 왕이 상왕에게서 무리하게 왕위를 찬탈하고 또 그 후에도 상왕께 대하여 우대함이 부족하다는 시비를 명나라에게서나 본국에서나 덜 듣게 될 것이다.

일거양득이란 이를 두고 이른 말이다. 왕은 매사가 뜻대로 되는 것을 생각하고 혼자 빙그레 웃으시었다.

도총관 성승과 훈련도감 유응부가 이날에 운검(雲劒)394) 으로 뽑히게 된 것은 성삼문, 박팽년 등의 계략에는 가장 큰 도움이 되었다.

대개 운검이라 하면 검을 빼어 들고 왕의 뒤에서 왕을 호위하고 섰는 직책이기 때문이다.

운검으로 섰는 사람이 왕을 죽이려면 그야말로 일거수로 될 것이 아닌가. 이날에 왕이 동궁을 곁에 앉히고 명나라 사신을 대하실 예정이니 실로 왕과 동궁과의 생명

394) 임금을 호위할 때 별운검이 차던 칼. 칼집은 어피로 싸고 주홍색을 칠하며 장식은 백은을 썼다.

을 성승과 유응부 두 사람의 칼날 밑에 있다 할 것이다.

"수양 부자는 응부가 담당할 것이니 다른 놈들을 군둥이 말으소."

하고 장담한 유응부의 말은 조금도 보탬 없는 가장 확실한 말이다.

"그 담에 죽일 놈은 신숙주야. 숙주는 나와 평생지교(平生之交)마는 죄가 중하니까 불가부주(不可不誅)야."

한 것은 성삼문이다.

"그렇고 말고. 숙주의 죄는 인지(麟趾), 명회(明澮)보다도 가중한 바 있어."

하고 자리에 있던 동지들이 웅성하였다. 대개 명나라와 본국 민간에 대하여 선위 사건의 거짓 선전을 말은 자가 신숙주인 까닭이다.

"신숙주는 내가 맡으리라. 그놈의 모가지는 내가 베리다."

하고 나서는 것이 형조정랑(刑曹正郎)이요, 상왕의 이모부 되는 윤영손(尹鈴孫)이다.

"정인지의 늙은 모가지는 내가 맡았소."

팔을 뽐내고 나서는 것은 김질이다. 그는 이번 모사에 가장 열렬한 급진주의자였다.

"가안(可安)인가. 이번 성사하면 수상(首相)은 자네 장인이 되어야 할 것일세. 어떻게들 생각하시오?"

하는 것은 성삼문이다. 가안(可安)은 김질의 자다. 그의 장인이라 함은 우찬성 정창손(鄭昌孫)을 이름이다. 대관 중에 이 일에 내통한 이는 정창손뿐이다.

이러한 의논을 할 것은 창덕궁에 어연이 있을 전날 밤이다.

이 밖에 장신(將臣) 박정(朴靖), 송석동(宋石同)이 각각 밖에서 창덕궁과 경복궁을 엿보아 안으로서 무슨 군호만 있으면 동하기로 하고 궁내에서는 잔치 중간에 일제히 일을 일으키어 왕과 세자와 정인지, 신숙주 등의 중신을 죽이고 명나라 사신이 증인으로 앉은 자리에서 상왕을 복위하게 하시고 왕의 죄를 성토하자는 것이다.

"이렇게 하면 여반장이야."

하고 그들은 맹세하는 술을 마시었다.

"한명회, 권람 두 놈은 내가 담당하마."

하고 늙은 성승의 눈에 불이 난다. 삼문은 정다운 듯이 아버지의 주름 잡힌 얼굴을 바라본다.

이튿날 창덕궁(昌德宮) 광연전(廣延殿)에는 명나라 사신을 맞는 큰 잔치가 벌어졌다. 대청 동쪽이 주인 측의 자리가 되어 남으로부터 복에 차례로 처음에 상왕, 다음이 왕, 그 다음이 동궁의 자리가 되고 서쪽이 객의 자리가 되어 역시 남으로부터 복에 차례로 윤봉(尹鳳) 이하 부사 아울러 명나라 사신 세 사람이 늘어앉게 되고 복벽과 주, 객석 좌우로는 본국 대관과 명나라 사신의 수원이 벌여 서게 되었다.

영의정 정인지, 좌의정 한확, 우의정 강맹경, 좌찬성 신숙주, 이조판서 권람, 예조판서 홍윤성, 병조판서 양정(楊汀) 명나라의 사신으로 갔던, 현 공조판서 김하(金何), 호조판서를 지내고 나서 도리어 도승지가 된 한명회, 좌승지(左承旨) 박원형(朴元亨), 동부승지(同副承旨) 김질(金礩), 좌부승지 성삼문(成三問) 명나라 사신과 글 짓는 접반이 되기 위하여 전라감사(全羅監司) 박팽년, 집현전 직제학 이개 등이 주인편 좌우에 입시하게 되고 도총관 성승, 훈련도감 유응부는 명예로운 운검(雲劒)으로 왕의 뒤에 칼을 빼어 들고 모시게 되었다.

광연전 마당에는 차일을 치고 풍악과 춤을 아뢰게 될 것임 삼천 궁녀 중에서 고르고 고른 꽃같이 아름다운 궁녀들은 비단 소매를 너울거리며 배반 사이에 주선할 것이다. 어찌하였으나 조선의 힘으로 차릴 수 있는 대로 아름답게 차린 잔치다.

왕은 미상불 다소의 근심이 없지 아니하시었다. 연락하는 석상에서 명나라 사신한테 상왕의 선위에 대하여 무슨 책이나 잡히지 아니할까 하는 것도 걱정이려니와 그보다도 이 자리에서 상왕이나 또는 상왕을 사모하는 자 중에서 누구가 상왕의 선위하시지 아니치 못하게 된 내막--즉 왕이 정인지의 무리를 시키어서 하신 음모를 발설이나 아니할까 하는 것도 염려요, 그보다도 한층 더 나아가서 이 기회--명나라 사신이 오고 사람이 많이 모이고 민심이 흥분되어 무슨 일이 일어나지나 아니하나 하는 기대를 가지고 있는 기회를 타서 왕의 목숨을 엿보는 일이나 아니할까 하는 것도 근심이 되시었다. 본래는 무서움이 없던 왕도 왕이 되신 뒤에는 겁이 많이 느시어 주무실 때면 사벽에서 칼날이나 아니 나오는가 하시고 의심 내실 때도 있었다. 그중에도 상왕(왕이실 적에도)을 없이 할 말씀을 정인지, 한명회 같은 무리에게서 들으신 때나, 또는 혼자서 그러한 생각을 하신 날 그러한 의심이 더하여 잠이 들지 아니하시었다. 비록 심복이라 하더라도 이러한 때에는 의심이 난다. 어느 신하는 문종대왕이나 상왕의신하가 아니던가. 상왕을 배반하고 돌아선 정인지, 신숙주의 무리는 지금 왕을 배반하고 돌아 서지 말라는 법이 있나--이렇게 생각하면 도무지 마음이 놓이지를 아니하였다. 왕이란 결코 마음 놓이는 자리가 아닌 것을 깨달았다.

"상감, 내일 운검을 폐하시겨오."

하는 한명회의 말에는 깊은 뜻이 있는 듯이 왕에게 들리었다. 등 뒤에 칼 빼어 들고 섰을 두 장수--분명히 속을 믿기 어려운 성승과 유응부--왕은 생각만 하여도 전신에 찬 기운이 돌았다.

"또 동궁께옵서는 명일 본궁을 지키심이 옳은가 하오."

한명회는 이런 말씀도 아뢰었다.

왕은 밤을 잠 없이 지내시와 매우 신기가 불편하신 대로 경복궁을 납시어 운종가를 지내시와 창덕궁으로 거동하시었다. 동궁은 명회 말대로 경복궁에 있으라 하시었으나 운검을 폐하라는 명회의 말은 듣지 아니하시었다. 대개 그것은 예에 어그러질뿐더러 또한 세상에 너무 비겁하다는 치소를 들을까 두려워하는 까닭이다. 성승, 유응부, 제가 감히 나를 어찌하랴. 천명이 내게 있지 아니하냐--이렇게 생각하시고 마음은 진정하시려 하시었다.

예정대로 상왕이 수석에 앉으시고 다음에 왕이 앉으시

고 그 다음 동궁이 앉을 자리는 비이기로 되었다. 성삼문은 그 빈 자리를 힐끗힐끗 바라보고 침을 삼킨다.

운검 성승이 칼을 차고 바야흐로 전에 오르려 할 때에 도승지 한명회가 문을 막아서며,

"운검 들지 말라 하옵시오."

한다. 명회의 그 태도가 심히 오만무례하였다.

성승은 분김에 칼자루에 손을 대었으나 명회 뒤에 서 있는 삼문이 눈짓하는 것을 보고 말없이 계하로 내려서서 뒷문 밖으로 물려 나왔다. 뒤를 따라 삼문이 나온다.

"명회놈부터 먼저 죽일란다. 운검을 안 들이는 것을 보면 무슨 김새를 챈 모양이니 닥치는 대로 한 놈이라도 죽이는 것이 옳지 아니하냐."

하는 것은 성승이 삼문을 보고 하는 말이다. 성승의 목에는 핏줄이 불룩거린다.

"아니올시다."

하고 삼문은 손을 들어 아버지를 막는 모양을 하며,

"세자가 아니 왔으니 명회를 죽이면 무엇합니까. 오늘 일은 틀리었습니다. 후일 다시 기회를 보지요."

한다. 이때에 유응부가 역시 칼을 들고 들어온다.

삼문이 유응부를 막으며,

"아니외다. 세자가 본궁에 있고 또 운검을 들이지 아니하니 하늘이 시키는 것이외다. 만일 여기서 거사를 하더라도 세자가 경복궁에서 기병을 하면 승패는 알 수 없으니, 다른 날 상감과 세자가 함께 있는 때를 타서 일을 하는 것이 옳을 까 합니다."

한다. 유응부가 삼문의 말을 듣고 미간을 찌푸리어 화를 내며,

"아닐세. 일은 신속해야 하는 것이야. 공연히 지연하다가는 일이 누설이 될 염려가 있지 아니한가. 세자가 비록 본궁에 있다 하더라도 모신적자(謀臣賊子)395)가 다 수양(首陽)을 따라 여기 있지 아니한가. 오늘 그놈들만 다 죽여 버리고, 상왕을 복위하시게 한 뒤에 무사를 시켜 일대병을 거느리고 경복궁으로 지치어 들어가면 세자가 제가 어디로 도망한단 말인가.

설사 지략 있는 놈이 있다하더라도 별 수 없을 것이야. 이 천재일우를 잃어버린단 말인가 이 사람아."

하고 발을 구른다.

전정에서는 풍악이 일어난다. 이 풍악 한 곡조가 그칠

---

395) 슬기와 꾀가 있는 신하, 임금이나 부모에게 거역하는 불충한 사람.

만하면 상왕전에 계시던 상왕과 왕이 가지런히 광연전으로 납시고 또 다른 전각에서 시각을 기다리던 명나라 사신도 광연전으로 들어올 것이다.

"늦네, 늦어."

하고 유웅부가 부득부득 들어가려는 것을 박팽년이 또 황망히,

"대감, 이게 만저지계가 아니외다."

하고 막았다.

"만전지계? 만전지계가 어디 있단 말인가. 온 때를 놓치면 또 어느 때가 있단 말인가."

하고 한탄하고 웅부는 하릴없이 물러나왔다.

이렇게 일이 중지된 줄도 모르고 신숙주 죽일 것을 담당한 윤영손은 편상에 앉아 망건을 다시 쓰고 있는 숙주를 죽이려고 칼을 들고 들어가는 것을 역시 삼문이 눈짓하여 막아버렸다.

"왜? 왜?"

하고 윤영손은 성삼문이 막는 것을 의아하게 생각하였으나 이번 일에 주장되는 삼문의 말을 아니 들을 수가 없었다.

오늘 일이 모두 중지되는 것을 보고 김질은 그저 부

정창손에게로 달려갔다. 이때에 정창손은 우찬성으로 예복을 갖추고 바로 광연전으로 들어오려 하는 때였다.

"오늘 운검을 폐하시고 세자께서 수가(隨駕)396) 아니하신 것은 천명이요, 오늘 일은 다 틀렸으니 먼저 상감께 고하는 것이 옳을까 합니다. 그러면 부귀가 유여할 것이 아닙니까."

하였다. 정창손은 잠깐 주저하였으나 가만히 있다가 화를 당하는 것보다 왕께 이 일을 아뢰어 부귀를 누리는 것이 또한 전화위복하는 상책이라 하여 사위 김질을 데리고 왕이 계신 궁전으로 달려갔다.

때에 마침 왕은 곤룡포에 익석관을 벗으시고 명나라 황제가 보낸 면류관(冕旒冠)과 황포(黃袍)를 입으시고 백옥홀을 드시고 연회장인 광연전으로 납시려 할 때였다.

정창손이 김질을 데리고 황망히 들어오는 것을 보고 왕은 무슨 일인가 하여 일변 의아하고 일변 놀라운 생각으로 창손과 질을 바라보신다.

"소신 정창손 아뢰오. 지금 성삼문의 무리가 역모를 하오니 상감께옵서 시급히 처분 계옵시오."

---

396) 임금을 모시고 따라다님.

하고 정창손이 가장 근심스러운 빛을 보인다.

"무엇이? 성삼문이?"

하고 곁에 섰는 한명회를 돌아보신다. 한명회는 오래전부터 성삼문, 박팽년의 무리가 간흉하여 이심을 품을 염려가 있음을 누누이 왕께 아뢰었고 또 오늘도 세자를 본궁에 두고 운검을 물리라는 말씀을 아뢴 까닭이다.

한명회는 자기의 선견지명을 자랑하는 듯이 빙그레 웃었다.

"역모라 하니 그래 어떻게 삼문배가 역모할 줄을 정찬성이 알았단 말요?"

하고 왕이 창손을 노려보신다.

"아뢰옵기 황송하오나 소신의 사위 김질이가 평소에 삼문, 팽년의 무리와 추측하와 이번 역모에도 참예하였다가 황천이 살피시와 제 마음을 돌리시와 소신께 말하옵기로 여기 데리고 왔사옵거니와 죄당만사요. 소신까지도 죽여줍시오."

하고 눈물을 흘린다.

왕이 김질을 흘겨보신다.

김질을 무릎을 덜덜 떨고 이마로 마루바닥을 두드리며,

"소신 죄당만사요. 죽여줍시오."

하고 느껴운다.

"그래 분명 역모를 하였단 말이냐?"

하고 왕의 음성도 흥분으로 떨린다.

"소신이 무엇을 아오리까마는 따라다니며 삼문, 팽년의 무리가 의논하는 것을 들었습니다."

"그래 무어라고 하더냐? 들은 대로 말하여라."

하시는 왕의 눈에서는 불이 나려고 한다. 역모란 말도 불쾌하거니와 더구나 오늘과 같은 날--조선의 만인이 기껍게 왕을 추대하는 양을 사실로 보이려 하고, 그중에도 상왕과 왕과 사이에 왕위를 주고받은 일이 가장 의합하게 된 것을 실지로 보이자는 오늘에 이러한 불쾌한 일로 파흥과 망신을 아울러 하게 된 것이 분하였다.

김질은 성삼문 등이 자초로 의논하던 것과 오늘 하려던 계획이며 하려다가 중지하게 된 연유를 아뢰되 극히 자세하게 아뢰었다. 그러나 자기가 그중에서 가장 열렬한 사람 중의 하나인 것은 털끝만치도 입 밖에 눈치지 아니하였다.

"그래 너도 그 역모에 참예했더란 말이지?"

하고 왕은 당장에 김질을 죽이기라도 할 것같이 노려보신다.

"전하, 김질이 아니면 누가 이 역모를 사전에 아뢰오리이까. 김질의 죄는 용서하시오."

하고 한명회가 곁에서 김질을 변호한다.

"환궁하리라."

하고 왕은 오늘 연회도 다 잊어버린 듯이 부랴사랴 경복궁으로 돌아오시었다. 명나라 사신과 백관에게까지도 왕이 갑자기 미령하시어 환궁하신 줄로 말하게 하시고 권람과 한명회와 신숙주 등 극히 심복인 몇 중신만 따르라 하시었다. 그리고는 상왕이 주인이 되시고 제양군과 정인지가 왕을 대표하여 사신과 수작이 있었으나 흥이 날 리가 없었다. 사신은 무슨 비치를 채었는지 곧 사관으로 돌아가고 말았다.

환궁하신 왕은 편전(便殿)에 좌정하시고 숙위장사(宿衛[397]壯士) 모으신 뒤에 명을 내리어 제승지를 부르라 하시었다.

승지 구치관(具致寬), 윤자운(尹子蕓), 김질 등이 들어온 뒤에 성삼문(成三問)이 무슨 일인가 하고 달려 들어와 추보로 옥좌 앞에 나아가,

397) 숙직하면서 지킴, 또는 그런 사람.

"좌부승지 성삼문이요."

하고 왕의 앞에 부복하려 할 때에 왕의 명을 받고 기다리고 있던 내금위(內禁衛) 조방림(趙邦霖)이 달려들어 우선 철여의로 삼문의 어깨를 한 개 후려갈기고 발을 번쩍 들어 삼문의 목을 낼 밟으며,

"이놈, 바로 아뢰어라."

하고 외친다. 충분을 이기지 못하는 듯하다.

삼문은 일이 탄로가 난 것을 깨달았고 오늘 왕이 갑자기 복통이 난다고 하여 어연에 참예도 아니하고 급거이 돌아온 연유도 알았다.

"이놈, 네가 죽을죄를 몰라?"

하고 왕이 발을 구르신다.

조방림은 손수 삼문의 두 팔을 잡고 발로 삼문의 뒷가슴을 으스러지어라 하고 냅다 차서 붉은 오라로 잔뜩 결박을 지운다.

"무슨 일인지 모르거니와 이것은 과하지 아니하오?"

하고 삼문은 고개를 들어 조방림을 바라본다.

왕이 물으시는 말씀에는 대답이 없고 조방림에게 말을 붙이는 삼문의 태도는 왕의 오장을 뒤집어 놓는 듯이 더욱 미웠다.

"이놈 듣거라. 네 내 녹을 먹거든 무엇이 부족하여 오늘 우리 부자를 해하려고 역모를 하였다 하니 과연 그러하냐?"

하시는 왕의 말씀에 삼문은 이윽히 하늘을 우러러보다가 허허 하고 웃으며,

"그런 말씀은 누가 아뢰었는지 아뢴 사람을 만나게 하여 주시오."

하고 얼굴이 홱 풀리어 태연하게 된다.

"김질아, 네 나와 삼문과 면질하여라."

하시는 왕의 명을 받자와 김질이 덜덜 떨리는 무릎을 끌고 나와 삼문의 옆에 두어 걸음 떨어지어서 선다.

삼문이 김질을 바라보며,

"이 사람, 상감께 무슨 말씀을 아뢰었나?"

하고 빙그레 웃는다.

"자네가 그러지 아니하였나. 승정원 입직실에서 그러지 아니하였나. 그때에…… 근일에 혜성이 뜨고 사옹원(司饔院)에서 시루가 울었으니 반드시 무슨 일이 있으리라고 자네가 날더러 그러지 아니하였나. 내 말이 거짓말인가?"

"그래서?"

"그래서 내가 무슨 일이냐고 물으니까 자네같이 요새에 상왕께옵서 창덕궁 복문을 열고 유(瑜=금성대군)의 구가에 왕래하시게 하는 것을 보니 이것은 필시 한명회 같은 놈들이 상왕을 좁은 골목에 드시게 하고 역사를 시켜 담을 넘어 죽이게 하려는 꾀라고—— 자네가 날더러 안 그랬나, 바로 승정원 대청에서."

"그래서?"

하고 삼문은 옳다는 듯 비웃는 듯 고개를 끄덕끄덕한다.

"그러고 자네가 날더러 네 장인헌테 이 말을 하라고, 그래서 우선 윤사로(尹師路), 신숙주, 한명회의 무리부터 없애버리고 상왕을 다시 세우면 뉘라서 좇지 아니하랴고 그러지 아니하였나. 내 말이 다 옳지 아니한가."

하고 김질의 얼굴은 처음에는 붉었으나 삼문의 눈살에 전신에 피가 다 말라 버리는 듯이 점점 얼굴이 파랗게 되고 입술이 말라 경련하고 망건편자에는 수없는 식은땀이 방울방울 맺힌다.

"그래, 그래서 자네는 자네 장인 정창손헌테 그 말을 전하였던가."

하고 삼문은 또 한 번 웃는다.

김질은 대답이 없다. 두 무릎이 마주친다.

"그래 그뿐인가. 더 한 말은 없나?"

하고 성삼문의 말은 아직도 부드럽다. 하도 어이없고 기막혀서 나오는 부드러움이다.

성삼문과 김질의 양인 대질하는 말이 한 마디 한 마디 울려날 때마다 왕과 좌우에 입시한 신하들의 등골에는 찬 기운, 더운 기운이 번갈아 흐른다.

김질이 아무쪼록 자기는 빼어가면서, 또 왕이 듣기 싫어하실 말씀을 빼어가면서 지루하게 모복하려던 전말을 말하는 것을 삼문이 고개를 흔들어 막으면서,

"그만해라. 네 말이 다 옳지마는 좀 깐깐하다."

하고 다시 왕을 바라보며,

"더 말할 것 있소. 상왕께옵서 춘추가 높으시어서 선위하신 것도 아니시오. 나으리라든가 정인지, 신숙주, 한명회 같은 불충한 무리들에게 밀려서 선위를 하옵신 것이니까 복위를 원하는 것은 인신소당위(人臣所當爲)가 아니요? 다시 물을 것 있소. 그래서 오늘 나으리 부자를 죽여서 천하의 공분을 풀려고 하였더니 일이 뜻같지 못하여서 이 꼴이 되었소. 마음대로 하시오."

하고 왕을 삼감이라고 부르지 아니하고 나으리라고 부른다.

왕은 삼문의 태연한 태도와 불공한 말에 더욱 진노하시와,

"이놈 네가 입으로 충효를 부르며 감히 나를 배반하니 저런 죽일 놈이 있느냐."

하시고 무슨 말씀을 더 하시려는 것을 삼문이 막으며,

"배반이란 말이 되어. 내가 어찌하여 배반이란 말이요? 우리네 심사는 국인(國人)이 다 아는 것이야. 나으리같이 남의 국가를 도적하는 사람도 있거든 삼문이 인신이 되어 그 군부가 폐함이 되심을 차마 보지 못함이지 배반이란 말이 되오? 앗으시오. 나으리가 평일에 언필칭 주공(周公)으로 자처하지 아니하였소? 어디 주공이 이런 짓 하였읍네까. 성삼문이 한 일은 천무이일(天無二日)이요, 민무이주(民無二主)인[398] 연고요. 앗으오, 그리 마오."

하고 왕을 책망한다.

왕이 용상에서 벌떡 일어나시어 발을 구르시고 소리를 높이시어,

"그러하거든 네 어찌하여 수선(受禪)하는 날 막지를 못하고 오늘 와서 나를 배반한단 말이냐."

---

398) 하늘의 해가 둘일 수 없고, 백성은 두 임금을 섬기지 아니한다.

하신다. 명나라 사신이 온 날에 이 일이 일어난 것이 왕께는 더욱 한이 되는 까닭이다.

"힘이 못 미쳤소. 마음이 없었겠소? 내가 나서야 막지도 못할 것이요. 돌아가 죽으려 하였으나 죽기만 하면 무엇하오. 도사무익(徒死無益)399)이겠기로 훗일을 도모하려고 지금까지 살아 있다가 이 옥이구려."

하고 삼문은 분과 한을 못이기는 듯 한숨을 쉬고 힘없이 고개를 숙여버린다.

"이놈, 네가 칭신(稱臣)을 아니하고 날더러 나으리라 하니 웬 말인고? 네가 내 녹을 먹었거던 녹을 먹고 배반함이 반복이 아니고 무엇인고? 상왕을 복위한다 하나 실은 사욕을 채우려는 것이 아니냐."

하신다. 삼문이 고개를 번쩍 들어 노한 눈으로 왕을 노려보며 소리를 가다듬어,

"상왕이 계시거든 나으리가 어떻게 나를 신하를 삼는단 말이요? 또 나는 나으리의 녹을 먹은 일이 없소. 내 말이 못 믿거든 내 집을 적목하여다가 계량하여 보오. 나으리께 받은 것은 고대로 쌓아 두었으니 도로 가지어

---

399) 쓸데없는 죽음. 개죽음.

가오. 나으리가 하는 말은 다 허망무가취(虛妄無可取)야. 그 말을 누가 믿는단 말이요?"

하였다. 왕은 참다못하여,

"이봐라 네 이놈을 불로 지지어라."

하고 발을 구르시고 앉으락 일락 하신다.

무사(武士)는 청동화로에 숯불을 피우고 일두와 화젓가락을 묻어서 달인다. 번쩍 빼어 드는 인두는 불 핀 숯과 같이 뻘겋게 달았다.

무사가 달려들어 삼문의 옷을 찢어 벗긴다. 왕은 속히 하라고 성화같이 재촉하신다.

왕은 일변 성삼문을 인두로 지지어가며 이번 역모에 공모자가 누누 누구냐고 국문을 계속하고 일변 승지 윤자운(尹子雲)을 창덕궁으로 보내어 성삼문 등이 상왕을 죽이려는 역모가 발각된 일과 시방 공모자를 공초 받기로 하여 국문한다는 말을 전하게 하여 가로되,

"성삼문이 심술이 불초하지마는 쾌기 학문이 좀 있기 위 정원에 두었삽더니 근일에 일에 실수하는 것이 많사옵기로 예방승지를 공방승지로 고치었삽더니 그것을 마음에 분히 여기어 말을 지어 가로되 상왕이 유의 집에 왕래하시며 그윽히 불측한 일을 도모하신다 하고 또 대

신들을 다 죽이려 하옵기로 시방 국문하나이다."
하시었다. 이로 보건대 성삼문이 상왕을 해하려 하는 음모를 하기 때문에 괘씸하여 국문한다는 뜻이다.

이 말을 전하려 온 윤자운에게 상왕은 술을 주시었다. 혹시 상왕은 윤자운이가 전하는 왕의 말씀을 믿었는지도 모른다. 대개 삼문 등은 이 일을 도모할 때에 상왕께는 아시게 하지 아니한 까닭이다. 만일 상왕이 이 일을 아신다 하면 불행히 일이 패한 뒤에 화가 상왕께 미칠 것을 두려워하였음이다.

삼문의 팔과 다리에는 불같이 뻘건 인두가 번갈아 닿아 지글지글 살이 타고 기름과 피가 흘렀다. 그러나 그는 잘못하였다고 빌지도 아니하고 누구와 같이 하였다고 불지도 아니하였다. 또 불어낼 필요도 없다. 김질이가 일러바치었으면 다 알 것이다. 그렇지마는 그렇다고 자기의 입으로 동지를 불지는 아니하였다.

그러나 왕은 삼문의 입으로서 잘못했다는 말과 또 누구누구와 함께 하였다는 말을 듣고 싶었다. 그래서 뻘겋게 단 화젓가락으로 넓적다리와 장딴지를 뚫기도 하고 두 팔과 손바닥을 뚫기도 하였다. 고기 굽는 냄새와 같은 살과 기름 타는 냄새가 대궐 마당에까지 들이고 방안에는 노란 연기가 피어오른다.

뻘겋게 달았던 화젓가락과 인두는 삼문의 피와 기름으로 하여 순식간에 식어버린다.

뿌지직뿌지직하는 소리가 그칠 때마다 삼문은,

"이놈들아, 쇠가 식었구나. 더 달게 하려무나."

하고 소리를 지른다.

왕은 더욱 진노하여,

"이봐라, 그놈이 본시 흉악한 놈이라 불이 뜨거운 줄을 모르나보다. 네 쇠꼬창이를 불이다 되도록 달궈서 놈의 배꼽을 쑤시어라. 그래도 아픈 줄을 모르고 제 죄를 깨닫지 못하는가 보리라. 그러고 저놈이 만일 기색하거든 냉수를 뿜어서 깨워 가며 지지어라."

하신다. 이는 성삼문이 아픈 것을 못 이기어 가끔 꼬빡하고 조는 때가 있기 때문이다.

불같이 뻘건 쇠꼬챙이가 삼문의 배꼽을 지진다. 기름이 보글보글 끓고 그 기름에 불길이 일어난다. 꼬빡 졸던 삼문은 번쩍 눈을 떠서 자기가 당하는 것이 무언인 것을 보더니,

"성삼문의 몸뚱이가 다 타서 없어지기로 성삼문의 가슴에 박힌 일편 충성이야 탈 줄이 있으랴."

하고 벽력같이 소리를 지른다. 이 소리에 놀래어 쇠꼬치는 무사가 한 글음 뒤로 물러선다.

삼문의 배에서 붉은 피가 한없이 흐른다.

이때에 신숙주가 무슨 은밀한 말씀을 아뢰려고 왕의 곁으로 들어오는 것을 보고 삼문이 눈을 부릅뜨고 소리를 지른다.

"이놈 숙주야, 네가 나와 함께 집현전에 입직하였을 적에 영능께옵서 원손(元孫)을 안으시고 뜰에서 거니시며 무어라고 하시더냐. 내가 천추만세에 너희는 이 아이를 생각하라고 하신 말씀이 아직도 귀에 쟁쟁하거든 너는 벌써 잊어버렸단 말이냐. 아무리 사람을 믿지 못한다 하기로 네가 이다지 극흉 극악하게 도니 줄은 몰랐다. 이놈아, 네가 대의를 저버렸거든 천벌이 없이 부귀를 누릴 듯 싶으냐."

숙주의 얼굴은 흙빛이 되어 감히 삼문을 정면으로 바라보지 못한다. 왕은 숙주를 명하여 전후(殿後)로 피하게 하신다.

삼문은 점점 기운이 엇어진다. 힘써 몸을 바로 잡으려 하나 몸이 말을 듣지 아니하고 눈이 감긴다. 앞으로 고꾸라질 듯할 때에 왕이 무사를 명하여 냉수를 몸에 끼얹으라 하신다.

삼문이 깜짝 정신을 차리어 옥좌에 앉으시어 숨소리가 높으신 왕을 바라보며,

"나으리 형벌이 너무 참혹하구려."

하고는 그만 기절하여 쓸어진다.

왕은 기절한 삼문을 한편을 비켜 다시 피어나도록 약을 쓰라 하고 다음에 박팽년을 앞으로 불렀다.

왕은 이번 일에 잃어버릴 인재를 아끼거니와 그중에도 박팽년을 더욱 아끼었다. 그도 그럴 만하다. 집현전 문학 지사 중에 가장 이름난 사람으로 신숙주, 최항, 이석형, 정인지, 박팽년, 성삼문, 유성원, 이개, 하위지 등이 있어 삼문의 문(文), 위지의 책소(策梳), 성원(誠源)의 경사(經史), 개의 이 모양으로, 각각 특장이 있었지마는 그중에도 팽년은 모든 것을 집대성(集大成)하여 경학, 문장, 필법 어느 것이나 깨나지 아니함이 없었다. 이 까닭으로 왕은 박팽년을 아끼었다.

그뿐 아니라 세조가 정란을 마치고 영의정이 되어 부중에 대연을 베풀었을 때에 이러한 시를 지은 것이 있었다.

廟堂深處動哀絲

萬事如今摠不知

柳線東風吹細細

花明春日正遲遲

先王大業抽金櫃

聖主鴻恩倒玉巵

不樂何爲長大樂

賡歌醉飽太平時[400]

　왕은 이 시가 자기의 공업을 칭송한 것이라고 생각하여 현판에 새기어 부중에 걸게 하였다. 이 때문에도 박팽년은 아까왔다.

　그래서 한명회를 시키어 팽년더러,

　"네, 내게 항복하거나 이 일을 모르노라고만 하라. 그러면 살리리라."

하고 귓속으로 말하게 하였다.

　그러나 박팽년은 웃었다. 그리고 마루에 흐른 성삼문의 피를 가리키며,

---

400) 묘당 깊은 곳에 거문고 구슬프니/오늘 같은 세상만사 도무지 알 수 없네
　　　버들가지 푸르고 봄바람은 살랑살랑/만발한 꽃에 봄날은 더디고 더디구나
　　　선왕의 대업을 금궤에서 꺼내고/성주의 큰 은혜에 옥술잔 기울이네
　　　즐기지 않고 어찌 내내 있겠는가/노래 이어지고 배불리 취하니 태평성태로세

"나으리, 이 피를 보시오. 이것이 충신의 피요."

하고 무릎을 꿇어 감히 그 피를 밟지 못할 양을 보인다.

나으리란 팽년의 말에 왕의 비위는 와락 뒤집힌다.

"삼문이 나를 불러 나으리라 하더니 너도 나으리라 한단 말이냐. 어찌하여 네 내게 칭신을 아니한단 말이냐."

하고 무사를 시키시어 주먹으로 팽년의 입을 쥐어지르게 하신다. 그래도 팽년은 굴치 아니하고 말끝마다 왕을 불러 나으리라 하고 자기를 불러 나라고 한다.

"네가 이미 내게 신을 일컬었고 또 내 녹을 먹었거든 이제 와서 칭신을 아니하면 무엇한단 말이냐."

하고 왕은 팽년을 비웃으신다.

"내가 상왕의 신하요, 나으리 신하가 아니어든 나으리 앞에 칭신할 리가 있소. 죽여도 안 될 말이요."

하고 팽년이 입으로 피를 뿜는다.

"그러면 어찌하여서 지금까지는 칭신을 하였단 말이냐."

하고 왕의 어성은 높인다.

"칭신을 할 리가 있소. 내가 충청 감사가 되어 나으리에게 계목401)을 보낼 때에 일찍 신이라고 한 일이 없고,

---

401) 啓目: 임금에게 올리는 서류에 덧붙인 목록.

또 나으리가 주는 쌀 한 알갱이도 먹은 일이 없소. 내 말을 못 믿거든 제 목을 고람402)이라도 하시구려. 또 나으리가 녹이라고 준 것은 딴 곳간에 꼭꼭 쌓아 두었으니까 이제는 도로 가져가시오. 박팽년이 굶어 죽을지언정 두 임금의 녹을 먹을 사람이 아니요."

하고 엄숙하기 추상과 같다.

"이봐라. 그놈의 입에서 나으리란 소리가 다시 나오지 못하도록 매우 때려서 저리 밀어놓아 다시 생각하여 보라 하여라."

하시고 왕은 유응부를 부르신다.

유응부는 정이품(正二品) 훈련도감의 위풍이 늘름한 군복을 입고 투구 밑으로는 희뜩희뜩한 반백의 귀 밑 터럭이 보인다.

왕은 유응부를 보시고,

"너는 나깨나 먹고 귀 밑이 허연 것이 의리를 아람즉하거든 저 무지한 놈들의 꾀임에 든단 말이야? 그래 어찌할 작정이냐?"

하시고 효유하는 어조로 물으신다.

---

402) 자세히 살펴보거나 점검하면서 읽음.

응부는 허리도 아니 굽히고 고개도 아니 숙이고 오연히 왕을 바라보며,

"오늘 한 칼로 임자를 없애버리고 옛 임금을 회복하려다가 불행히 간사한 놈의 고발한 바가 되었으니 인제 하길 무엇하오. 임자는 빨리 나를 죽이오."

하고 노한 눈을 부릅뜨며 왕을 흘겨본다. 왕은 응부의 눈에서 불이 번쩍함을 보고 몸에 소름이 끼침을 깨달았다.

"이놈, 무엇이 어찌하여? 상왕을 핑계로 사직을 도모하고서는……."

하시고 왕은 분을 못 이기시어 주먹을 불끈 쥐시고 이를 가신다. '나으리'란 말도 비위가 뒤집히려는 하물며 '임자'라고 함이랴. 당장 유응부의 간을 내어 씹고 싶도록 분하시었다.

"사직을 도적한 것은 수양 자넬세. 우리네는 무너진 강상을 바로잡으려다가 이렇게 자네 손에 붙들린 것일세. 잔말 말고 어서 죽이게 죽여."

하고 응부가 발을 탕 구르니 대궐이 흔들린다. 전내에 있던 사람들이 모두 실색한다. 지금이라도 손에 칼이 하나 있었으면 하였으나 인제는 결박된 몸이라 어찌할 수 없었다.

왕은 '자네'라는 웅부의 말에 참다못하여 옥좌에서 벌떡 일어나시며 입에 거품을 무시고,

"이 놈을--이 대역무도한 놈을 세워 놓고 껍질을 벗기되 개 껍질 벗기듯이 하여라."

하시고 발을 동동 구르신다.

무사들이 번쩍번쩍하는 식칼 같은 칼을 들고 달려들어 웅부의 옷을 찢어 벗기고 세워놓은 대로 목에서부터 등과 가슴과 팔로 껍질을 내려 벗긴다. 칼이 지나간 뒤를 따라 방울방울 피가 흘러내리고 껍데기 벗겨진 살은 씰룩씰룩 경련한다. 쩍쩍 하고 껍질 떨어지는 소리가 들린다.

그래도 웅부는 아프다는 소리도 내지 아니하고 몸도 꼼짝 아니하고 꼿꼿이 서 있다. 웅부가 삼문, 팽년 등을 돌아보며,

"이르기를 서생은 불가여모사라더니 과연이로구나. 아까 내가 한 번 칼을 써 보려 할 때에 너희 놈들이 굳게 막아서 천재일시를 놓치어버렸으니 이런 분할 데가 있나. 이놈들 날더러 만전지계가 아니라고 하였지? 그래 이 꼴 되는 것이 만전지계냐. 엑끼 못생긴 놈들 같으니 너희 같은 놈이 사람이 무슨 사람이야. 개 같은 놈들, 못생긴 놈들."

하고 이를 간다.

누구누구와 함께 역모를 하였느냐고 묻는 데는 유응부는 다만 한 마디,

"무슨 물을 말이 있거든 저 썩어진 선비 놈들헌테 물으려무나."

하고는 이내 굳게 입을 닫히어버리고 만다.

왕은 더욱 노하여 단근질을 하라고 명하신다. 성삼문을 지지던 쇠꼬챙이를 뻘겋게 달게 하여 응부의 불두덩을 지지니 기름이 지글지글 끓고 그 기름에 불이 붙어 번쩍번쩍 불길이 일어나고 살점이 익고 타서 문들어지어 떨어진다.

"이놈, 그래도 항복을 아니해? 그래도 같이 한 사람을 안 불어?"

하고 왕은 소리를 지르시고 앉으락 일락 진정을 못하시도록 분통이 터지신다.

응부는 왕의 말은 귓등으로 듣고 대답도 아니하고 안색이 조금도 변함이 없이 꼿꼿이 서서 홍종 같은 어성으로,

"이놈들아, 쇠꼬챙이가 식었구나. 더 달궈 오너라."

하고 종시 항복을 아니한다.

왕은 하릴없이 응부를 물리라 하고 이개를 끌어내어

단근질을 시작한다. 이개는 서서히 왕을 바라보며,

"여보, 이게 무슨 형벌이요?"

하고 물었다. 과연 이런 형벌은 걸주 이후에는 없는 것이다. 왕은 무료하여 더 물으시지 아니하고 하위지를 불러낸다.

하위지는 상왕이 선위하신 뒤에 벼슬을 버리고 선산 향제로 내려갔었으나 이번에 동지들에게 불려 올라왔던 것이다.

왕은 위지를 보시고,

"이놈, 너도 저놈들과 같이 역모를 하였지?"

하고 물으신다.

"참칭왕(僭稱王)을 패하고 상왕을 복위하시게 하려고 하였지요."

하고 위지는 한숨을 쉰다. 불행히 실패하였다는 뜻이다.

"어찌해서 그랬어? 벼슬이 부족해서 그랬느냐?"

하고 다시 물으신다.

"벼슬? 나으리가 영의정을 주기로 받을 내요? 악을 치고 의를 붙들자는 것이요."

하고 극히 선선하게 대답한다. 그는 본래 침묵하고 또 있는 대로 말하는 사람이었다.

문종대왕이 승하하시고 상왕께서 사위하신지 얼마 아니 되던 어떤 날 박팽년이 하위지를 찾아왔다가 비를 만나서 위지에게 우비를 빌어 입은 일이 있다. 그때에 위지는 시 한 수를 지어서 팽년을 주었다. 그 시는 이러하다.

男兒得失古猶今

頭上分明白日臨

持贈簑衣應有意

五湖煙雨好相尋[403]

이란 것이다.

첫 연(聯)은 남아가 예나 이제나 모름지기 의를 위하여 살고 죽을 것을 말한 것이요, 아래 연은 사생을 같이 하자는 뜻을 말한 것이다. 이 시를 받은 팽년은 다만 눈으로 알았다는 뜻을 표하였던 것이다.

왕이 다른 사람과 같이 위지에게도 악형으로 항복을 받으려 할 때에 위지는 다만,

---

403) 사나이 득실이야 옛날이나 지금이나/머리 위에 밝은 달이 밝게 비추는데
도롱이를 건네주는 뜻이 있을 것이라/강호에 비내리면 즐겁게 서로 찾자는 게지

"내가 반역일 것 같으면 죽일 것이지, 더 물을 것이 무엇이요?

하고 다시 말이 없다.

왕은 악형도 지리해지고 또 악형했자 신통한 것이 없을 것을 알아서 화로를 물려 버렸다.

그리고는 다시 성삼문을 향하여 그 같이 한 사람이 누구누구인 것을 물었다. 일이 이렇게 다 발각이 된 뒤에 숨길 것이 없다고 삼문은 선선하게 대답한다.

"지금 나으리가 다 물어보지 안했소? 박팽년, 유응부, 하위지, 이개가 다 내당이요."

한다.

"네 아비 승이 운검으로 들어가면 나를 죽이려 하였지?"

하고 왕이 물으신다.

"그랬소. 내 아버지가 이 일에 아니 참예할 리가 있소."

하고 삼문이 자긍하는 듯이 대답한다.

"또 그 담에는 누가 있어?"

하고 그래도 더 알아보려고 왕이 물으실 때에 삼문은,

"내 아비도 아니 숨기거든 다른 사람을 숨기겠소? 그 밖에는 더 없소. 오, 김질이 있군."

하고 웃는다. 김질의 얼굴이 파랗게 질린다.

때에 제학(提學) 강희안(姜希顔)이 붙들려 들어온다.

왕은 그를 고문하였으나 그는 모른다고 한다. 왕이 삼문을 보고,

"희안도 네 당이지?"

하고 물었다.

"희안은 참말 애매하오. 나으리가 선조 명사를 다 죽이고 인제 이 사람 하나 남았으니 이 사람을랑 죽이지 말고 쓰시오. 현인이 멸종이 되면 나라꼴이 되겠소? 희안은 현인이요. 또 애매하니 후일에 죽이더라도 아직은 살려두고 쓰시오."

하는 삼문의 말은 실로 간절하다.

왕은 삼문의 말을 옳이 여겨서 희안을 놓기로 하였다.

악형도 다 끝난 때에 공조참의(工曹參議) 이휘(李徽)가 한 편 구석에서 나서며,

"소인이 삼문 배의 역모를 아옵고 진즉 진계하려 하였사오나 사실을 더 알아보려고 늦었사옵니다. 여량부원군 송현수와 그 아내 민씨와, 또 전 예조판서 권자신과 그 어미 최씨가 다 이 일에 간참한 줄로 아뢰오."

하고 일러바친다.

이휘는 성삼문 등과 같이 일을 의논한 사람 중에 하나다. 이 일이 탄로되어 성삼문이 국문을 당하게 되매 혹시나 자기 이름이 나오지나 아니할까 하여 전전긍긍하였으나 삼문은 이미 알려진 사람 밖에는 말하지 아니하였다. 유성원도 늙은 어머니가 계신 것을 생각하고 말하지 아니하였고 이휘는 늙은 아버지가 있는 것을 생각하고 말하지 아니하였다. 그러므로 가만히만 있었으면 이 휘도 아무 일도 없었을 것이다.

그러나 이휘는 안심이 되지를 아니하였다. 더구나 김질이 큰 공명을 하게 된 것을 생각하면 자기가 그 공명을 못한 것이 분할뿐더러 또 어느 때 김질의 입에서 자기 이름이 나올는지도 몰랐다. 그래서 궁리해 낸 것이 송현수, 권자신을 걸고 들어간 것이다. 그렇게 공조참의 이휘는 영리한 사람이다.

그러나 예기한 바와 같은 칭찬을 이 휘는 받지 못하고 성삼문 등의 무서운 눈질만 받아 몸에 오한이 나도록 몸서리를 치었다. 그는 집에 돌아오는 길로 병이 나서 누웠다. 그는 악한 일을 먹고 삭일 만한 뱀의 똥집이 없었던 것이다.

왕은 송현수, 권자신을 이번 기회에 없이할 결심을 하

였으나, 해도 이미 다간 오늘에 계속하여 잡아다가 국문할 생각은 없었다. 그만하고 내전에 들어가 편히 쉬고 싶으시었다.

왕도 너무 격렬한 흥분과 참혹한 광경에 진저리가 나고 심신이 피곤하신 것이다. 맥이 풀리는 듯하시었다.

"이놈을 끌어내어 오차를 하여라."

하는 명령을 도승지 한명회에게 내리시고는 옥좌에 일어나시어 뒤도 안 돌아보시고 내전으로 듭시었다. 성삼문, 유응부 등은 눈을 들어 왕이 문으로 나가시는 뒷모양을 바라본다.

여름날 기나긴 해도 인왕산에 거의 올라앉고 대궐 추녀 끝에서는 저녁 까치가 짖는다. 구경하면 여러 신하들도 모가지와 팔다리 힘줄이 들과 같이 굳어진 듯하였다.

성삼문은 형장으로 가는 길로 무사들에게 끌려 나서고 박팽년, 유응부, 이개, 하위지의 차례로 끌려 나선다.

삼문은 옛 친구들을 돌아보며,

"자네들은 현주(賢主)를 도와 나라를 태평케 하소. 삼문은 지하에 돌아가 옛 임금께 뵈오려네. 자 가자."

하고 대궐을 나섰다. 영추문(迎秋門) 협문 밖에는 죄수를 실을 수레가 놓이고 죄수의 가족들이 죽기 전 한 번 마지막 볼 양으로 모여 섰다.

조그마한 판장문이 열리고 전신이 피투성이가 된 성삼문이 먼저 사람들의 눈앞에 나서서 그의 눈이 지는 별에 번쩍할 때에 가족이나 아니나 보는 사람들이 다 소리를 놓아 울었다.

이개와 하위지 두 사람은 제 발로 걸어나오나 성삼문, 유응부, 박팽년, 성승, 박정 등은 모두 몸을 마음대로 놀리지 못하여 군사들에게 붙들려 나온다.

삼문은 수레에 오르며 소리 높이 시 한 수를 읊는다.

　　擊鼓催人命
　　回頭日欲斜
　　黃泉無一店
　　今夜宿誰家

번역하면 이러하다.

"북을 쳐서 사람의 목숨을 재촉하는데, 머리를 돌리니 날이 저물었구나. 황천에 주막이 없으니 오늘밤을 뉘 집에서 잘꼬?"

다 읊고 나니 삼문은 소리와 눈물이 한꺼번에 내리고 보고 듣는 자도 느껴 울지 않는 자가 없다.

죽을 사람들의 수레는 삐걱 소리를 내며 육조 앞 넓은 길로 나서서 천천히 나간다. 수레에 '역적 성삼문'이라 이 모양으로 먹으로 대자로 쓴 기를 걸고 또 등에도 죄목과 성명을 써 붙이었다. 길 좌우에는 장안 백성들이 눈물을 흘리고 모여 섰다.

"충신들이 죽는구나."

하는 한탄겨운 속삭임이 사람들 사이로 바람과 같이 돌아가고 그 피투성이 된 참혹한 모양이 바로 앞에 지나갈 때에는 다들 입술을 물고 고개를 돌린다.

삼문의 다섯 살 된 딸이 아버지의 수레 뒤를 따라가며,

"아버지, 아버지! 나도 가, 나도 가요!"

하고 발을 구르고 운다.

삼문이 돌아보며,

"오, 울지 말아. 네 오라비들은 다 죽어도 너는 계집애니까 살 것이다."

하고 종이 따라 올리는 술을 허리를 굽히어 받아 마시고 또 시 한 수를 읊는다.

食人之食衣人衣

願一平生莫有違

一死固知忠義在

顯陵松柏夢依一[404]

이개도 수레에 오를 때에 한 시를 읊었다.

禹鼎重時生亦大

鴻毛輕處死猶榮

明發不寐出門去

顯陵松柏夢中靑[405]

첫 연은 사람이 나라를 위하여 큰일을 할 때에는 목숨이 우정같이 중하지마는 의를 위하여 죽을 때에는 새털같이 가볍다는 뜻이요, 아래 연은 문종대왕의 고명을 저버리지 아니하여 오늘의 죽음을 취하노라는 뜻이다.

일행이 황토마루를 지날 때에 왕은 김질(金礩)과 금부

---

404) 임의 밥 임의 옷을 먹고 입으며/일평생 먹은 마음 변할 줄이 있으랴.
　이 한 몸 죽음이 충의에 있는 고로/현릉의 푸른 송백 꿈에서도 의젓하여라.
405) 우정이 중할 때에는 삶도 중하지만/새털처럼 가벼운 곳에는 죽음 또한 영광이네
　잠 못 이룬 채 날이 밝아 문을 나서는데/현릉의 소나무는 꿈속에서도 푸르네

랑(禁府郎) 김명중(金命重)을 시켜 한 번 더 성삼문 이하 여러 사람이 뜻을 돌리기를 권하였다. 뜻만 돌리면 죽기를 면할뿐더러 높은 벼슬로써 갚으리라 하심이었다.

삼문은 붓을 들어,

"이 몸이 죽어가서 무엇이 될고 하니
삼각산 제이봉에 낙낙장송 되어이셔
백설이 만건곤할제 독야청청하리라."

하는 단가 한 편을 지어 쓰고,
이개도 붓을 들어,

"까마귀 눈비 마자 희는 듯 검으니라
야광명월이야 밤인들 어두우랴
님 향한 일편단심이야 변할 주리 이시랴."

하였고 박팽년은,

"금생여수406)라 한들 물마다 금이 나며
옥출곤강407)이라 한들 뫼마다 옥이 날손

아무리 여필종부라 한들 님마다 좇을쏘냐."

하였다. 김 명중이 팽년을 향하여, "글쎄, 왜 노친이 계신데 말 한 마디면 펴일 일을 이 화를 당하시오?" 하고 다시 마음 돌리기를 권할 때에 팽년은 입이 아파 말은 못하고 다시 붓을 들어,

中心不平不得不爾[408]

라고 써서 보였다. 김질이 다시 무슨 말을 하려 하였으나 팽년은 더러운 말은 아니 듣는다 하는 듯이 눈을 감고 고개를 돌려버린다.

유응부는 말이 없이 다만 눈만 한 번 흘겨볼 뿐이요, 김질, 김명중 등이 하는 말은 듣지도 아니한다. 성승과 박정도 그러하였다. 하위지는 오직 잠잠할 뿐, 아니 움직이기 산과 같았다.

---

406) 金生麗水: 금은 여수에서 난다는 뜻이다. 여기서 여수는 형남(荊南)과 함께 사금(砂金)의 명산지이다.
407) 玉出崑岡: 옥은 곤강에서 난다는 뜻으로, 곤강은 곤륜산을 말한다. 옛날부터 보옥(寶玉)의 명산지로 유명했다.
408) 마음이 편치 않으니 부득불 이럴 수밖에

형장이 군기감(軍器監) 앞에는 상왕의 외숙 되는 권자신과 그 어머니 화산부원군 부인 최씨(崔氏)의 김문기(金文起), 윤영손(尹鈴孫), 송석동(宋石同) 등이 잡혀와 있었고 성삼문의 아우 삼고(三顧), 삼빙(三聘), 삼성(三省), 박팽년의 아버지 중림(仲林)과 아우 대년(大年), 기년(耆年), 영년(永年), 인년(引年) 등이 벌써 결박되어 죽기를 기다리고 있었다.

유성원과 허후(許詡)의 아들이요, 이개의 매부인 허조는 잡히기 전에 자살하였다.

그날 유성원은 성균관에서 여상하게 제생을 가르치고 있었다. 물론 오늘 일이 감쪽같이 되리라고 믿고 그 결과가 알아지기만 기다리고 있었다.

그러다가 밖에 나갔던 어떤 학생 하나가 뛰어 들어와 유성원을 보고 성삼문 등이 잡히어서 국문을 당한다는 말을 들었다. 그때에 성원은 명륜당 앞 뜰 은행나무 그늘에서 더위를 피하고 있었다. 성원은 학생이 전하는 말을 듣고 손에 들었던 부채를 던지고 하늘을 우러러 통곡하였다.

성원은 곧 나귀를 내어 타고 집으로 달려 돌아왔다. 의아하는 부인더러 술을 내오라 하여 그 노모께 한 잔을 드리고 부인께도 술을 권하고 귀련(貴蓮), 송련(松蓮) 두 아들을 불러 남아가 언제 죽을 때를 당할는지 모르는 것이니 아무 때에 죽더라도 비겁한 모양을 보이지 말고 태연자약하게 죽어야할 것을 말하고는 아무도 뒤를 따르지 말라 하고 혼자 사당으로 올라가 배례한 뒤에 찼던 칼을 빼어들고,

"불효 성원이 두 번 가명을 더럽히지 아니하고 죽습니다."

하고 그 칼로 목을 찌르고 자진하였다.

오늘 남편이 하는 일이 수상하고 또 사당에 첨배하고 오래 돌아오지 아니하는 것을 근심하여 달려갔을 때에는 성원은 벌써 피에 떠서 숨이 끊어져 있었다. 부인은 성원의 목에서 칼을 빼었으나 가버린 목숨은 도로 돌아오지 아니하였다.

이때에 금부 나졸이 달려들었다. 아들 귀련, 송련 형제를 잡아 앞세우고 성원의 시체를 지우고 군기감 앞으로 돌아왔다.

유성원의 시체가 형장에 왔을 때에는 성삼문은 벌써 사지를 찢기고 목을 잘리어 전신이 모두 여섯 토막으로 나뉘었었다. 그리고 그의 눈 감지 못한 머리는 상투로

끈을 삼아 그의 죄명과 성명과 함께 높다랗게 새로 세워 놓은 시렁에 대롱대롱 매어달리었다.

성삼문의 다음이 박팽년이다. 그 다음이 이개, 유응부, 하위지, 성승, 박정, 송석동, 권자신이 차례로 찢어 죽이고, 그 다음에 상왕의 외조모인 화산 부원군 부인 최씨를 찢어 죽이고, 다음에 유성원의 시체를 찢고 그 나머지는 날이 저물어서 내일에 죽이기로 하고 황쇄 족쇄하여 금부로 옮겨 가두었다.

이 일이 있는 동안에 영의정 정인지, 이휘(李徽) 등 문무백관이 벌여 서서 형벌 행하는 것을 감독하고 구경하였다.

밤이 들어 백관이 각각 집으로 돌아갈 때에는 어디선지 모르게 돌팔매가 날아오고 '정인지야', '신숙주야' 하고 부르는 소리가 드릴어서 대관들은 모든 군사와 무사의 옹위를 받았다.

피비린내 나는 형장에는 창검 든 군사 수십인이 죽은 이들의 머리와 몸뚱이를 지키노라고 파수를 보았다. 여름 달빛이 피 묻은 머리를 비추어 감지 못한 눈이 번쩍번쩍 할 때에는 군사들도 몸에 소름이 끼침을 깨달았다.

이튿날은 도리어 더욱 참혹하였다. 아버지들과 할아버

지들이 죽던 피 묻은 자리에서 육십여 명 어린 자손들과 연루자들이 죽었다. 젖 먹는 어린것까지도 죽여 버리라는 엄명이요, 만일 그들의 아내 중에 잉태한 자가 있거든 해산하는 것을 지키어 나오는 대로 남자이거든 죽이라 하였다.

그때에 죽은 사람들을 일일이 다 기록할 수는 없으나 그중에서 중요한 사람들 몇을 들면 이러하다(의리를 위하여 목숨을 버렸거든 거기 무슨 중요하고 중요치 아니한 차별이 있으랴마는 가장 사람들의 흥미를 끌 만한 이를 골라서란 말이다).

첫째 성삼문이 집안을 말하면 삼문 부자가 이번 사건에 주범으로 죽은 것은 말할 것도 없거니와 맹첨(孟瞻), 맹평(孟平), 맹종(孟終) 삼형제는 그 조부 성승과 아버지로 하여서, 헌, 택(澤), 무명(無名), 금년생(今年生) 네 어린 아이들은 그 증조부 승과 조부 삼문으로 하여서 참혹하게 죽었고, 삼문의 아우 되는 부사(府使) 삼빙(三聘), 정랑삼성(正郎三省), 장신삼고(將臣三顧)는 그 아버지 성승으로 하여 주검이 되었다.

박팽년의 집으로 말하면 그 아버지 판서중림(判書仲林)은 팽년과 같이 역모에 간련하였다 하여 죽고, 팽년의 아들 헌(憲), 순(珣), 분(奮) 삼형제와 손자 점동(占同), 갯동(㐣同), 파록대(波彔大), 산흔(山欣), 금년생(今年生) 오형제와 팽년의 아우 인년(引年), 검열(檢閱) 영년(永年), 수찬(修撰)이요 호를 동재(東齋)라 하는 기년(耆年), 박사 대년(博士大年) 사형제가 다 한 자리에 서 죽었고, 유응부의 아들 사수(思守), 박정(朴靖)의 아들 숭문(崇文), 손자 계남(季男), 칙동(則同), 권자신의 아들 구지(仇之), 허조의 아들 연령(延齡), 구령(九齡), 송석동(宋石同)의 아들 창(昌), 영(零), 안(安), 태산(太山) 등이 다 죽고 우습고 불쌍한 것은 권자신, 송현수를 고발한 이휘(李徽)가 붙들려 죽은 것이다. 김질(金礩)은 좌익공신을 봉함이 될 때에 이 휘는 역적으로 효수를 당한 것은 참으로 우스운 일이다.

하위지의 가족은 선산 시골집에 있었기 때문에 그 아들들은 며칠 뒤에 선산에서 죽었다.

하위지의 집은 선산부(善山府) 영봉리(迎鳳里)에 있었다. 금부도사가 위지의 가족을 잡아 남자면 죽이고 여자면 종을 만들려고 서울서 내려왔다. 호(號), 박(珀), 연, 반(班) 사형제 중에 연과 반은 아직 철모르는 어린 아이들이요, 호는 장성하였으나 박은 불과 십육칠 세의 소년이었다.

금부도사가 거느린 선산 관속이 사형제를 잡아 앞세울 때에 박이 금부도사더러 모친에게 마지막 한 마디 할 말이 있으니 잠깐만 여유를 달라고 하였다. 금부도사는 박이 연소하면서도 태연자약하며 군자의 풍이 있는 것에 감복하여 허하였다. 박은 안으로 들어가 모친 앞에 꿇어 앉았다. 모친은 흘리던 눈물을 거두고 태연하게,

"왜 남아답지 못하게 어미를 한 번 더 보려고 들어왔느냐?"

하고 꾸짖었다.

박은 어머니 앞에 이마를 조아리며,

"소자가 죽는 것을 어려워하는 것이 아닙니다. 아버지께서 죽임을 당하시었거든 소자가 살 리가 있습니까. 비록 조명이 없다하더라도 소자가 마땅히 자결하였을 것입니다. 그러하오나 우리 동기 중에 오직 누이 하나, 저도 이미 과년하였는데 적돌 되어 종이 되면 천한 몸이 부인의 의를 지키기가 극난할 것입니다. 비록 죽을지언정 반드시 한 남편을 좇고 개돼지의 행실을 아니하도록 어머님께서 잘 훈계하십시사고, 그것이 소자가 마지막으로 여쭙는 말씀입니다."

하고 일어나 두 번 절하고 물러 나온다. 그때에 곁에 있던 누이가,

"소매가 아녀자지마는 하씨 집 가명을 더럽게 할 사람이 아니니 오라버님 염려 놓으시오."

하였다. 누이는 열다섯 살이었다.

선산부 객사 앞 넓은 마당에서 하위지의 아들 사형제가 일시에 교형을 당하였다. 사형제를 가지런히 늘어 세워놓고 금부도사와 선산부사의 감형으로 사형제의 목에 올개미를 씌울 때에 일곱 살 먹은 연까지도 조금도 두려워함 없이 종용히 서 있었다. 선산부에 하위지 모르는 사람이 어디 있으며 하위지의 덕행에 감복 아니한 사람이 어디 있을까. 형장에는 수천 명 부민이 모여 모두 눈물을 흘리었다.

그때에 마침 태중에 있던 이가 박팽년의 며느리 한분과 허조의 아들 연령의 아내였었다. 둘이 다 만일 남아만 낳은 날이면 그 아이는 죽을 운명을 가질 것이나 박팽년 집에는 마침 종에 상전과 같이 해산한 이가 있어서 상전이 낳은 아들은 종의 아들을 삼고 종이 낳은 딸은 상전의 딸을 삼아 박팽년의 후손이 살아남았고, 허연령의 처가 낳은 아들은 자란 뒤에 죽이기로 하고 연령의 처와 함께

괴산부(槐山府)에 맡기어 두었다가 세조대왕의 분한 마음이 풀린 뒤가 되어 아니 죽이기로 하였으니 그것은 이로부터 칠년 뒤 일이다.

이렇게 칠십여 명 사람이 죽은 것을 병자(丙子) 원옥이라고 일컫거니와 이 일이 있은 뒤에 계속하여서 죽이는 일은 한참 동안 끊이지 아니하였다. 그중에 가장 큰 것은 혜빈 양씨와 그의 몸에서 난 두 아드님 한남군(漢南君) 어, 영풍군(永豊君) 천의 죽음이다.

이 세 분은 성삼문 사건에 관계되었다고 드러난 증거가 없었다. 그러나 왕이 생각하시기에나 정인지, 신숙주, 권람, 한명회 등이 생각하기에 혜빈 양씨 세 모자와 세종대왕의 아드님으로 나이 가장 높은 화의군 영(瓔)과 안평대군이 돌아간 뒤에 종실에 가장 명망이 높은 금성대군 유(瑜)와 상왕이 가장 정다워하시고 또 신임하시는 영양위 정종, 여량부원군 송현수 등은 아무렇게 죄목을 만들어서라도 이번 기회에 없애버려야 할 것이라고 보았다. 죽일 죄를 찾기는 어려운 일이 아니었다. 더구나 혜빈 삼모자로 말하면 가장 상왕과 관계가 가까울뿐더러 매양 말썽이 되어 왔다.

독자가 이미 잘 아는 바거니와 혜빈은 세종대왕의 후

궁이요, 한남군(漢南君), 수춘군(壽春君), 영풍군(永豊君) 세 분의 어머니일뿐더러 세종대왕의 명을 받들어 상왕을 양육하였고 후에 문종대왕 승하하실 때에는 동궁을 향하시와 혜빈을 궁중의 어른으로 존경하실 것을 명하시었다. 그래서 비록 수렴청정은 아닐지라도 군국대사에 어리신 왕의 자문을 받는 지위에 있었던 것이다.

그뿐 아니라 혜빈이 덕과 지혜를 갖추고 범할 수 없는 위엄이 있어 수양대군에게 대하여서는 한 큰 적국을 이루었던 것이다. 또 그의 아드님이요 수양대군에게는 친아우님 되는 한남, 수춘, 영풍 세 분으로 말하면 항상 대의명분론을 주장하여 수양대군의 야심을 달게 여기지 아니하였다. 그중에도 상왕 선위 전에 돌아간 수춘군이 더욱 충성과 우애지정이 지극하였다. 한남군은 일시 대세라 무가내하다 하여 수양대군이 왕위에 오르시는 것을 찬성하는 태도까지 취하였으나 당시 아직 이십 미만 이던 수춘군이 눈물을 뿌리며 상왕께 신절을 지켜야 할 것을 극언함으로부터 다시 마음이 돌아섰다고 한다. 한남, 영풍 형제분이 선위를 전하는 날 아침에 수양대군을 찾아가서 마지막으로 수양대군의 야심이 옳지 아니한 것을 극언한 것이 수춘군의 정성에 힘 입음이 많다고 한다.

어디로 보아도 혜빈 삼모자(수춘군이 살았더면 사모자)의 목숨은 부지한 길이 없었다.

성삼문 등이 죽은 지 사흘 뒤에 이 세 분은 화의군과 함께 성삼문의 당이라 하여 사형을 받았으나 다만 종실이라 하여 걸형을 면하고 교형을 받았다. 이리하여 왕은 안평대군과 아울러 친동기 네 분의 목숨을 끊어버린 것이다.

금성대군은 왕과 어머니가 같은 덕에 아직 죽기를 면하고 순흥부에 안치를 당한 대로 두고 송현수와 정종은 상왕의 극히 가까운 척분이 있다 하여 아직 목숨은 보전하여 후일을 기다리게 되었다. 정종은 광주(光州)에 귀양을 보내었다.

이렇게 성삼문 등을 죽이고 난 뒤에 왕은 이러한 반교문(頒敎文)을 내리시었다.

頃者 瑢之謀逆 廣植黨援 盤據中外 遺孽未殄 相繼圖亂 近者

餘黨李塏 包凶稔惡 倡謀作亂 其徒成三問等 潛通宮禁 內外相

應 刻日擧事 將危寡躬 擁挾幼冲 專擅自恣 尙賴宗社扶佑之力

大惡自露 咸伏其辜 宣布寬大之恩 以同臣民之慶.

이라 한 것이다. 이 반교문은 왕이 이번 성삼문 사건을 어떻게 해석하고자 하는가를 보이는 중요한 글이니 고대로 번역하여 보자.

"저즘께 용(안평대군)이 역적을 도모하매 널리 당파를 심거 서울과 시골에 아니 박힌 데가 없더니 남은 못된 놈들이 다 죽지 아니하여 서로 이어 난을 도모하도다."

여기까지는 사년 전에 안평대군, 황보인, 김종서의 무리를 죽인 이른바 계유 정란을 끌어 이번 역모도 그때 그 못 된 놈들 죽다 남은 것들이 한 일이라는 것을 가리킨 것이니 이것은 한 팔매에 두 마리를 맞히자는 것이다. 즉 세상이 다 애매한 것을 아는 안평대군, 황보인, 김종서 등을 한 번 더 역적이라고 선포하는 것이 하나요, 이번도 계유년 역모의 계속이라 하여 이번 성삼문 등의 역모가 뿌리가 깊은 것을 말하려 함이다.

"근자에 여당 이개가."

하필 이개를 중심으로 내어 세운 심사는 성삼문을 머리라기 싫은 까닭이다.

"근자에 여당 이개가 흉악한 생각을 품어 주장하여 난을 지울 제 그의 무리 성삼문 등이 그윽히 궁중과 통하여."

여기가 상왕을 물고 늘어지는 데다.

"내외가 서로 응하여 날을 정하고 일을 들어 장차 내 몸을 해하고 어린이를 끼고 제 마음대로 하려 하더니."

또 한 번 상왕을 껴들었다. 이것이 심히 중요한 일이니 이번 일의 근원을, 책임을 상왕께 돌리려 하는 것이 왕과 정인지, 신숙주, 권람, 한명회 등의 일치 협력하여 애를 쓰는 바다.

"그러나 종묘와 사직이 붙들고 도우시는 힘을 입어 큰 악이 스스로 나타나 죄 있는 놈들이 모두 죽었으니."

이번에 참혹하게 주근 칠십여 명 사람들은 다 죽어 마땅한 죄인들이다.

"마땅히 관대한 은혜를 베풀어 써 신민과 정사를 같이 하리라."

하는 것으로 끝을 맺었으나 이것은 역적들이 다 죽어 없어지어 국가에 이만한 경사가 없은즉 백성에게 이 기쁨을 나누기 위하여 모든 죄인에게 대사, 특사의 은전을 주자는 말이다.

이 반교문에 내리자 과연 전국 수천의 죄수는 지옥과 같은 옥에서 나옴을 얻었다.

또 이 사건 덕으로 좌익 삼등 공신이던 정창손은 이등

공신으로 올라가고 김질은 좌익삼 등의 녹훈을 받아 상락 부원군(府院君)이 되고, 나중에 좌의정으로 문정공(文情公)이라는 시호까지 받도록 귀한 사람이 되었다.

이 통에 하마터면 죽을 뻔한 이가 둘이 있으니, 하나는 정보(鄭保)요, 하나는 이석형이다. 정보는 독자도 기억하시려니와 고려 말 충신 정몽주의 손자요, 그 서매가 한명회의 첩이 된 사람이다. 천성이 방랑하여 주색으로 일을 삼았으나 그래도 가슴에 한 점 내조(乃祖)의 기맥을 받은 것이 있어 비록 궁화되 결코 권문세가에 아부하는 일은 없었다. 그가 현감(縣監) 한 자리를 얻어 한 것이 한명회 덕이라고 비웃는 사람도 있으니 이것만은 사실인 듯하나 궁해서 한 일이라 그리 책망할 것은 아니라고 성삼문이나 박팽년도 용허하여 주었다. 성, 박 등과는 매우 친하게 지내었다.

성삼문 사변이 난 날 그는 명회의 집을 찾아서 그 누이를 보고 명회가 간 곳을 물은즉 누이는,

"대궐에서 아직 안 나오셨어요, 죄인을 국문한다나."
하였다.

"죄인?"
하고 정보는 손을 두르며,

"죄인이 누가 죄인이야. 대감 돌아오거든 그래라 내가 그러더라고. 이 사람들을 죽이면 만고에 죄인이 되리라고."

하고는 옷을 떨치고 일어나 나갔다. 정보는 다시 이 집에 아니 오리라고 생각한 것이다.

국문이 끝난 뒤에 명회가 집에 돌아와서 첩 정씨에게 정보가 하던 말을 듣고 분이 나서 저녁상도 아니 받고 대궐로 뛰어 들어가 왕께 뵈옵고 정보의 말을 아뢰었다.

왕께서도 분함을 이기지 못하시와 곧 정보를 잡아들이어 친히 국문을 하시었다.

"네가 그런 말을 하였느냐?"

하시고 왕이 물으실 때에,

"네, 과연 하였소."

하고 정보는 태연히 대답하였다.

"저런 괘씸한 놈이 있단 말이냐. 어찌하여 감히 그런 난언(亂言)409)을 하여?"

하시고 왕이 소리를 높이신다.

"옳은 말이니 하였소. 상감도 이 사람들을 죽이시면

———————

409) 막되거나 난삽한 말.

만고에 죄인이 되시오리다.”

하고 정보는 까딱없다.

“이놈, 그러면 성가 박가 놈들이 성인군자란 말이야?”

“그러하오.”

이때에 곁에 섰던 정인지, 신숙주, 한명회 등이 아뢰기를,

“제 입으로 제 죄를 자복하였사온즉 청컨대 형벌을 바로 하소서.”

하였다.

“그놈을 찢어라!”

하고 왕은 노함을 누르시지 못하시었다.

정보가 무사에게 끌려 장차 형장으로 나가려 할 때에 왕은 하도 정보가 태연한 것이 심상치 아니하게 생각하시고 왕은 좌우에게 물었다.

“그놈 뉘 자손이냐?”

한명회는 감히 자기의 첩이 형이라고 대답은 못하였다. 그리다가 자기까지 봉변하기를 두려워하는 까닭이었다.

이때에 곁에서 누가,

“정몽주의 손자요.”

하고 아뢰었다.

왕도 정보가 정몽주의 자손이란 말을 들으시고는 놀라

시었다. 이 사람을 죽이면 또 선비들 사이에 무에라고 말썽이 많을 것을 생각하신 까닭이다. 이때에 만일 정보 하나는 살리면 왕이 충신의 후예를 존중한다는 칭찬을 천추에 남길 것이라고 생각하시고 선선히 사형을 감하여 연일현(延日縣)으로 유배하라신 처분을 내리시었다. 이리하여 정보는 목숨을 보전하여 연일 정씨의 조상이 되었다.

둘째로 죽을 뻔한 이는 이석형이다. 이석형은 그 지조로 보든지 성삼문, 박팽년 등과의 교의로 보든지 반드시 죽었어야 옳은 사람이언마는 그가 병자 사변에 들지 아니한 것은 전라 감사로 외임에 있었던 까닭이다.

각 읍을 순행하던 길에 익산(益山)에 들러서 비로소 성삼문, 박팽년 등 구우들이 다 죽었단 말을 듣고 여관 벽상에 글 한 수를 써 붙이었다.

康時二女竹

泰日大夫松

能有高長族東異

寧德治縣容

內子六月二十七日作

성삼문, 박팽년 등이 대와 같은 절개를 가지었으면 나도 솔과 같은 절개를 가지었다. 그대들과 함께 죽지는 못하였을망정 속에 품은 뜻은 같다는 말이다. 원체 글줄이나 하는 선비의 객쩍은 짓이다. 이런 글을 써 붙일 까닭이 없는 것이다.

이 글귀가 어떻게 서울에 굴러 올라와서 대간(臺諫)의 탄핵 구실이 되었다. 이때에나 지금이나 잡아먹기를 장기로 알았다. 그러나 왕은 '詩人命意 不知所在 阿方南'라 하시고 대간의 계목을 물리치시었다.

이야기는 좀 뒤로 돌아간다.

성삼문 등의 국문과 처형이 끝나고 무사와 갑사의 호위를 받아 신숙주는 저물게 집에 돌아왔다. 신숙주가 돌아오는 길은 반드시 성삼문의 문전을 통과하였다. 이제 이 집에 누구가 있나? 성삼문은 말할 것도 없고 그 아버지와 형제, 다 신숙주의 눈앞에서 죽어버리었다. 숙주의 교자가 삼문의 집 모퉁이를 돌아설 때에 안에서 살아남은 부녀들――삼문의 어머니와 아내와 제부들과 딸들――의 울어 지친 느끼는 소리가 들려올 때에 숙주의 등골에는 찬 땀이 흘렀다. 세상에 친구가 많다 하더라도 숙주와 삼문과 같은 사이는 드물었다. 소년시로부터 성부동 형제와 같이 지난 것이다. 안에서까지도 다들 친하였다.

아까 대궐에서 삼문이 자기를 노려보던 눈을 숙주는 어두움 속에 보는 듯하여 눈을 감았다--가슴이 두근거리었다. 삼문의 원혼이 자기의 뒤를 따르지나 아니하나하는 어림없는 생각까지도 나서 소름이 끼침을 깨달았다.

숙주가 집에 다다르니 중문이 환히 열렸다. 어찌하여 중문이 열렸는고 하고 안마당에 들어서서 기침을 하여도 부인이 내다봄이 없었다. 평일 같으면 반드시 대청마루 끝에 나서서 남편을 맞던 부인이다.

숙주는 안방에 들어왔다. 거기도 부인이 없었다. 어디를 보아도 부인의 그림자도 없었다.

"마님 어디 가시었느냐?"

하고 집사람더러 물어도 아는 이가 없었다.

숙주는 다락문을 열었다. 둘이 쏘는 등잔 불 빛이 소복을 하고 손에 긴 베 한 폭을 들고 울고 앉은 부인을 비추었다.

숙주는 놀랐다. 의아하였다.

"부인, 어찌하여 거기 앉았소?"

하고 숙주가 물었다.

부인은 눈물에 젖은 눈으로 남편을 바라보며,

"나는 대감이 살아 돌아오실 줄은 몰랐구려. 평일에 성승지와 대감과 얼마나 친하시었소? 어디 형제가 그런 형제가 있을 수가 있소. 그랬는데 들으니 성학사, 박학사 여러분의 욕사가 생기었으니 필시 대감도 함께 돌아가실 줄만 알고 돌아가시었다는 기별만 오면 나도 따라 족을 양으로 이렇게 기다리고 있는데 대감이 살아 돌아오실 줄을 뉘 알았겠소?"

하고 소리를 내어 통곡한다.

부인의 이 말에 숙주는 부끄러워 머리를 숙이고 어찌할 바를 모르다가 겨우 고개를 돌며,

"그러니 저것들을 어찌하오?"

하고 방에 늘어선 아이들을 가리킨다. 이때에 숙주와 부인과 사이에는 아들 딸 형제가 있었다. 나중에 옥새를 위조하여 벼슬을 팔다가 죽임을 당한 정이 그 맏아들이었다.

그러나 숙주가 이 말을 하고 고개를 든 때에는 부인은 벌써 보국에 목을 매고 늘어지었다.

숙주가 놀래어 집 사람들과 함께 부인의 목 맨 것을 끄르고 방에 내려 눕히었으나 그렇게 순식간이언마는 어느 새에 숨이 끊어지어 다시 돌아오지를 아니하였다.

부인 윤씨는 죽은 것이다.

윤씨는 성삼문 등을 국문하노라는 기별을 전하러 상왕께 심부름 갔던 승지 윤자운의 누이다. 자운 온 후에 숙주의 당이 되어 영의정까지 지내었다.

비록 윤씨가 이렇게 죽었건마는 숙주는 집사람을 신척하여 이 말이 세상에 흘러나지 못하게 하였다. 그 말이 나는 것은 체면에 큰 수치로 생각한 것이다.

그래서 목매어 죽은 윤씨는 의정부 좌찬성 고령부(高靈府) 원군(院君)의 부인으로 비단에 씌워 가장 영화로운 장례로써 땅에 묻힘이 되었다.

한편으로 죽은 사람들의 집은 어떠하였나. 오직 눈물과 분함과 욕봉뿐이라 할 수 있다.

살아남은 부인과 딸들은 그날부터는 종이 되어 다른 집에도 가지 아니하고 정인지, 신숙주, 김질, 한명회, 권람, 홍윤성, 양정 같은 소위 공신의 집으로 분배가 되어 가게 되고 그중에도 과년한 처자는 서로 가지기를 원하여 다투는 형편이다.

그중에도 가장 불쌍한 이는 유응부의 부인이었다. 유응부는 본래 청렴하여 재물을 알지 못하므로 몸이 재상의 지위에 있으되 집에 문짝이 없어 기직을 늘이고 일찍 그 밥상에 고기가 올라본 일이 없다 하며 유시호 조식지을 양식이 떨어지는 일까지 있었고 그 부인이 육십이 되도록 집것을 몸에 걸어보지 못하였다. 아들이 없고 오직 딸 형제가 있었으나 다 출가하고 부인 혼자 집을 지니고 있다가 가산과 몸을 적물을 당할 때에 부인은,

"생전에도 굶주리다가 죽을 때에까지 이 화를 당하다니."

하고 통곡하였다. 이 정경을 보고 이웃과 군사들까지도 울었다.

그러나 그렇게 구차하면서도 상왕이 선위하신 뒤에 받은 녹은 곡식 한 알갱이, 피륙 한 자 건드리지 아니하고 철찾아 내리는 부채, 체력 등속까지도 꽁꽁 모아 쌓아 두었었다. 성삼문, 박팽년 등도 받은 녹은 다 봉하여 두었음을 발견하고 왕이,

"독한 놈들이다."

하고 한탄하시었다.

유응부, 성승, 박정 같은 이외 부인들은 다 연로하여 아무도 욕심 내는 이가 없으므로 도리어 여생을 보내기가 그리 힘들지 아니하였으나 가장 곤경을 당한 이는 박팽년 부인 이씨와 성삼문 부인 김씨다. 그들은 다 후실

이어서 아직 이십사오 세의 청춘이었고 또 자색도 있었기 때문에 간 곳마다 유혹과 위협이 있었으나 죽기로써 절을 지키었다.

왕은 세종대왕 이래로 인재 양성의 기관이 된 집현전을 혁파하고 거기 있던 책을 예문관(藝文館)으로 옮기었다. 왜 집현전을 혁파하였으냐. 성삼문, 박팽년, 이개, 유성원, 하위지 등이 모두 집현전 학사들이기 때문이다. 그놈의 집현전이라 하면 왕의 잇사이에 신물이 돌았던 것이다.

다시 상왕을 창덕궁에서 금성대군 궁으로 옮겨 모시고 전보다 대우를 낮추고 단속을 엄하게 하여 일체로 의간과 교통하심을 금하였다. 잡수시는 것까지도 전에는 왕으로 계실 때와 같이 하였으나 지금은 보행객주의 손님이나 다름없이 하라 하시었다.

상왕을 창덕궁에서 다시 금성대군 궁으로 옮겨 모실 때에 정인지는,

曩者 三問等之謀 上王旣豫知 得罪 宗社 未可因享下王位號 請早圖 以防後患

이라고 상소를 하였다.

상왕이 성삼문 등의 도모를 미리 알았다고 하는 것은 정인지의 멀쩡한 거짓말이다. 그러나 상왕을 없이하려면 이것을 핑계로 삼는 것이 가장 편하겠기 때문에 이렇게 상왕이 미리 안 것으로 만들어버리는 것이다.

'請早圖'라 함은 어서 죽여 버리자는 말이다. 상왕을 벌써 죽여 버리었더면 이번 성삼문의 일도 아니 생기었을 것이라고 정인지는 자기의 선견지명을 자랑한다. 이제라도 죽여 버리지 그냥 살려 두면 또 제이 성삼문 사건이 납니다. 하고 정인지는 왕의 결심을 재촉하려 하였으나 왕은 아직도 애매한 상왕의 목숨을 끊어버릴 생각까지는 나지 아니하였다.

혈루편

(血淚篇)

서강(西江)에 김정수(金正水)라는 사람이 살았다. 그는 일정한 직업이 없이 서울 대가집 사랑으로 돌아다니는 자다. 의술도 아노라 하고 풍수 노릇도 하노라 하고 또 삼전(三傳), 사과(四課) 점도 치노라 한다.

그의 과수 누이 하나가 여량부원군 송현수 집에 침모로 들어가 있다가 부인의 의심을 받아서 매우 창피한 꼴을 당하고 쫓겨나왔다. 그 의심이란 대감이 가까이하는 듯하다는 것이다.

누이가 나와서 그 오라버니 정수에게 서러운 사정을 할 때에 정수는,

"오냐, 속 시원하게 해주마."

하고는 혼자 웃었다. 속 시원하게 한다 함은 물론 원수를 갚는다는 것이다.

그렇지마는 이 사람이 결코 원수만 갚고 말 작자가 아니다. 원수도 갚고 이도 보자는 생각이 났길래 그는 웃은 것이다.

김정수는 곧 갓을 내어 쓰고 문안으로 들어왔다. 누구를 찾아가서 이 말을 할까 하고 주저하였으나 얼른 제학 윤사균(尹士均)의 집으로 발을 돌리었다. 그것은 사균이와 가장 친분도 있을뿐더러 또 그가 신 수구주와 교분이 있는 것을 알기 때문이다.

김정수가 들어오는 것을 보고 사균은 매양 하는 버릇으로,

"어, 김 서방인가."

하고 반쯤 조롱하는 빛으로 맞는다.

"글쎄 영감, 남이 사십이 되어도 밤낮 김 서방이니 그래 김정수의 이마빼기에는 서방 두 자를 새겨 붙이었단 말씀이요?"

하고 김정수는 성내는 양을 보인다.

"그럼 무어라고 부르나. 김 정승이라고나 부를까."

하고 사균은 적이 무료하여진다. 그는 좀 못난 편이다.

"정승이야 간 대로 바라겠소마는 왜 정수의 머리에는 탕건이 올라앉지를 못한답니까. 김정수의 귀밑에는 옥관

자, 금관자가 못 붙는답니까?"

"허, 이 사람이 오늘은 웬일인가."

"웬일이라니요. 권람은 우참찬이 되고 한명회는 오늘 이조판서 승차 아니하였소? 영감 어디 나 같은 사람감투 하나 얻어 씌워 보시구려."

하고 정수가 농치어 웃는다.

윤사균은 어른한테 놀림 받는 아이 모양으로 싱글싱글 할 뿐이다.

얼마 동안 농담과 잡담을 한 뒤에 윤사균이 혼자 있게 된 때를 타서 정수는 정색하고--그가 정색할 때에는 뒤로 제치어진 갓을 바로 잡는다.

"그것은 다 웃음의 말씀이고--그런데 영감 큰일이 났 소이다."

사균도 덩달아 엄숙하게 되며,

"어, 무슨 큰일?"

하고 정수를 바라본다.

"왜? 어디 또 역모나 일어났나?"

이때에 큰일이라면 상왕을 회복하려는 도모--왕의 편에서 보면 곧 역모다--밖에 없을 것이다. 이 역모라는 말을 들을 때에 웬만한 지위에 있는 사람들에게는 두

가지 생각이 번개같이 지나간다. 나도 몰려 죽지나 아니하나 또는 내가 먼저 알아다가 고발하였으면 하는 것이다. 사균도 이 두 가지 생각을 동시에 하였으나 자기가 신숙주와 긴한 것을 생각하고는 첫 근심은 없어지고 둘째 희망이 남을 뿐이었다.

정수는 사균을 믿지 못하는 듯이 이윽히 물끄러미 바라보더니 말없이 다만 고개만 끄덕끄덕하여 보인다.

"누가? 누가?"

하고 사균은 대단히 구미가 동하는 듯이 성겹게도 정수를 조른다.

정수는 말을 할까 말까 하는 듯이 가만히 눈을 감고 입을 다물었다.

"이 사람 누가? 내게야 못할 말이 어디 있단 말인가. 이 사람 누가?"

하고 사균은 정수의 소매를 잡아끈다.

이런 경우에 호락호락하게 말해 버릴 김정수가 아니다. 저편의 비위를 부쩍 당길수록 이익이 많은 줄을 알기 때문에 말을 할 듯 할 듯하며 아니하는 것은 매우 요긴한 일이다. 그뿐더러 이런 말이라는 제 섣불리 하여 버리면 공은 남에게 빼앗기고 정작 자기는 헛물만 켤뿐더러 도리어 죄를 뒤집어쓰는 일이 십상 팔구다. 더구나 인심이 효박하고 악착하여지어 의리보다도 이를 따르는 이대인 것을 정수는 잘 안다.

물론 윤사균은 그렇게 살짝 남의 공을 빼앗고 그 대신에 죄를 뒤집어씌울 사람은 아니다. 그것은 의기남아가 되어서 그런 것이 아니라 그만한 꾀가 없어서, 정수의 생각을 빌면 못나서 그런 것이다. 허구 많은 사람에 윤사균을 김정수가 택한 것이 이 때문이다.

"내가 영감을 의심할 리야 있소이까. 의심 아니하길래로 이런 참 대사를 의논하는 것이지요. 그렇지마는 매사는 튼튼히 하는 것이 대장부의 일이니까."

하고 또 잠깐 주저하다가,

"분명 영감이 나를 저버리지 아니하실 테요?"

하고 한 번 다진다.

구미가 대단히 동한 윤사균은,

"저버리다니 말이 되나. 어서 말을 하소. 그래 누가 또 역모를 한단 말인가."

하고 애원하는 빛을 보인다.

그제야 정수는 사균의 귀에 입을 대고,

"송현수."

하고 한 마디를 불어 넣는다.

"응?"

하는 사균의 눈에는 웃음이 있다.

"그래 송현수가? 응 그럴 일이야. 그래 누구허고?"

정수는 대답이 없다.

"언제 거사하기로?"

하고 사균이 재치어 물어도 정수는 여전히 대답이 없다.

정수는 이 자리에서 윤사균에게 다 말해버리는 것이 아무리 하여도 공을 빼앗길 염려가 있는 까닭이다.

"영감, 그럴게 없소. 나허고 신찬성 댁으로 가십시다. 그렇지 아니하면 승정원으로 바로 가든지 이 자리에서 영감한테 말씀해도 좋지마는 이목이 번거하지 같이 나가시지."

하고 정수가 먼저 일어선다.

사균은 정수가 자기를 의심하는 것이 괘씸하게는 생각하였으나 또한 무가내하다. 김정수의 비위를 거스르는 것은 날아 들어오는 부원군 첩지를 몰아내는 셈이라고 생각하여 사균은 정수를 따라 나섰나.

신숙주에게로 갈까, 바로 대궐로 들어갈까 망설이다가 내 궐로 들어가기로 하였다. 이왕 세울 공이면 신숙주를 새에 내어 세울 것도 없었고 또 요사이 역모를 고발하는 일이면 당상관만 되면 아무 때에나 예궐할 수가 있었다.

이리하여 송현수가 왕을 시(弑)하고 상왕을 복위하려는 음모를 한다는 말과 매양 권완(權完)이가 받들게 송현수를 찾아와서는 늦도록 있다는 말과 송현수 부인 민씨가 상왕과 내통한다는 말과 기타 김정수가 그럴 듯하게 지어낸 말을 입직 승지에게 고하였다.

왕은 누구든지 송현수, 권완의 무리를 없이할 죄목을 갖다가 바치기를 기다리던 터이라 내전으로 사균을 불러들여 자세한 말을 들으시고 누가 이 역모를 알아내었느냐고 물으실 때에 사균은 하릴없이 김정수의 이름을 아뢰었다.

왕은 사균과 정수에게 술을 주라 하시고 즉시로 대관을 궁중으로 부르시고 일변 금부에 명하시와 판돈녕(判敦寧) 송현수, 판관(判官) 권완을 잡아 오라 하시었다. 궁중에는 등불이 휘황하고 또 친국이 있다고 법석이었다.

사균과 정수는 의기양양하여 승정원에 앉아서 떠들었다.

왕이 사정전(思政殿)에 납시와 영의정 정인지, 우의정 정창손(鄭昌孫), 좌찬성 신숙주, 좌참찬 권람, 우참찬 박중손(朴仲孫), 병조판서 홍달손(洪達孫), 예조판서 홍윤성, 영중추원사(領中樞院事) 윤사로(尹師路), 판중추원사(判中樞院事) 이인손(李仁孫), 공조판서 양정(楊汀), 이조판서 한명회, 도승지 구치관(具致寬), 우승지 조석문(曹錫文), 우부승지 권지(權識), 동부승지 김질들을 부르시와 송현수, 권완의 역모를 말씀하시고 제신의 뜻을 물으시었다.

"송현수가 불측한 뜻을 품었다는 말은 들은지 오래되 상왕의 낯을 보아 지금 붙지 아니하였으니 감격하여 마땅하거든 제가 부녀들의 말에 혹하여 상왕과 통하여 이런 불쾌를 도모한단 말인가. 가증한 일이로다."

하시고 왕은 은근히 상왕과 대비와 송현수 부인 민씨도 동죄인 것을 비추어 도저히 용서할 수 없다는 뜻을 제신에게 암시하였다.

영의정 정인지는 백관을 대신하여,

"송현수, 권완의 죄는 만사무석이요."

하고 아뢰었다. 물론 아무도 감히 이 말에 반대하는 자가 없었다.

이윽고 여량 부원군 송현수와 돈녕부 판관 권완이 들어온다. 그들은 붙들려 오는 것이지마는 관복을 갖추었고 결박도 함이 되지 아니하였다. 여기도 왕이 상왕의 친척을 존중하는 모양을 보인 것이다.

송현수와 권완은 왕께 배례도 아니하고 읍하지도 아니하고 도승지 막 원형이 지정하는 자리에 우두커니 섰다. 그들은 모든 일은 다 안 것이다.

왕은 크게 진노하시와,

"네 어찌 내 앞에서 읍하지 아니하고 부복도 아니하고 빳빳이 섰단 말이냐."

하고 두 사람을 노려보신다.

"지금까지는 후일을 바라고 나으리 앞에서 허리를 굽혔소마는 이제 상왕을 회복지도 못하고 나으리 손에 죽는 마당에 허리를 굽혀 무엇하오? 내가 살아 있고는 나으리가 잠을 편히 못잘 모양이니 잘 되었소. 어서 죽여주오."

하고 송현수가 왕을 바라본다.

"권완이 너는?"

하고 왕이 권완에게 물으시니 권완은 소리를 가다듬어,

"나는 죽어서 지하에 선조를 대하기가 부끄럽소. 나으리 같은 무도한 역신을 진멸 못하고 집안에 가만히 앉았다가 붙들려 죽는 것이 부끄럽기 짝이 없소. 이렇게 나으리 마음에 안 드는 사람들을 다 잡아 죽이면 나으리는 천주 만세에 복락이 무궁할 듯하지마는 머리 위를 보시오. 창천이 무심하실 리가 없으니 나으리가 가슴을 두드리고 죄를 뉘우칠 날이 멀지 아니하리다."

하고 왕을 노려본다. 키가 작은 권완의 음성은 쇳소리와 같이 울리었다.

왕은 분하심을 참지 못하시와,

"두 놈을 결박하고 때리라."

하는 영을 내리신다.

도승지 구치관이 무사를 부르니 모두 한명회의 심복이라 달려들어 송현수와 권완의 사모를 벗기고 품대를 끄르고 두 손을 뒷짚을 지워 결박을 한 뒤에 손을 들어 두 사람의 입을 때리니 코와 입에서 피가 쏟아진다. 얼마큼 때려서 두 사람이 정신없이 거꾸러지는 것을 보시고야 왕이 겨우 노하심을 진정하시었다.

"네가 역모를 할 때에는 상왕과 통모를 하였겠다?"

하고 두 사람이 다시 정신이 들 만한 때에 왕이 송현수에게 물으신다.

"내가 역모하는 줄은 나도 몰랐으니 상왕이 아실 리가 있소. 죽이려거든 내나 죽일 것이지 상왕까지 죽이려 하시오? 아스시오, 그런 법은 없습니다. 더욱 불충일뿐더러 골육상잔이 아니요.”

하고 송현수가 고개를 흔든다.

송현수와 권완은 죄를 자복하지 아니하였으나 어전에서 발한 이 불공한 말만 하여도 걸형을 당하기에 넉넉하였다. 그러나 오늘은 이미 밤이 깊었으니 명일을 기다려서 죽이기로 하고 밤 동안 그 부에 내리어 가두라 하시었다. 정인지, 신숙주의 무리는 당장에 그 무리를 박살하지 아니하는 것이 망극한 성은이라고 칭송을 올리었다.

송현수와 권완과 그 부인들과 자손들이 멸망을 당한지 나흘 되는 유월 이십육일에 왕은 교지(敎旨)를 내리시와 상왕의 어머니시오, 왕자기에게는 형수님이시오 문종대왕의 왕후이신 현덕왕후(顯德王后) 권씨를 폐하여 서인을 만드시었다. 현덕 왕후는 돌아가신 지가 벌써 십칠년이 되신 양반이다.

이것도 역시 정인지, 신숙주의 계책에서 나온 것이니 표면 이유는 현덕 왕후의 친정어머니 되는 화산부원군 부인 최씨(崔氏)가 역모에 걸려서 죽었거든 그 딸 되시는 현덕 왕후가 어찌 감히 종묘에서 제향을 받으랴 함이지마는 기실은 상왕을 욕보이자는 것이 목적이요, 정가, 신가의 생각에 상왕을 욕보이는 것은 곧 금상을 기쁘게 함이었다.

이날 왕은 특별히 상왕께서 종묘에 참배하시기를 허하시었다. 무슨 영문을 모르시는 상왕과 대비께서는 첫째로 오래간만에 문 밖에 나오시는 것이 좋았고, 둘째로는 슬픔 많고 외로우신 몸이 평소에 사모하옵는 조부모님과 부모님의 위패 앞에 뵈올 것이 기쁘시었다.

상왕이 타신 남녀(그것은 연이 아니요 남녀였다)가 종로로 지나갈 때에 그 어른이 상왕이신 줄 아는 백성들은 뒤를 우러러 뵈옵고 울었다. 그렇게 이렇게 초초하게 가시는 어른이 이전 왕이시던 상왕이시라고 아는 사람도 얼마 되지 아니하였다.

상왕이 종묘에 듭신 때에 동부승지 김질이 왕명을 받아가지고 문종대왕의 위패를 모신 독에서 현덕 왕후의 위패를 메어내어 상왕이 보시는 곳에서 뜰로 휙 내어던지니 둘러섰던 군사와 궁노들이 발길로 그 위패를 차서 굴린다.

상왕은 신도 안 신으시고 뒤에내려,

"나를 차거라, 나를 차거라."

하시며 흙 묻은 위패를 가슴에 안고 기색하시어 땅에 쓰러지시었다.

그러나 상왕은 그 위패를 보호하실 힘이 없으시었다. 군사들은 기색하신 상왕의 품에서 그 위패를 빼앗아 도끼로 산산조각에 패어서 아궁이 불 속에 집어넣어 버렸다.

이튿날 이십칠일에 왕은 마침내 상왕을 노산군(魯山君)으로 강봉(降封)한다는 교지(敎旨)를 내리시었다.

前日　成三問言　上王豫其謀　宗親百官　合辭以爲　上王得罪宗社　不宜安居京師　請之不已　予固不允　欲保初心　到今　人心未定煽亂之徒　斷踵不息　予豈得以私恩　曲大法　不顧天上之命　宗社之重　特從群議　降封爲魯山君　俾出居寧越　厚奉衣食　以保始終以定國心　惟爾政府　曉喩中外.

허두에 성삼문의 말이 상왕이 그 일에 참예하였다 하므로 종친과 백관이 모두 아뢰기를 상왕이 종사에 죄를 지었으니 서울에 편안히 있지 못할지라 하니 하였다. 성삼문이 그런 말한 일은 없지마는 성삼문의 입으로 이 말이 나왔다고 하는 것은 심히 필요한 일이다.

"내 어찌 차마 사사로운 은정으로써 큰 벌을 굽히며 하늘이 명하는 바와 송사의 중함을 돌아보지 아니하랴."

하여 부득이 종친과 백관의 청을 들어 상왕을 노산군으

로 하고 영월로 내려가시게 한다는 것이다.

상왕을 노산군으로 강봉하여 영월로 가시게 하는 일에 대하여 종친과 백관이 함사(含辭)라 하고 개왈이라 한 것은 노상 없는 말이 아니다. 종친 중에는 임영대군이 왕의 편이 되어서 종친이 나서야 할 때에는 항상 앞장을 섰다. 양녕대군이 집안의 어른이지마는 그는 성삼문 사건을 듣고는 소리산(所利山)으로 들어가 숨어버리고 말았다. 그가 서울에만 있더면야 억지로라도 이번 일에 필두가 되고야 말았을 것이다. 임영대군은 왕의 친아우님이요, 노산군에게는 마찬가지 숙부다.

또 백관 중에서는 무릇 네 번 상왕을 서울에서 내어쫓자는 상서가 있었다. 그 출천한 충성을 만세에 전하기 위하여 그들의 향기로운 이름을 아니 기록할 수 없다. 첫 번은 정인지, 정창손(鄭昌孫), 신숙주, 황수신(黃守身) 등이 의정부의 이름으로 계목한 것이니 그 글의 요지는,

今上王 名位相体 小人棄間 謀亂者有之 近日成三問之亂是已 請避居他處 以杜邪罔[410]

---

410) 지금 상왕의 명위가 서로 같으므로 소인이 틈을 타서 난을 꾀하는 자가 있으니, 근일의 성삼문의 난이 그것입니다. 청컨대 피하여 다른 곳에 있게 하여 간사하고

이라 한 것이나 왕은 '불윤(不允)'이라 하시었다.

둘째는 권람, 이인손(李仁孫), 박중손(朴仲孫), 홍달손(洪達孫), 성봉조(成棒組), 김하(金何), 박원형(朴元亨), 어효첨 등이 육조 이름으로, '請令上王避居 以絶嫌疑.'[411]라 한 것이니 역시 왕은 '불윤(不允)'하시었다.

셋째 번은 다시 정인지, 정창손, 신숙주 등이 정부 이름으로 '雖親父子之間 如有嫌疑之事則 尙且避之 請從臣等之請 以圖宗社之計'라 한 것이니 이것은 심히 간절한 청이다. 비록 친부자 간이라도 이런 경우에는 내어쫓을 것이어늘 하물며 그까진 조카랴. 어서 내어쫓으시와 왕의 자리를 굳히소서 함이다. 이에 대하여 왕은, '中國海有正統敬事 日子意本不如北 卿等物分東言'이라고 불윤하시고 또 계목하였으나 불윤이라 하시었다.

다음에는 대사헌 안숭효(安崇孝), 좌사간(左司諫) 권개(權愷) 등이 '李塏之徒 謀復擁挾 欲危宗社 而上王亦豫聞焉 其於宗社之大計何如 上王當避位法宮 移居干外 勉循公議'라 하였다. 이 계목 중에는 '피위(避位)'라는 문자가 있다. 이에 대하여서도 왕은 불윤이라 하시었다. 이만하면 왕

속이는 것을 막으소서.

411) 청컨대 상왕으로 하여금 피아여 있게 하여 혐의스러운 것을 끊게 하소서.

이 상왕을 아끼시는 성덕을 보이기에는 넉넉하였다. 아무도 감히 상왕의 존호를 폐하고 강봉하자는 말을 내지 못하였다. 이것이 왕의 생각에 퍽 답답하였다. 상왕이라는 존호를 가지신 대로 서울에서 내쫓는다 하면 듣기에 매우 좋지 못하다. 용서할 수 없는 죄를 지어서 상왕의 존호를 잃고 목숨까지도 잃어야 옳을 것을 왕의 바다 같은 성은으로 목숨 하나는 용서함을 받아서 시골로 가시는 것으로 하지 아니하면 아니 된다.

아무리 왕이 상왕에게 호의를 보이신다 하더라도 상왕의 바로 눈앞에서 그 어머님의 위패를 욕보이시었으니 아무도 왕의 호의를 알아드리지 아니할 것이다.

아무러나 이리하여 왕은 첨지(僉知) 어득해(魚得海)와 금부도사 왕방연(王邦衍)을 명하여 노산군을 강원도(江原道) 영월부(寧越府)로 호송하게 하시고 군자정(軍資正) 김자행(金自行), 내시부사(內侍府事) 홍득경(洪得敬)을 종행하게 하시었다.

노산군이 서울을 떠나시는 날--병자 유월 이십팔일, 노산군이 계시던 금성대군 궁은 초상 난 집과 같았다. 노산군은 비록 대장부의 기개를 보이시어 울음을 참으시거니와 부인 송씨와 본래 후궁이었고 지금은 무엇이라고 부를 만한 칭호조차 잃어버린 권씨와 김씨, 세 분은 기색하기를 몇 번을 하다시피 애통하였다. 그까진 국모의 지위를 잃고 대궐에서 쫓겨나시던 것 같은 것은 생각할 새도 없다. 낳아 주신 부모(송현수 부처)가 살육을 당한 지 이레 만에 남편 되시는 어른을 살아 영이별 하는 설움 --인생에 이에서 더한 설움이 또 있을까.

권씨도 이번에 그 아버지 권완과 몇 일족의 도륙을 당하였다. 권씨는 송씨와 같이 노산군을 따라 영월로 가려 하였으나 왕은 이를 허하지 아니하시었다. 그 허하시지 아니한 이유가 무엇인지 알 수는 없으나 밖에서 전하는 말은 아이를 낳으실 것을 염려하심이라고 한다. 아이가 난다 하면 살려 두게 되더라도 후환이 있을 것이요, 죽여 버릴 계계가 되더라도 귀찮을 것이니 차라리 내외한테 있지를 못하게 하자는 것이 그 이유라고 한다.

"종사에 큰 죄인이 목숨만 부지하는 것도 어분에 과의어든 솔권이 말이 되오."
하시는 것이 한확의 노산군을 위한 간청에 대한 왕의 대답이었었다.

이날 왕은 내시 안로(安路)를 시키어 화양정(華陽亭)에 약간 잔치를 베풀고 노산군을 전송하게 하였다.

안로는 노산군에게 술을 권하며,

"나으리, 이게 웬일이시오? 나으리는 아무 죄도 없으시건마는 성삼문 때문에 애매히."

하고 동정하는 듯이 노산군의 눈치를 보았다. 이것은 왕이 노산군의 입으로 성삼문의 역모를 알았다는 말씀을 들어오라 하신 까닭이다.

"소인에게야 무슨 말씀은 못하시오? 성삼문이 나으리께 그런 말씀을 아뢰입더니까?"

하고 늙고 교활한 안로는 더욱 간절히 물었다.

지존의 지위를 아끼고 죄인의 몸이 되어 혈혈단신으로 서울을 쫓겨나시는 노산군은 예전 당신의 신하들 중에 한 놈도 따르기는커녕 나와 뵈옵지도 아니할 때에 안로가 그래도 전별하는 정을 보이는 것을 보시고 마음에 고마워하시다가 이러한 말을 묻는 것을 보시고 괘씸하여,

"이 늙은 여우놈아, 물러나거라."

하시면서 술잔을 들어 안로의 면상을 때리시었다. 잔이 안로의 코허리를 치어 **빨갛게** 피가 흘렀다.

노산군이 다 늙은 남녀를 타시고 종로를 지나 동대문으로 나가실 때에 장안 백성들은 길가 땅바닥에 엎드리어 울고 배웅을 내었다.

"우리 상감마마 어디를 가시오?"

하고 소리를 내어 외치다가 관노들의 손에 입을 얻어맞는 순박한 늙은이도 있었다.

장마는 걷었으나 무시로 비가 오락가락하였다. 볕만 났다 들었다 하였다. 볕만 나면 길가 풀잎이 시들도록 날이 더웠다. 말복이 엊그제 지나지 아니하였는가.

첨지 어득해가 앞을 서고 군사 오십 명을 두 대에 갈라 앞뒤에 서게 하고 금부도사 왕방연은 날쌘 나졸 네 명으로 더불어 노산군의 바로 뒤에 말을 타고 따라섰다. 군자정(軍資正) 김자행과 내시부사 홍득경도 항상 노산군 남녀 곁으로 말을 몰았다.

군사들은 밥을 배불리 먹고 또 몸에 밥과 떡을 지니어 길 가면서도 시장하면 내어먹었으나 노산군은 그저께 종묘에서 그 욕을 당하신 뒤로 거의 조석을 폐하시나 다름이 없고, 오늘도 아침에 궁을 납실 때에 부인이 마지막으로 드리시는 미음을 잡수신 뿐이어서 해가 낮이 기울 때쯤 하여서는 시장하시고 기탈412)하심을 금할 수 없으시었다.

---

412) 기운이 빠져 지침.

혹시 주막에 쉬어 육십 명 일행이 막걸리 한 잔이라도 다 사 먹을 때에도 노산군에게는 냉수 한 모금도 드리지 아니하였다. 하도허기가 지고 목이 마르시므로 곁에 따르는 홍득경을 부르시어 잡수실 것을 청하시면 그는,

"아 왜 이리 급하시오? 나으리 잡수실 것은 영월부에 가야 있지요."

하고 말조차 버릇없이 거절하였다.

"이것도 왕명이냐."

하고 노산군이 소리를 높이시면,

"명대로 아니하거든 걸려서 압송하랍시었소. 암말 말고 가만히 계시오."

하고 첨지 어득해가 호령을 하였다.

이 모양으로 점심 수라도 잡수시지 아니하시고 기나긴 여름 햇발도 벌써 석양이 되었다.

사십 리 길을 걸어 양주(楊洲) 의정부(議政府)에 거의 다다랐을 적에 어떤 사람 하나가 마주 오다가 노산군 행차를 만나 길을 피하고 있었다. 그는 곧 양성(陽城) 사는 차성복(車猩腹)이었다.

행차가 다 지나가도록 성복은 그가 누구 행차인지를 몰랐다. 그래서 후배더러,

"어느 행차시오?"

하고 물었다.

"노산군이요."

하고 후배 군졸 하나가 대답한다. 군사들도 더위와 먼 길에 피곤하였다.

"노산군이라. 노산군이 누구시오?"

하고 성복은 의아하여 다시 물었다. 일찍 노산군이란 이름을 듣지 못하였고 또 이렇게 오십여 명 군사가 따를 때에는 여간한 양반이 아닐 듯하기 때문이다. 또 하나 이상한 것은 남녀 속에 앉은 이의 의표가 비범하였음이다.

"상왕이라면 알겠나. 상왕이 인제 노산군이라오."

하였다. 상왕이라는 말에 차성복은 무릎을 굽히고 땅바닥에 엎드리었다. 상왕께서 마침내 높으신 지위를 잃으시고 어느 시골로 떨어지시는가 하고 성복은 황송한 생각을 금하지 못하였다.

이윽히 앞으로 지나가신 행차를 바라보고 한탄하고 있는 즈음에 어떤 행인 이삼인이 지나가며 하는 말이 들린다.

"온종일 수라를 안 울렸대."

"온종일이 무엇인가. 영월부에 가시기까지는 일체 잡수실 것을 올리지 말라고 전교가 내렸다네."

이러한 말이다. 설마 영월부까지 가시도록 잡수실 것을 드리지 말라는 전교야 내렸으랴(그것은 알 수 없는 말이다)마는 이러한 소문은 어디서 난지 모르게 장안에도 퍼지고 행차가 지나가는 노변에도 퍼지었다. 그것은 온종일 길을 가도 군사와 나졸들까지도 다 주식을 먹건마는 노산군께 무엇을 올리는 것을 보지 못한 것이 증명하게도 되었다. 군자정 김자행과 내시 홍득경이 행차를 따르는 것은 노산군이 어떻게 대접을 잘 받으시나 하는 것을 염탐하려 하는 것이 아니라 얼마나 학대를 받으시나 하는 것을 감독하려는 것이다. 만일 홍 첨지나 왕도사나가 설혹 노산군께 좋게 하여 드리려 하는 생각이 있더라도 이 두 사람의 네 눈망울이 무서워 어찌할 수 없을 것이다. 사실상 금부도사 왕방연은 노산군께 대하여 그윽한 충성과 동정을 가지고 있어 오늘도 먹고 마시는 것이 차마 목에 넘어가지를 아니하였다. 그러나 어찌 할 수가 없었던 것이다.

행인들이 하는 말을 듣고 성복은 나귀를 돌리어 행차 뒤를 따랐다.

행차가 의정부에 들매 처음에는 백성들이 웬일인 줄을 잘 모르다가 차차 이 양반이 어린 상감님으로서 삼촌님

한테 쫓겨나서 영월로 귀양 가시는 길인 줄을 알게 되매 모두 동정하였다. 다만 군사와 관인들이 무서워 입 밖에 내어서 말을 못할 뿐이었다.

노산군 숙소는 어떤 주막 안채에 정하고 그 사랑채에는 첨지 어득해, 도사 왕방연, 내시부사 홍득경, 군자정 김자행이 들었다. 주막집이란 안채는 보잘 것 없는 것이다.

차성복은 일행이 다 들고 남은 주막을 택하여 사처를 정하였다. 성복은 주인 노파에게 명하여 백설교 한 시루를 찌라 하였다. 그러고 성복은 행장에서 원산(元山)서 가지고 오던 대구어 수십 마리를 꺼내어 잘게 찢기를 시작하였다. 노파는 이 손님이 대체 무엇을 하려는고 하고 시키는 대로 하였다.

밤이 깊은 뒤에 성복은 떡과 대구어 뜯은 것을 보자기에 싸서 들고 노산군 사처로 찾아갔다. 군사들도 다 피곤하여 잠이 들고 성복의 발자취 소리가 날 때마다 개들이 콩콩 짖는다. 여름 그믐밤은 지척을 분별할 수 없도록 캄캄하고 벌써 가을이 가깝다고 벌레들이 울고 먼 논에 개구리 소리도 들렸다.

길가로 향한 대문은 걸었으나 개천으로 향한 뒷사립문은 방싯 열린 대로 있다. 초저녁에는 거기도 군노 한두 사람이 앉아 이야기를 하더니 그들도 어디로 가버리고 말았다. 아무도 없는 모양이다.

성복은 발자취를 숨기어 안마당으로 들어왔다. 노산군이 어느 방에 드신 것은 미리 노파를 시켜 알아도 보았거니와 그 방이 안방에는 문이 닫히고 희미하게 불이 비치었다.

성복은 문을 들어섰다.

이때에 노산군은 자리에 누우시어 부채로 모기를 날리시며 잠을 이루지 못하시다가 불의에 사람이 들어오는 것을 보고 깜짝 놀라 일어 앉으시나 말씀은 없으시었다. 혹시 자객이나 아닌가 하는 의심도 가지시었다. 노산군 생각하시기에 결코 이 길을 무사히 가서 영월 구경을 할 것 같지 아니하시었다. 중로 어느 주막에서 필시 살해를 당할 줄로 생각하시었던 것이다.

성복은 손에 들었던 것을 앞에 놓고 노산군 앞에 부복하였다.

"무엄하온 죄는 만 번 죽어 마땅하오나 오늘 상감마마 노중에서 수라 못 잡수신 말씀을 듣잡고 소신이 시루떡과 대구어 자반을 바치오니 내일 가시는 길에 행리 속에 감추시었다가 내어서 잡수시옵소서."

하는 성복의 음성은 울음으로 끝을 막았다.

노산군은 저녁을 잘 잡숫지 못하시어 정히 시장하시던 때라, 성복이 울리는 뭉치를 손수 끄르시어 아직 김이 나는 떡을 떼어 입에 넣으시고 맛나게 잡수시며,

"오, 네 충성이 가상하다."

하시고 눈물을 머금으시며,

"너는 누구냐?"

하고 물으시었다.

성복은 감히 머리를 들지 못하고 엎드리어,

"소신은 양성(陽城)사옵는 차성복이요."

하고 아뢴다.

"머리를 들어 나를 보라."

하시는 말씀에 성복이 황송하여 약간 고개를 들어 노산군을 우러러 뵈오니 비록 초췌하오시나 용안의 아름다우심이 이 세상사람 같지는 아니하시다고 생각하였다.

"물건은 네 붉은 정성이니 잊지 못하리라. 나는 아마 세상에 오래 있지 못할 것이요, 또 죽어도 돌아갈 곳이 없으니 만일 혼이 있으면 네 집에 가서 의탁할는지 어찌 아느냐."

하시고 심히 감개가 많으시다가,

"여기 오래 있을 데가 아니니 어서 나가거라."

하신다. 혹시 들키면 성복에게 무슨 화가 있을까 봐 두려워하심이었다.

성복은 부엌을 더듬어 냉수 한 그릇을 떠다가 드리고 숙소로 물러나왔다. 후에 노산군이 죽임을 당하신 뒤에 성복의 꿈에 익선관, 곤룡포를 입으신 단종대왕(노산군)께서 나타나시어, '내가 네 집에 의탁하러 왔다' 하시므로 성복은 기일마다 시루떡을 쪄 놓고 제사를 드리었고 성복이 죽은 뒤에도 대대로 제사를 계속하여 숙종대왕 때 단종대왕을 복위하신 때까지에 이르렀다고 한다.

산을 넘고 강을 건너 또 산을 넘고 강을 건너 비에 젖고 볕에 글어 칠월 초생달 빛에 두견성이 슬피 들릴 때에 하늘에 사무치는 한을 품으신 노산군은 마침내 영월부(獰越府) 청령포(淸怜浦) 적소에 도착하였다.

청령포는 영월부의 서쪽 서강(西江)가에 있는 조그마한 동리다. 남, 서, 북이 모두 산이요, 동으로는 서강을 건너 영월부중이 바라보였다.

삼면 산에는 수목이 울창하여 항상 구름이 머물고 앞으로 흐르는 서강을 소리는 밤새도록 끊일 줄을 몰랐다.

노산군 계실 곳으로 정한 것이 수풀 속에 있는 촌가

서너 채. 그중에 한 집이 노산군 계신 곳이요, 다른 집들은 노산군을 지키는 군사와 궁노들의 숙소다. 군사 이십 명, 궁노 십 명, 후에 따라온 궁녀 여섯 명, 내시 두 명, 모두 이만하였고 또 영월부에서도 날마다 중군, 천총413)이 거느린 십여 명 군사와 형리와 호장이 나와서 다녀갔다.

노산군이 계신 집은 나무 조각으로 지붕을 인 침침한 집이었다. 뒤꼍은 바로 산에 연하여 밤에는 밤새, 낮새 소리가 시끄럽게 들리었다. 부엌에 연한 이간 방에 가운데 장지가 있어 새를 막고 아랫방에 노산군이 계시고 웃방 하나에 궁녀 여섯이 살았다. 처음 노산군이 떠나오실 때에는 궁녀도 내시도 없었으나 사오 일 후에 상왕전에 모시던 궁녀들 중에 넷은 예전 대비, 지금 노산군 부인 송씨를 따르고 여섯은 천리 머나먼 길에 옛 주인을 따라온 것이다. 왕도 그것까지는 막지 아니하시었다. 내시 두 명도 이 모양으로 온 사람이다. 뒤에 정인지가 알고 궁녀가 따라와서 노산군을 모시는 것이 마땅치 아니하다고 누차 왕께 아뢰었으나 왕은 인지의 말씀을 듣지 아니하였고, 뒤에 신숙주가 또,

---

413) 千摠: 각 군영에 속한 정3품 무관 벼슬.

"노산군이 종사의 죄인으로 천지에 용납지 못하려든 궁녀와 탄관이 수종한다 하옵고 또 범절이 너무 호사하오니 유사에게 명하시와 자의로 따라간 궁녀와 환관을 엄벌하시고 범절을 줄이도록 하심이 마땅한가 하오. 그렇지 아니하면 이것이 성습이 되어 차차 무슨 폐단이 생길는지 알 수 없사온즉 화단을 미연에 막으심이 옳을까 하나이다."

하고 아뢰었으나 왕은 머리를 흔드시고,

"버려두라."

하시었다. 아무려나 이리하여 평소에 모시던 궁녀들이 노산군의 좌우에 모시게 되었다.

노산군이 서울을 떠나시와 영월 청령포까지 오시는 오륙일 길에 노산군을 모시던 사람들은 다 노산군이 인자하시고 아무리 어려운 처지에 계시더라도 제왕의 위덕을 조금도 손상하심이 없으신 것을 뵈옵고 깊이 감동하였다. 시장하시거나 목이 마르시거나 모기 때문에 잠을 못 주무시고 밤을 새우시거나 좌우에 모시는 무지한 무리들이 무엄한 언동을 하거나 노산군은 한 번도 불쾌한 빛을 드러내지 아니하시었다. 그래서 따르는 자들은 조금이라도 이 가련하신 옛 임금의 불편하심을 덜어 드리려고 마음으로는 애를 쓰나 서로 무서워서 감히 남의 눈에 뜨이게 도와 드리지는 못하였다. 만일 노산군에게 충성된 빛을 보이었다가 그 말이 왕의 귀에 들어갈까 두려워함이다. 그래도 차차 산간의 맑고 찬 샘물을 떠다 드리는 이도 있고, 비에 젖은 뫼딸기414)를 따다가 드리는 이도 있고, 주막에서 밤중에 일어나 모깃불을 피워드리는 이도 있었다. 그러면 노산군은 언제나 비록 조그마한 호의라도 가상히 여기시고 기억하시는 표를 보이시었다. 그것은 혹은 빙그레 웃으심으로, 혹은 고개를 한 번 끄덕이심으로 표하시었으나 일체 말씀은 하시는 일이 없으시었다.

이렇고 노산군은 따르는 군사들의 사모함을 받으시었다. 그중에도 금부도사 왕방연은 가장 감동 받음이 컸다. 그는 노산군을 청령포에 모시어 가두고 사흘 만에 서울로 희정할새 떠나기 전날 밤에 차마 잠을 이루지 못하고 냇가에 앉아서 이러한 노래를 불렀다.

천리 머나먼 길에
고운 님 여의옵고

---

414) 산딸기.

이 마음 둘 데 없어

냇가에 앉았으니

저 물도 내안 같도다

울며 밤길 예노매라.

이 날 밤에 잠 못 이룬 이는 금부도사만이 아니었다. 방연은 아무도 듣는 줄 모르고 부른 노래언마는 이때까지 잠 못 이루고 계시던 노산군이 들으시고 곧 궁녀를 불러 이 노래 부르는 이가 누군가 알아 올리라 하시었다.

그리고 그것이 금부도사 왕방연인 줄을 들으시고 더욱 감개무량하시었다.

이튿날 금부도사 왕방연은 노산군께 뵈옵고,

"소인 올라가오."

하고 하직을 아뢴다. 마땅히 소신(小臣)이라고 일컬어야 옳을 처지에 소인(小人)이라고 일컫기가 왕방연의 마음에 심히 괴로웠다. 그렇지마는 지금은 노산군은 대군도 못되시고 군이시니 소인이라고 일컫는 것도 과한 대접이 될는지 알지 못한다. 그렇지마는 관인들은 다 노산군에게 칭소인하고 다만 궁녀들과 내시들만이 옛날 말대로 칭신을 하였으나 아무도 이것까지는 간섭하지 아니하였다.

"오, 가느냐. 애썼다."

하시는 노산군의 눈에는 눈물이 돌았다. 그러나 곧 위의를 정제하시고,

"애썼다. 상감 뵈옵거든 내 잘 왔다 아뢰고 거처가 좀 협착하나 수석이 좋으니 다행일러라고 아뢰어라."

하시고 망연히 무엇을 잃으신 듯하시다.

"소인 물러가오."

하고 왕방연은 그래도 차마 떠나지 못하여 노산군 앞에 엎드린 채로 이윽히 일어나지를 못하였다.

"소인 물러가오."

하고 한번 더 하직하는 절을 드리고 물러날 때에 노산군은,

"오, 애썼다."

하시고 궁녀를 시키어 금부도사에게 술을 주라 하시었다. 왕방연이 지난밤에 부른 노래한 머리가 말할 수 없는 깊은 인연을 뒤에 남아 있는 여러 사람의 속에 맺게 하였다.

청령포에 오신 지도 벌써 십여 일이 넘어 칠월 백중절을 당하였다. 이때에도 아직 신라(新羅)와 고려(高麗)에서 불도(佛道)를 숭상하던 유풍이 많이 남아서 칠월 백중이 되면 서울이나 시골이나 관가와 민가에서 열나흘, 보

름 열엿새 사흘 동안을 쉬고 새 옷을 갈아입고 절에 가서 우란분회(盂蘭盆會)에 참예하며 혹은 집에 중을 청하여 각각 제 조상과 돌아갈 곳 없는 무연(無緣)한 혼령들을 제도하기 위하여 제를 올리고 또 조상의 산소에 가 성묘하고 지전415)을 불살랐다.

노산군을 모시는 궁녀들 중에는 늙은이도 있고 젊은이도 있거니와 그들은 궁중에 있는 동안에 다 불도를 존승하였고 또 지나간 몇 해 동안에 하도 세상의 변천과 수없는 인명이 초로같이 스러지는 것을 보아서 인생의 무상을 느낌이 심히 간절하여서 더욱 염불을 외우고 진언을 염하는 일이 성풍이 되었다. 더구나 일찍 한 나라의 지존이시던 양반이 보잘것없이 비참한 처지에 계시게 된 것을 뵈옵는 그들은 오직 나무아미타불을 염하여 왕색극락을 하거나 그것은 못하더라도 한 번 더 인생에 태어나 금생에 맺힌 무궁무진한 원한을 품어보기나 할까 하는 생각이 아니 날 리가 없다. 또 그들이 진정으로 사모하옵는 '상감마마'(노산군)를 위하옵는 길도 내생 복락이나 빌어 드리자 하는 것 밖에 다른 도리가 없다고 생각한다.

415) 紙錢: 긴 종이를 둥글둥글하게 잇대어 돈 모양으로 만들어 무당이 비손할 때 쓰는 물건.

이래서 이 궁녀들은 백중을 차리기를 결심하였다. 떡가루를 빻자니 방아가 있나, 떡을 찌자니 시루가 있나, 도라지, 고비, 고사리가 산에 가득하건마는 일찍 산 것을 보아 본 사람이 궁중에 있을 리가 없으니 캐어올 도리가 없었다, 그래서 늙은 궁녀가 인근 민가로 다니며 없는 기구와 물재를 빌어오기로 하였다. 민가에서 기쁘게 빌릴뿐더러 기름, 차조, 옥수수, 버섯, 송기, 열무, 멧나물, 오이, 참외, 수박, 가지, 풋고추 등속을 나도 나도 하고 들고 와서 수두룩하게 헛간에 쌓이게 되었다.

등도 많이 만들었다. 떡도 찌고 나물도 삶았다. 후원 늙은 소나무 밑에 단을 모아서 제단을 삼았다. 이 제단은 평시에는 노산군이 나와 앉으실 데라고 생각하면서 정한 황토를 깔았다.

이날 볕은 났으나 몹시 무더웠다. 첫가을다운 새파란 하늘이 보이면서도 여기저기 때때로 뭉게뭉게 구름이 피어올랐다. 오늘밤에 비나 아니 오려나 하고 궁녀들은 들며 나며 구름머리를 바라보았다.

밤이 들어 조그마한 등들이 달리었다. 냇물에 띄워 보낼 등들도 동글동글하게 쌓이어 있었다. 환하게 달이 떠올라서 지나가는 구름장 속에 들락날락하였다.

제단에는 두를 병풍이 없어서 정면에 기둥 두 개를 세우고 거기 널빤지 하나를 가로 건너 매고 커다란 종이에다가 길게 지방을 써서 붙이었다. 이 지방은 노산군이 손수 쓰신 것이다. 첫머리에 삼생부모영가(三生父母靈駕)라고 쓰시었다. 이것을 쓰실 때에 가장 간절히 생각난 이는 조부 되시는 세종대왕과 아버지 문종대왕이시거니와 금생에 한 번 대면해 뵈옵지도 못하시고 또 일전에 종묘에서 그 위패까지도 철폐함을 당하신 어머니 현덕왕후 권씨를 생각할 때에는 피눈물이 솟음을 금치 못하시었다.

다음에 쓰신 이는 조모도 되고 어머니와도 같은 혜빈 양씨와 그 세 아드님. 그 다음이 안평 숙부 부자, 그 다음이 아버님 항렬 중에 가장 나이 많은 화의군 영, 다음에 황보인, 김종서, 정분, 허후 등 재유정란 때에 죽은 사람들을 쓰고 또 그 다음에는 성승, 유응부, 박정, 성삼문, 박팽년, 이개, 하위지 등을 쓰시고 다음에 외조모와 외숙 권자신의 패를 쓰시고 다음에 장인 장모 되는 송현수 부처를 쓰시고 나중에 노산군의 유모 이오(李午) 부처를 쓰시고 나중에 대자로 충혼원혼영가(忠魂冤魂靈駕)라고 쓰시었다.

이것을 쓰실 때에 감개가 무량하시었음은 말할 것도 없는 일이다. 정성으로 이 모든 충혼, 원혼을 부르시는 슬프신 뜻이 촛불에 어른어른 비치인 그 필적에 드러났다.

노산군은 친히 이 제사에 참예하시지는 아니하시었고 다만 궁녀들끼리만 제사를 지내었다. 그렇지마는 친필로 위패를 쓰시었으니 친제하심이나 다를 것이 없다.

노산군은 외관을 정제하시고 방에 홀로 앉으시어 지난 일 이제 일을 생각하실 제 후원에서 늙은 궁녀가 축원하는 소리가 들린다. '왕생극락', '천추만세' 같은 구절이 수 없이 들린다. 혼령더러는 왕생극락하라고 비는 것이요, 우리 임금(노산군)은 천추만세나 사시라고 비는 것이다. 축문을 지어 읽을 만한 한문의 힘도 없고 또 푸념, 덕담을, 할 만한 무당의 구변도 없는 그들은 그저 같은 소리를 뇌고 뇌고 할 뿐이었다. 중얼중얼하다가는 왕생극락, 천추만세, 상감마마 이러한 소리가 크게 들린다.

나무아미타불, 관세음보살의 합창이 들리는 것은 제사가 다 끝이 나는 모양이다.

이때쯤부터 투드럭투드럭 뜰배나무 잎사귀에 굵은 비 떨어지는 소리가 들린다. 그것이 순식간에 천명만마를 몰아오는 듯한 큰비가 되어 순식간에 마당에는 무릎이 잠기도록 물이 괴었다. 아뢰와 번개와 빗소리와 갑자기 불어서 미처 내려간 길을 찾지 못하는 수 없는 시냇물 소리와 실로 천지가 뒤집히는 듯하였다. 불을 켜서 흘리려 하였던 등은 불도 아니 켠 채로 다 떠나가버리고 말았다.

궁녀들은 노산군 좌우에 둘러서서 무슨 벌이나 당하기를 기다리는 듯이 덜덜 떨었다.

어디서 우루루하는 소리가 난다. 무엇이 무너지는 소리다, 궁녀들은 더욱 무서워서 입술이 파랗게 질린다. 부엌 뒷벽이 무너지고 그리로서 뒷산 물이 물결을 치고 달려들었다.

위험은 가까웠다. 노산군이 앉으신 방에도 뒷문으로 물이 들어오기를 시작하였다. 번쩍하고 한 번 크게 번개하는 빛에 보면 마당은 바다와 같이 붉은 물이 편하였고 뜰가에 섰는 뜰배나무와 느릅나무가 바라에 흔들리어 풀 잎사귀 모양으로 번쩍번쩍 뒤집힌다. 그 광경은 여자가 아니라도 사내대장부라도 무서운 만하였다.

마침내 노산군은 궁녀들을 데리시고 집을 떠나시었다. 군사들이 유숙하는 집에도 물이 들어서 이 청령포 온 동리가 떠나갈 지경이 되어 백성들은 늙은이를 끌고 어린 것들을 업고 퍼붓는 비 속으로 갈팡질팡 하였다. 이따금 번개가 크게 번쩍할 때에는 물이 무릎 위에까지 올라오는 속으로 부녀들과 아이들이 울고 헤매는 모양이 보이었다. 읍내로 통하는 사강 다리가 떠버린 것이다.

노산군은 어찌할 줄 모르는 궁녀들더러 산으로 가자 나를 따르라 하시었다. 노산군 말씀대로 궁녀들은 산 있는 곳으로 길을 더듬었다. 경각간에 옷이 젖어서 몸에서 물이 흐르고 바람이 후려갈기는 빗발에 눈을 뜰 수도 없었다.

어디가 어딘지도 모르고 산 속으로 헤매기를 얼마 하였으나 물론 인가를 찾을 길도 없었다. 군사들도 저마다 저 살 길을 찾노라고 사산하고 어디로 간 줄을 몰랐다.

그래도 태연히 풀을 헤치고 나뭇가지를 더워잡고 나아가시던 노산군은 걸음을 멈추시고,

"내가 어찌 이리 덕이 박한고."

하고 한탄하신다. 궁녀들은 이러한 처지에서도 노산군의 한탄하심을 듣고 눈물을 씻었다.

그리고 산길을 찾기 위하여 다시 번개가 번쩍하기를 기다렸다.

과연 노산군이 하늘을 우러러 한탄하심이 끝나자마자

서북편에 온 하늘이 모두 불빛이 되는 듯한 큰 번개가 일어났다. 이 무서운 큰 빛에 어둠에 잠기었던 산과 벌과 그 위에 있는 모든 움직이는 것들이 일시에 눈에 보인다. 누우락 일락하는 나무들, 철사같이 휘음하게 하늘에서 내려 뻗은 빗줄기까지 역력히 눈에 보인다. 그 통에 바로 수십 보 앞 낭떠러지 밑에 잔뜩 불은 물굽이가 불빛같이 보이고 그 위에 분명히 큰나무 하나가 가로 넘어지어 다리처럼 되어 있는 양이 보인다. 그러고는 번개가 씨물 씨물 동편 하늘로 흘러가버리고 도로 캄캄한 밤이 되고 말았다.

노산군은,

"이리로 나가자."

하고 손을 들어 그 나무 보이던 곳을 가리키시며 앞서 가신다.

번갯불에는 그렇게 지척같이 보이던 곳도 걸어가면 대단히 멀었다. 그러나 천신만고로 마침내 물가에 다다랐다 거기는 과연 수십 척 돌벽루요, 어두운 속에도 그 밑으로는 바위라도 부술듯하게 급한 물살이 좁은 목을 넘노라고 비비고 틀고 용솟음치어 흘러가는 것이 보이고 그 요란한 소리가 천지가 움직이는 듯하였다.

아까 번개 빛에 노산군이 보신 바는 추호도 틀림이 없었다. 이쪽 벼루 위에 섰던 큰 소나무 하나가 뿌리가 끊어지어 가로 누워서 그 머리를 저편 벼루에 걸치어 놓았다. 밑둥이 두 아름은 될 듯하였다.

"천우다. 나는 죽어도 아깝지 아니한 몸이다마는 너희야 죽어서 되겠느냐. 자 건너가거라. 여기만 건너가면 읍내가 얼마 멀지 아니할 것이요, 또 읍내 가기 전에 빈가가 있을 터이니 사람 사는 곳에 인정 없겠느냐. 어서 건너가거라."

하시고 노산군은 아니 건너가실 듯한 빛을 보이시었다. 노산군은 이제 이 모양을 하고 살아나실 뜻이 없으시어 무고한 궁녀들--당신을 따라 불원천리 하고 아무 영광도 없는 곳에 따라온 그들이나 살길을 얻어주시고는 차라리 이 밤에 몸을 던지어 이 세상을 버리자고 작정하시었던 것이다.

그러나 궁녀들은 노산군 앞에 꿇어 엎디어 이 다리를 건너시기를 빌고 만일 아니 건너시면 자기네가 먼저 벼루에서 몸을 던지어 죽을 것을 맹세하였다.

이리하여 노산군은 무사히 읍내에 들어오실 수가 있었다.

이 일이 있은 뒤로부터 관에서는 노산군을 청령포에 나가 계시게 하지 아니하고 객사동헌(客舍東軒)을 수리하고 거기 계시게 하였다.

새 감사가 올 때마다, 새 부사가 올 때마다, 또 서울서 갑자기 무슨 명이 내려오면 노산군을 대우함이 혹은 후하고 혹은 박하고 여러 가지 변천이 있었으나 영월 부중에 여기 저기 다니시는 자유까지는 빼앗는 자가 없었다. 영월 부사 중에는 노산군을 너무 잘 대접한다 하여 갈린 자도 있었다. 그러므로 약은 사람은 아무리 마음으로는 노산군에게 동정을 하더라도 겉으로는 노산군을 학대하는 양을 보이지 아니치 못하였다. 평시에도 금부진무 한두 사람이 늘 있을뿐더러 언제 경관이 무슨 명을 가지고 오는지도 몰랐고 또 관속 중에서도 노산군에 관한 무슨 죄목을 찾아내어서 서울에 밀고하여 공명을 세우려는 놈이 없지 아니하였다.

이러하기 때문에 영월 부사로 내려오는 사람은 서울을 떠날 때에 벌써 근심거리가 되었다. 감사도 그러하였다. 노산군을 학대만 하자니 양심도 괴롭거니와 민심에 거슬리어지고 후대를 하자니 왕이 무서웠다. 그래서 무서운 부스럼 모양으로 노산군은 아무쪼록 건드리지 않고 모르는 체하기로만 주장을 삼았다. 한둘이 매우 노산군께 까다롭게 굴어 관풍헌(觀楓軒), 자규루(子規樓), 금강정(金剛錠)같은 데 소풍 나가시는 것조차 이 핑계 저 핑계로 말썽을 부리었으나 그중에 한 사사가 갈려서 올라가는 길에 돌팔매를 얻어맞고 죽인다는 위협을 받은 뒤로는 그처럼 까다로운 자도 없었다.

노산군이 영월 오신 지도 반년이 넘어 지내어서 가을이가고 겨울이 가고 정축년 봄이 된 때에는 노산군을 감시하는 것도 전보다는 많이 해이해지고 구신(舊臣)들 중에 비밀은 비밀이지마는 찾아와 뵙는 이가 있는 것도 내버려 두게 되었다. 인제야 노산군이 무엇을 하랴. 백성들인들 무얼 노산군은 더야 생각할라고--이러한 심리도 아니 섞였는지 모른다.

사실상, 그렇게 전국 민심--초동목수까지도, 아이들까지도, 여편네들까지도 이를 갈게 흥분시키던 노산군 손외(遜外)도 지금은 얼마쯤 김이 빠지어버렸다. 슬픈 일, 괴로운 일이 끊일 새 없이 뒤대어오는 이 인생에서는 한 가지 슬픔이나 분함을 오래 지녀 가기도 어려운 일이다.

슬픔과 분함이 들어와서는 낡은 그것들을 아주 잊어버리게 할 지경은 아니라 하더라도 기운이 약하게 만들어

버리는 것이다. 그렇지마는 한 번 민심에 깊이 박혔던 슬픔이나 분함은 결코 영영 사라지어버리는 것은 아니다. 언제까지라도--마치 생나무에 낸 생채기와 같이 세월이 갈수록 껍질은 비록 성한데 비슷하게 되더라도 속으로는 더욱 언저리가 커 가고 깊어가는 것이다.

노산군 손의 사건에 대한 비동하던 민론이 적이 가라앉을 때가 되면 왕이 노산군을 불쌍히 여기는 마음도 때때로 솟았다. 가만히 생각해 보면 그 어린 조카가 무슨 죄 있나. 성삼문 사건에 노산군이 관계 아니하였을 것을 왕이 모를 리가 없다. 아무리 성삼문이 어리석기로 그런 말씀을 성사도 되기 전에 어리신 상왕께 여쭈었을 리가 없다--이렇게 왕은 생각하신다. 다만 노산군의 오직 하나 큰 죄는 그가 왕 당신 앞에 임금 되신 것이다.

"내가 왕이 되자 하니 불쌍한 너를 죄를 씌워 내어쫓은 것이로구나."

만일 왕이 면류관을 벗어 놓고 그냥 한 사람으로 노산군과 삼촌, 조카가 되어서 만나신다 하면 반드시 이렇게 말씀하시고,

"잘못했다, 모두 내 욕심 탓이로구나. 풀의 이슬 같은 영화를 탐내는 욕심 탓이로구나."

하시고 조카님에게 사죄하였을 것이다. 과연 이로부터 십년이 못하여 왕은 이러한 후회를 사실로 하게 된 것이다 (그렇지마는 아직 왕이 지으실 죄는 관영하지 못하였다).

왕은 영월에 계신 조카님이시오, 예전 임금이시던 노산군을 생각하실 때에 궁측한 마음이 없지 아니하시어서 강원감사(江原監司) 김광수(金光粹)에게, "魯山慶 四節果實 植所傳通進 德殿園團 如相曲果 西原 黃鍾榮 多備支代 信月美守合 間起居"[416]라 하신 명을 내리시었다. 그리고 내시부(內侍府) 우승지 김정(金淨)을 영월로 보내시어 노산군께 문안을 하시었다. 이것은 노산군이 과연 어떻게나 지내는가 하는 것을 알고자 하는 것이 첫 목적이라 하더라도 또한 어리신 조카님의 가슴에 맺힌 원한이 무시무시하여 그것을 조금이라도 풀어 보자는 것도 목적이 아님이 아니다.

여기는 노상 이유가 없지 아니하다. 현덕 왕후를 폐하고 노산군을 영월로 내어쫓은 후로는 매양 왕의 마음이 편안치 아니하시어 무서운 원혐이 원수 같은 칼을 품고 왕의 신변을 범하는 듯한 생각이 가끔 번개같이 지나가

---

416) 노산군이 있는 곳에 사계절 채소와 과일을 넉넉하게 보내고 매월 수령을 보내 안부를 묻게 하라.

서 머리카락이 쭈뼛거림을 깨달으시는 때가 있고, 어떤 때에는 형수님 되시는 현덕 왕후가 원망하시는 눈으로 노려보시는 꿈을 꾸시는 일도 있었다. 더구나 몸이 피곤하시거나 편치 아니하신 때에 그러하였다. 꿈이 무어? 죽은 사람이 무어? 귀신이 나를 어찌해? 하시고 당신의 강한 운수를 믿으시면서도 무시무시하고 쭈뼛쭈뼛한 무엇이 떠나지 아니하였다. 노산군께 문안을 보내시고 또 강원 감사에게 노산군을 편안히 하여 드리라는 분부를 내리신 것이 전혀는 아니라 하여도 일부분은 이 때문도 되었다.

강원 감사 김광수는 이 명을 받아서 명대로 할 것인가 아닌가 하고 주저하였다. 대개 왕이 비록 겉치레로 이러한 명을 내리시더라도 속으로는 그렇게 노산군을 위하여 (그것 잡수실 채소와 과일을 풍성히 드리는 것이 위하여 드리는 것이라 하면) 드리는 짓을 기뻐 아니하실 듯한 까닭이다. 그래서 얼마동안 주저하다가야 비로소 영월 부사에게 명하여 노산군 처소에서 가까운 곳에 밭 한 패기를 장만하여 그 밭에 각양 채소와 참외, 수박 등속을 심어 노산군이 마음대로 따 잡수시게 하라고 하였다.

왕의 이 명은 얼른 보면 그리 끔찍한 것도 아니었지마

는그 영향은 적지 아니하였다. 노산군에게 편하게 하여 드리어도 죄가 되지 아니한다는 생각으로 여러 사람에게 준 것이 여간 노산군에게 큰 이익이 되었는지 모른다. 부사가 매삭일차 문안을 나오게 되고 나올 때마다 혹은 잡수실 것을, 혹은 피륙을 갖다가 바치는 것을 보고 군사들이 버릇없던 것도 차차 들어가서 공손하게 되고 백성들도 마음 놓고 채소, 과일같은 것을 보내어 드릴 수가 있었다.

그러나 그것이 노산군에게 무슨 큰 위로가 될 리가 만무하다. 봄철이 되어 초목에 새 움이 나오고 철 찾아 오는 새들이 목이 메어 우는 소리를 들으실 때면, 노산군의 흉중에는 말할 수 없는 슬픔이 끓어올랐다. 그러나 이 슬픔을 뉘게 다 말하랴, 말할 사람이 없었다. 심서가 자못 산란하여 진정키 어려우신 때에는 퉁소 부는 늙은이 하나를 데리시고 관풍매죽루(觀楓梅竹樓)에 오르시어 봄 달을 바라보시며 퉁소를 들으시었다. 밤에 퉁소 소리가 들리면 인근 백성들은 노산군이 관풍루에 오르신 줄 알고 다들 한숨을 쉬었다. 우는 이도 있었다. 혹시 퉁소 소리를 따라 관풍루 앞으로 지나가는 이도 있었다. 그들의 말을 들으면 노산군은 반드시 익선관, 곤룡포를 입으시고 난간 앞에 단정히 앉으시와 하늘에 뜬 달을 바라보시되 퉁소 한 곡조가 다 끝나도록 몸도 움직이지 아니하시더라고 한다.

이러하시다가 밤이 이슥한 뒤에야 숙소로 돌아오시기를 일과로 삼으시었다.

月白夜 蜀魂啾 含愁情 倚樓頭 爾啼悲 我聞苦 無爾聲 無我愁 寄語世上苦勞人 愼莫登春三月子規樓[417]

하시는 것이나 또,

一自寃禽出帝宮 孤身隻影碧山中 假眠夜夜眠無假窮 恨年年 恨不窮 聲斷曉岑殘月白 血流春谷落花紅 天聾尙未聞哀訴 何奈愁人耳獨聽[418]

---

417) 달 밝은 밤 두견 울제 수심 품고 누 머리에 치우쳤으니 네 울음 슬프거든, 내 듣기 애달파라. 여보소, 세상 근심 많은 분네 애어 춘삼월 자규루에 오르지 마소.
418) 한 번 원통한 새가 되어 임금의 궁을 남으로부터 외로운 몸, 짝 없는 그림자가 푸른 산 속에 있도다. 밤이 가고 밤이 와도 잠이 깊이 아니 들고, 해가 가고 해가 와도 한이 닿지 않는도다. 우는 소리 새벽 묏부리에 끊이니 지샌 달이 희었고, 뿜는 피 봄 골짜기에 흐르니 지는 꽃 붉었도다. 하늘은 귀 먹어 오히려 애달픈 하소연을 듣지 아니하시거늘, 어찌 다 수심 많은 사람의 귀만 홀로 밝았는고.

하시는 것이나 다 봄날 잠 아니 오는 밤에 퉁소를 들으시며 지으신 것이다.

영월은 산읍이라 사면이 산이어서 봄철 밤 달 질 때쯤 하여 누에 오르면 반드시 어디서나 두견의 소리가 들린다. 밤이 깊을수록 더욱 슬피 울고 새벽달에 차마 눈물 없이는 들을 수 없도록 슬피 운다. 관풍헌(觀風軒)이나 자규루나 다 노산군이 밤을 새어 자규성을 들으시던 곳이다.

지으신 시를 사람더러 읊으라 하시고는 그 소리를 들으시고 삼연히 나루하신 일이 몇 번인고. 좌우에 모시었던 사람들도 웃소매가 젖었다.

차차 날이 더워 여름이 되면 노산군은 금강정(金剛錠)에도 가끔 오르시었다. 금강정은 금강가에 있어 누에 앉았으면 물소리 구슬피 들렸다. 이것을 논산군은 심히 사랑하시어더구나 달 밝은 밤이면 밤 깊은 줄도 모르시고 여울여울 울어가는 강물 소리를 들으시었다.

천하가 다 변하는 중에도 옛 정과 옛 의를 잊지 아니하고 찾아와서 뵈옵는 구신들도 있었거니와 그네를 보신 것도 이러한 곳에서였다. 이목이 번다한 곳에서 구신들을 만나시면 누가 무슨 말을 지어낼지도 모를 것이요,

또 찾아 뵈옵는 구신들로 보더라도 밤 종용한 처소가 편하였던 것이다.

영월부에 노산군을 찾아와 뵈온 이를 다 적을 수는 없거니와 그중에는 조상치, 구인문(具人文), 원호(元昊), 권절, 송간(松間), 박계손(朴溪孫), 유자미(柳自湄) 같은 이들이 있었다. 비록 구신은 아니나 김시습(金時習)도 거사의 행색으로 두어 번 노산군께 뵈웠다. 노산군은 일찍 시습을 대면하신 적은 없었으나 그 이름을 들으시고 누구인지 알아보시었다. 이때에는 시습이 아직 머리를 깎지 아니하였던 것이다.

그들은 다 성명을 변하고 행색을 변하고, 혹은 거사 모양으로, 혹은 유람객 모양으로, 혹은 농부 모양으로 변장을 하고 영월부에 들어와 하루 이틀 묵으면서 동정을 보다가 노산군이 자규루나 관풍루나 금강정에 납시는 기회를 타서 무심코 그 앞으로 지나가는 행객 모양으로 점점 가까이 들어와 노산군께 뵈옵는 목적을 말하였다. 그러고 와서 뵈옵는 이는 노산군 앞에 엎드리어 가슴과 목이 메어 오래 일어나지를 못하고 노산군도 흔히 나루하시는 일이 있었다. 이때에 낙루하심은 찾아오는 자의 정성에 감격하심이었다.

뵈워야 길게 사뢸 말씀도 없거니와 또 오래 모시고 있는 것도 옳지 아니할 듯하여 흔히는 맥맥히 시로 바라보고 눈물을 흘릴 뿐이었다. 이번 떠나면 다시 언제 뵈오리, 이번 마지막이다 하는 생각이 자연히 날 때에 피차에 감회는 더욱 깊었다.

찾아왔던 이가 하직하고 물러날 때에는 노산군은 반드시 일어나시와 그의 팔이나 손을 만지시고 석별하시는 뜻을 보이시었다. 가는 사람은 십 보에 한 번, 이십 보에 한 번 뒤를 돌아보고 눈물이 앞을 가리어 비틀거림을 금치 못하였다.

금성대군이 순흥부에 귀양살이 하는 지가 벌써 이태나 되었다. 집을 빼앗긴 것은 이미 독자도 다 아는 바이거니와 왕은 그가 처자와 함께 있기도 허락치 아니하였다. 그래서 금성대군은 순흥부 어떤 조그마한 민가 하나를 잡고 시녀 두엇과 사내 하인 두엇과 함께 둄이 되었다. 시녀는 본래 금성대군 궁에 있던 사람으로 상전을 따라온 사람이다. 두 궁녀 중에는 금련(金蓮)이라는 나이 이십이삼 세, 자못 자색이 있는 계집이 있었다.

이 시녀 금련은 어려서부터 금성 궁에서 자라나며 십칠 세 적부터는 그윽히 금성대군을 사모하여 그 곁을 떠나지 아니하려 하였고, 금성대군도 금련이 아름답고 영리한 것을 귀히 여겨 미워하지 아니하였다. 순흥에 금성대군을 따라온 것도 그만한 생각이 있었기 때문이다. 그러나 금성대군은 본이 근엄한 사람인 데다가 단종대왕이 선위하심으로부터는 더구나 주색에 뜻을 두지 아니하였다. 이것이 금련에게는 불만이요, 또 원한이 되었다. 금성대군은 이곳 온 뒤로 기회만 있으면 남중 인사와 사귀었다. 그는 금지옥엽의 몸으로도 모든 존귀한 생각과 태도를 버리고 어떤 사람을 대하여 겸손하고 간담을 토진하였다. 이것이 남중 인사를 사이에 큰 칭찬과 존경을 산 것은 말할 것도 없다.

본래 영남 사람은 의리가 있다. 상왕을 노산군으로 감봉하여 영월에 안치한 것을 보고는 가슴속에 억제할 수 없는 불평을 품고 한 번 죽기로써 외를 위하여 싸우리라는 비분강개한 생각을 가진 선비도 불소하였다. 이러한 인사들은 금성대군에게서 그 영수를 발견한 것이다.

금성대군은 죄인의 몸이라 사람들과 교제하기가 자유롭지를 못하였다. 부사를 따라서 그 자유는 혹 넓어도 지고 좁아도 지었다. 그러나 열 눈이 한 도적 못 막는다는 셈으로 그러한 중에서 금성대군이 사람 만나볼 기회는 있었다. 봄철이면 산에서, 여름이면 냇가 낚시질 터에서, 또는 밤에 주석에서, 어떻게든지 만나는 방법은 있었고 또 의리로 서로 사귐이 여러 번 만나 길게 이야기할 필요가 없었다. 관부의 눈에 띌 위험을 무릅쓰고 찾아오는 것만 보아도 금성대군 편에서는 저편 생각을 짐작할 수 있고 또 금지옥엽 귀한 몸으로서 이름도 없는 하향 선비의 손을 잡고 차마 놓지 못하는 금성대군의 태도만 보면 저편에서도 이편의 생각을 짐작할 것이다. 만나서 말을 한 대야다만 한훤419)을 펼 뿐이나 그것으로써 의를 맺기에 족하였다.

이렇게 한 번 금성대군과 지기가 상합한 사람이면 또 자기의 동지를 구하여 금성대군에게 소개하였다. 이 모양으로 순흥부에 온 뒤에 금성대군이 사귐을 맺은 사람이 무려 수백 명에 달하였다.

마침 정축년을 당하여 이보흠(李甫欽)이 순흥부사로 내려왔다.

보흠은 세종대왕 기유년에 문과에 급제하여 집현전 박사(博士)를 지낸 사람이다. 자를 경부(警部)라 하고 호를

---

419) 寒喧: 날씨의 춥고 더움을 살펴 서로 인사함을 가리키는 말.

대전(大田)이라 하여 굴하고 이재(理財)가 있고 천성이 사치한 것을 싫어하여 옷이 해어지고 때가 묻어도 부끄러워하지를 아니하였다.

선위가 있고 성삼문 변이 있은 뒤에 벼슬에 뜻이 없어 집에 있다가 이번 순흥부사로 내려온 것이다.

그는 일찍 글을 지어 길주서(吉注書)의 묘전에 제를 지내었다. 그 글에 이러한 구절이 있다.

周武擧義 吏齊採薇於首陽 光武中興 子陵垂釣於富春

이 글 구절을 보아도 그가 시국에 대하여 불평한 생각을 품은 줄을 알 것이다. 그는 친구와 술을 나누다가도 말없이 문득 낙루하는 것은 상왕(노산군)을 생각함이었다.

그러나 그는 한 강개한 생각을 품은 선비요, 일군은 아니다. 그가 순흥부사로 와서 금성대군을 만나지 아니하였던들 그는 무슨 일을 도모할 생각을 내지도 못하였을 것이다. 그러나 그가 금성대군의 맵고 매운 충성과 의리를 볼 때에 그만 감격하여 몸을 바치기를 맹세한 것이다.

저녁이 되면 부사 이보흠은 미복으로 급창 하나만 데

리고 금성대군을 찾아갔다. 이 급창은 얼굴이 잘나고 또 영리하여 보흠이 됨 이래로 항상 곁을 떠나지 아니하는 사람이다. 아주 공순하고 삽삽하여 보흠의 부인까지도 그를 사랑하였다. 그는 다만 보흠 내외의 사랑만 받을 뿐 아니라 그보다도 더한 믿음을 받았다.

금성대군과 이보흠이 마주 대하면 서로 낙루함을 금치 못하였다. 금성대군은 보흠을 만나 뜻이 서로 맞는 것을 보고 심히 기꺼하였다. 비록 보흠이 지인지감이 부족하고 일솜씨가 없다 하더라도 그는 순흥부사요, 순흥부 삼백 명 군사와 칠십 명 관속을 부릴 권력을 가진 사람이다. 맨주먹 밖에 없던 금성대군에게 한 고을 권세라는 것이 여간한 것이 아니었다. 두 사람이 일을 하기로 작정하던 날 밤에---닭 울 때나 되었었다---금성대군은 자기 갓에 달았던 산호 영자를 뚝 떼어 보흠에게 주며,

"내 몸에 지닌 것이, 벗에게 줄 만한 것이 이것 밖에 없소."

하였다. 갓 끈을 떼어서 정표로 주는 것, 그것은 실로 적은 일이 아니었다. 보흠은 일어나 절하고 받고 죽기로 써 허하였다.

이렇게 순흥부사 이보흠(李甫欽)이 밤이면 금성궁에 나

아가서 밤이 깊도록 일을 의논하는 동안에 다른 일 하나가 생긴다. 그것은 시녀 금련과 급창과의 사람이다.

처음 급창을 볼 때에부터 금련의 마음이 그에게로 끌리지 아니함이 아니었으나 금성대군 같은 고귀한 양반을 오래 마음에 두어오던 금련의 눈에 시골 급창 같은 것은 너무도 초라하였다.

그러나 한 달 두 달 지나고 열 번 스무 번 만나는 도수가 많아지는 동안에 그만 두 남녀는 서로 좋아하는 사이가 되고 말았다.

하루는 이보흠이 금성궁에 있어서 늦도록 상의한 끝에 거사한 계책을 확실히 정하여 놓았다. 그 계책은 이러하다.

순흥부에 조련 받는 군사가 삼백 명, 관속이 칠십 명이요, 순흥 경내에 흩어져 있는 정병(精兵)과 기타 잡역을 모조리 징발하면 또한 삼백 명이 되니 이리하여 순흥 한 고을에서 육칠백 명 군사를 얻을 수가 있고 또 비밀히 격서를 보내어 각처에 의기남아를 모집하면 기 아래 모일 사람이 또한 많을 것이다. 그 동안 남중에서 얻은 금성대군의 명명과 그윽히 의를 맺어둔 인사가 수백 명에 내리지 아니한즉 한 번 격서를 보는 날이면 이 사람들이 다 향응할 것은 분명한 일이다.

이리하여 순흥에 넉넉한 병력과 군량을 준비해 놓고 (넉넉한 병력이라 함은 인근 어느 고을 병력이라도 감히 대항하지 못할 만한 병력이라는 뜻이다. 이때에 벌써 태조, 태종시대에 정하여 놓은 제도가 해이하기 시작하여 각 읍 군비와 군량을 실지로 전쟁을 치를 만한 데가 많지 못하였던 것이다) 이리하여 아무 때나 인근 읍을 점령할 만한 실력을 이룬 뒤에(일각 안에 이 실력은 얻을 수 있으리라고 금성대군과 이보흠은 생각하였다) 영월에 계신 노산군을 모시어 닭선재를 넘어 순흥에 이봉하고 새재, 대재 두 길을 막아 영남과 서울과의 교통을 끊어 놓고 영남 일로를 호령하면 영남 각 읍을 손에 넣기는 그리 어렵지 아니할 것이다.

세력이 이만큼만 되면 영남 말고도 팔도 지사가 다 향응할 것이니 서서히 경중을 찔러 장안을 점령하고 노산군을 복위하시게 하여 하늘에 사무친 불의와 원한을 한꺼번에 풀어버리자는 것이다.

이렇게 계획을 세워놓고 두 사람은 너무도 감격하여

손을 마주 잡고 이윽히 말이 없었다.

"자, 인제 격서를 짓는 것은 대자의 재주요."

하고 금성대군이 서안 위에 놓인 지필을 보흠의 앞으로 밀어 놓는다.

"남아가 글을 배웠다가 이런 데 쓰게 되니 사무여한이요."

하고 순흥부사는 붓을 든 손으로 눈물을 씻었다. 깊은 벼루에 먹 가는 소리가 삭삭 하고 들린다.

이보흠은 필생 정력을 다하여 격문을 지었다. 다 쓰고 붓을 던질 때에 보흠의 망건편자에는 땀방울이 맺히었다. 그 격서는 그리 길지 아니한 것인데 대요는 수양대군이 정인지, 신숙주 등 간신에게 그릇함이 되어 골육상잔하는 옳지 못한 일을 하고 마침내 왕위를 찬탈하였으니 이는 천인이 공노할 일이라, 천하 의사는 일어나 그릇된 일을 바로 잡아 상왕을 복위하시게 하자 함이었다. 그 중에는 이러한 구절도 있다.

挾天子以令諸侯 疇敢不從

또한 이러한 구절도 있다.

成事在天 謀事在人

격서를 초하기가 끝난 뒤에 금성대군은 서너 번이나 읽어보고 문구에 의혹되는 데를 토론하여 몇 군데를 교정도 하였다. 그래서 더할 수 없이 완전하다고 본 뒤에야 다시 정서하고 끝에다가 금성대군이라고 서명하고 그보다 한 자 떨어뜨리어 순흥부사 이보흠이라고 썼다.

보흠이 돌아간 뒤에 금성대군은 그 격서를 봉하여 문갑 속에 넣고 여러 가지 올 일을 생각하다가 잠이 들었다.

늦도록 어려운 일을 생각하고 또 이야기하던 금성대군은 매우 몸이 피곤하였다. 오늘 하루만 아니라 근래에 연일 노심초사로 그의 안색은 매우 초췌하고 잠이 들면 심히 깊이 들었다. 게다가 오늘밤에는 만사가 다 작정이 되고 격서까지 써 놓아서 마음을 턱 놓고 잠이 깊이 들어 버리었다.

그 담담날420)이 순흥 장날이다. 장날을 이용하여 장군 모양으로 동지들이 왕래하는 것이 가장 편하였다. 더욱이 여러 사람이 남 모르게 한데 모이는 편의는 이 밖에

---

420) 다음다음 날.

없었다. 이번 장에는 각처 동지가 모여들어 최후 의논을 하게 되었다. 최후 의논이란 다른 것이 아니라 금성대군이 이보흠과 같이 상의한 일을 전하고 아울러 격서에 착명할 사람은 착명하고 그 격서를 돌릴 직분을 맡을 사람은 맡는 일이다.

금성대군이 등잔불도 끄지 아니하고 깊이 잠이 들었을 때에 시녀들이 자는 협실(그것은 건넌방이다) 문이 방싯 열리고 금련의 모양이 나타났다. 때는 시월 초생이나 아직 가을날 같은 기후였다.

금련은 마루청 널이 울리지 아니하도록 마치 고양이 모양으로 사뿐사뿐 발을 떼어 놓아 금성대군의 방문 밖에 섰다 그는 귀를 기울이어 방안에서 나오는 숨소리를 듣는 것이다.

그 숨소리는 가볍게 코를 고는 소리였다.

금련은 방싯하게 문을 연다. 금성대군의 수염 좋은 옥 같은 얼굴이 보인다. 금련이 여는 문으로 들여 쏘는 바람에 불이 춤을 춘다. 금련의 그림자가 벽에서 춤을 추었다. 이때에 만일 금성대군이 눈을 떠서 금련의 자태를 보았던들 그가 아무리 지사의 철석같은 간장을 가지었더라도 금련에게 혹하지 아니치 못하였으리만큼 불빛에 비추인 금련의 모양은 아름다웠다. 그러나 가슴에 한 뭉치 충성 밖에 남은 것이 없는 금성대군은 잠결도 향락적인 마음을 아니 가지려는 사람과 같이 금련을 등지고 돌아 누워버린다.

금련은 울렁거리는 가슴을 억제하고 문 안에 쪼그리고 앉아서 숨소리를 죽인다. 도로 나올까 하고 한 손으로 문을 잡는다.

그러나 금성대군은 돌아누울 때에 잠깐 중지하였던 가벼운 코 고는 소리를 다시 시작하였다. 금련은 불현듯 금성대군이 원망스러운 생각이 난다. 칠팔년을 두고 사모하여도 거들떠보아 주지 아니하는 야멸친 정든 임을 원망한 것이다.

"어디 견디어보아."

하고 금련은 무릎으로 걸어 금성대군 머리맡에 놓인 문갑을 열고 간지 하나를 집어내어 날쌔게 허리춤에 끼어버린다. 문갑 열리는 소리에 금성대군의 숨소리는 잠깐 가늘어지었으나 다시 여전히 잠이 드는 모양이다.

금련은 그 일 위해서나 들어왔던 모양으로 금성대군의 이불을 끌어 올려드리고,

"가엾으시어라, 오죽 곤하시면."

하고 종알거리며 나와버렸다.

금련은 마루에서 내려와 종종걸음으로 대문간으로 나온다.

대문 밖에는 웬 사내가 어정어정하다가 안마당에 발자취 소리 들릴 때에 대문 곁으로 바싹 가까이 간다.

그 사내는 말한 것 없이 순흥부사 이보흠의 심복 되는 급창이다. 영리한 급창은 금성대군과 부사가 자주 상종하는 것이 무슨 일인지 낌새를 알고 기회만 있으면 엿들었다.

이날도 양인이 대사를 의논하고 격문을 초할 때에는 물론 급창이나 시녀나 부르기 전에는 가까이 오지 말 것을 분부하였으나 이날따라 더욱 엄하게 좌우를 물리는 것이 더욱 수상하여 급창은 시녀들에게도 밖에 술 사먹으러 나간다고 일컫고 뒤꼍으로 들어가 뒷문을 가만히 열고 나가 금성대군 방 반침 속에 들어가 숨어서 양인의 의논을 자초지종으로 다 듣고 나중에 금성대군이 격문을 어디 두는 것까지 살피고 나왔다. 그리고 나와서는 금련을 불러내어 그 이야기를 하고 격문만 훔쳐 내면 부귀가 돌아오고 자기네 양인이 팔자 좋게 백년해로를 하려니와 그렇지 아니하면 금성대군이 역적으로 몰리는 판에 금련도 같이 적몰되어 죽을 것을 말하였다. 이래서 금련은 마침내 서방과 부귀에 미치어 십년 상전으로 섬기고 정든 입으로 사모하여 오던 금성대군을 배반하여 죽을 물에 빠지게 할 양으로 문갑 속에 두었던 격문을 훔쳐낸 것이다.

"찾았어?"

하는 것은 밖에 선 사내의 말이다.

"응."

하는 것은 안에 선 계집의 말이다.

"이리 주어!"

하고 급창은 문틈으로 눈과 손을 댄다.

"가만 있어!"

하고 금련은 소리 안 나게 대문 빗장을 열려고 손을 음질음질한다.

"이러다가 나으리가 알면 모가지 날아나. 어서 그것부터 내어 보내어."

하고 사내는 재촉한다.

이 문답이 모두 소리 없는 말로 되었다.

그러나 금련은 그 보물을 문틈으로 내어보내려고는 아니하였다. 그래서 기어이 대문을 열고야 말았다.

"이리 내어!"

하고 사내는 금련의 팔을 잡았다.

"나는 어찌할 테야. 임자한 서울로 달아나면 나는 어찌할 테야."

하고 금련은 사내의 옷소매에 매어달린다.

"나를 기다리고 있어! 내가 귀히 되면 저는 귀히 되지 않나. 어서 이리 내어!"

하고 급창은 계집이야 어찌 되었든지 그 격문만 있었으면 좋겠다는 빛을 보이고 금련의 품에 손을 넣으련다.

"웬 소리야. 나으리가 내일이라도 아시면 나는 죽게. 웬 소리야, 나도 같이가. 데리고 가."

하고 금련은 가슴을 헤치는 급창의 손을 뿌리친다.

급창은 금련을 달래어도 아니 듣는 것을 보고 와락 금련에게 달려들어 한 팔로 금련을 꼭 껴안고 한 손을 금련의 허리에 넣어 간지리 빼어 듣고는 한 번 힘껏 금련을 떠밀어 대문 안에 비틀비틀 들어가게 하고 자기는 어두움 속에 어디로 달아나버리고 말았다.

"이녀석! 이녀석!"

하고 금련이 이를 갈고 따라 나왔으나 벌써 사내는 간 곳을 모르고 동네 집닭과 개만 놀란 듯이 소리를 높이어

짖었다.

급창은 그 격문을 전대에 넣어 안허리에 꼭 둘러 띠고 서울을 향하여 길을 떠났다.

그의 얼굴에는 웃음이 떠돌았고 발에 날개가 돋치어 저절로 옮겨지는 듯하였다.

이 격문이 잃어진 것을 발견한 것은 그 이튿날 저녁이었다. 마침 어느 동지가 금성대군을 찾아와서 그 격문을 보려 하여 문갑을 열어본즉 격문이 간 곳이 없었다. 금성대군은 크게 놀래어 집안을 뒤지었으나 아무리 찾아도 급창이 가지고 서울로 가니 격서가 나올 리가 없다.

"이게 웬일이냐."

하고 금성대군은 절망한 듯이 한숨을 쉬었다.

금성대군은 곧 부사 이보흠에게 그 연유를 말하였다. 부사도 이 말을 듣고 깜짝 놀랐다. 그것은 급창 놈이 온 종일 보이지 아니한 때문이다. 곧 나졸을 급창의 집에 보내어 급창의 어미 아비를 잡아들이었으나 어제 밤 나간 뒤에는 간 곳을 모른다고 잡아떼었다. 사실상 그의 부모도 그가 간 곳을 알지 못하였다. 급창은 공명에 탐이 나서 이것저것 돌아볼 사이가 없었다. 부사 이보흠 부처가 평소에 저를 어떻게 심복으로 사랑하여 준 것도 그에게 터럭끝만한 의리의 속박을 주지 못하였다. 정든 금련도 그의 마음을 끄는 힘이 되지 못하고 늙은 부모도 다 잊어버리어 마음의 어느 구석에도 생각이 남지 아니하였다. 그는 다만 서울로 서울로 달려갔다.

마침내 금성대군과 이보흠은 이것이 급창 놈의 농간인 것을 짐작하였으나 그 격문을 가지고 간 것은 급창이라 하더라도 훔치어낸 사람은 따로 있을 수밖에 없다는 결론에 달하였다.

"그게 누굴까. 이 문갑에 그것이 든 줄은 어찌 알았으며 또 알았기로니 그것을 누가 집어 내었을까?"

의심은 금련에게로 돌아갈 수밖에 없었다.

금성대군은 금련을 불렀다. 금련은 많이 울고 난 산 사람 모양으로 해쓱하였다.

처음에는 금련이 실토하지 아니하고 뚝 잡아매었으나 마침내 이실직고하여버리고,

"살려 줍시오!"

하고 금성대군 앞에 엎더지었다.

금성대군은 부사에게 부탁하여 금련을 옥에 내리어 가두라 하고 곧 급창 따라잡을 계교를 생각하였다.

"저놈이 본래 길을 잘 걸어 하루에 족히 이백 리를 가는

놈이요.”

하는 이보흠의 말에 금성대군의 입술은 파랗게 되었다.

“어찌하면 저놈을 따라잡소?”

하고 금성대군이 부사의 찡그린 얼굴을 바라본다.

보흠은 이윽히 침음하더니,

“한 가지 길이 있소. 기천현감(縣監) 김효흡(金孝洽)이 말을 잘 타고 또 걸음 잘하는 말을 먹이니 그 사람에게 청을 할 수 밖에 없소. 지금 곧 사람을 기천으로 보내어서 그 사람이 마침 어디를 가지 않고 기천 있기만 하면, 곧 말을 타고 떠나기만 하면 급창이 그놈이 아무리 빨리 가더라도 대재 지경을 못 벗어나서 붙들릴 것이요.”

한다. 이 말을 듣고 금성대군은 적이 안심하는 빛을 보이었으나 다시 미우에 근심이 떠돈다.

“어디 기천현감은 믿을 수가 있소?”

“그것은 염려 없을 듯하외다. 그 아비가 생전에 소인과 친분이 있었고 또 저도 조상부모하고 혈혈무의한 것을 소인의 선친이 거두어서 소인의 집에서 무여 생장하다시피 하였고 또 남행으로 출륙이나 하게 도니 것도 소인의 반연이 적지 아니하니 설마 제가 소인의 청을 아니 듣겠소오리까. 그걸랑 염려 마시겨오.”

하고 보흠이 안심하는 한숨을 내어쉰다. 금성대군도 그제야 적이 안심이 되었다.

그러나 그렇다고 안심할 수는 없는 일이다. 그 영리한 급창이 뒤에 따를 것을 미리 짐작하고 간도로 들어갈는지도 모르고 낮에는 숨고 밤이면 갈는지도 모르는 김이다. 이러한 의심이 나면 보흠의 말도 그리 탐탁하게 믿어지지를 아니하지마는 이 길 밖에는 더 어찌할 수가 없었다. 그래서 보흠으로 하여금 기천현감 김효흡에게 간곡하게 통정하고 부탁하는 편지를 쓰고 금성대군도 이번 일에 힘을 쓰기를 바란다는 말과 또 그러하면 후일에 공이 크리라는 말까지도 써서 편지 한 장을 써서 동봉하였다. 그리고 감영에 급한 차사 다니기에 쓰는 썩 걸음 잘 걷는 관노 하나를 뽑아 중상을 걸고 나는 듯이 기천에 다녀올 것을 명하였다.

기천현감 김효흡이 순흥부사 이보흠의 편지를 받은 것은 이튿날 명명421)이었다.

김효흡은 좋게 말하면 쾌남이요, 좋지 못하게 말하면 건달 같은 사람이었다. 문관이면서도 말달리기와 활쏘기

---

421) 어둠이 차츰 밝아오는 때.

를 좋아하고 또 주색을 좋아하였다. 문하라기도 우습지마는 기천 읍내에는 말 달리기, 활쏘기, 노름하기, 술 먹기 좋아하는 건달패들이 현감의 휘하로 모여들어 동헌에는 밤낮에 풍류가 질탕하였다. 이러고도 파직을 아니 당하는 것이 이보흠의 힘인 것은 말할 것이 없다. 이보흠이 일개 부사에 불과하거니와 그의 문명이 높음이 대관들에게까지도 상당한 존경을 받았던 것이다. 이러한 관계이기 때문에 이보흠은 김효흡을 제질 모양으로 믿고 있었던 것이다.

효흡은 보흠의 편지를 받아보고 곧 말을 달리어 대재를 향하여 달리었다. 급창이 재작일 밤에 순흥부를 떠났다 하면 제 아무리 빨리 걸었다 하더라도 충주(忠州)를 지내지 못하였을 것이니 역마를 갈아타고 달리면 속함녀 장호원(長湖院), 아무리 더디더라도 이천(利川) 안짝에서 따라잡을 것은 의려 없다고 생각하였다.

기천 형감은 준마를 달리어 단풍도 다 지내고 낙엽이 표요하는 대재를 단숨에 넘어 단양 육십 리를 점심 지을 때도 다 못되어 다다랐다.

이 모양으로 그는 밥도 마상에서 먹고 밤에도 주막에서 눈을 붙이는둥 마는둥 또 길을 떠나서 사흘 만에 급창을 장호원과 음죽(陰竹)새에서 따라잡았다.

김효흡이 한 달에도 한두 번은 반드시 순흥에 이보흠을 찾아보는 관계로 급창을 잘 알았다.

"이놈아, 게 섰거라!"

하고 김효흡은 말을 달리어 소로로 피하려 하는 급창을 꼭 붙들었다. 여러 날 길에 놈도

더 뛸 근력이 없었던 것이다.

"이놈아, 그 편지 내어!"

하고 손으로 급창의 몸을 뒤지어 격문이 든 전대를 빼앗았다.

"허 요놈, 발칙한 놈 같으니. 그렇게 너의 사또 신세를 지었거든 그래 요짓이야."

하고 말채찍으로 급창의 잔등을 한 개 후려갈기고 격문을 내어서 본다.

급창은 분함을 금할 수 없었다. 손에 잡았던 금덩어리를 그만 떨어뜨린 셈이 되었다. 처음에 김효흡을 좀 저항하여 보려고도 하였으나 아무리 보더라도 견딜 도리가 없어서 이만 뽀드득뽀드득 갈고 길가에 서서 있다.

효흡이 이것을 다 보고나서,

"허 고놈, 네 이제 무엇인 줄 알고 훔쳐가지고 어디로

간단 말이냐."

하고 그 격문을 찢으려고 두 끝을 잡는 것을 급창이 달려 들어 효흡의 팔을 붙들며,

"사또 잠깐만 참읍쇼. 소인 말씀을 한 마디만 들읍소."
하고 막는다.

이 꾀 많고 구변 좋은 급창이 좀 어리석은 기천현감을 휘어 넘기려는 것이다.

"그래 무슨 말이니? 요놈 때려죽일 놈 같으니. 어디 말해 봐!"
하고 효흡도 격서 찢기를 잠깐 정지한다.

"사또, 경상 감사 한자리 안 버시렵쇼? 지금 경상 감사 궐인뎁쇼. 사또만하신 양반이 기천현감이 당할쇼."

"요놈, 웬 소리야?"
하고 효흡은 급창의 말에 놀라면서도 경상 감사란 말이 노상 듣기 싫지는 아니하다.

"사또, 이 격서를 가지고 서울로 올라갑쇼. 그러시면 내려오실 때에는 경상 감사는 떼어놓은 당상이닙쇼. 경상 감사하시거든 소인 부르시와 두둑한 구실이나 한 자리 줍쇼."
하고 급창이 당장 경상 감사 앞에 청이나 하는 듯이 허리

를 굽신굽신한다.

기천현감 김효흡은 잠깐 주저하였다. 급창의 말이 과연 옳은 말이 아니냐. 그러나 이보흠의 신세를 어찌 할꼬. 옳다, 이보흠의 성명 삼자는 칼로 오려 버리자 하고 마음을 작정하였다.

김효흡은 이렇게 생각하고 그 격서를 소매 속에 집어넣고 말에 올라 서울을 향하고 달아나려 할 적에 급창이 앞을 가로 막으며,

"사또, 소인은 어떻게 하랍쇼?"

"순흥으로 가려무나."

"죽기는 누가 죽고요. 사또 귀히 되시거든 소인 공도 내세운다고 무슨 필적이라도 줍쇼."

필적이란 말에 기천현감은 열이 상투 끝까지 올라 말채찍을 높이 들어 급창을 후려갈기니 채찍 끝이 머리에서 귀통을 감사고 돌아 뺨이 터져 피가 흐른다. 급창이 아파서 몸을 휘청하고 쓰러지는 틈을 타서 먼지를 차고 말을 달려 가버리고 말았다.

급창은 의기양양하게 달려가는 기천현감의 뒷모양을 노려보며 이를 갈았으나 어찌할 수 없었다. 그는 안타까운 듯이 땅에 엎드리어 손으로 잔디 뿌리를 뜯다가 문득

벌떡 일어나며,

"옳다 되었다."

하고 오던 길로 기천을 향하고 돌아섰다. 그는 아무러한 테서나 실망하고 자빠질 사람이 아니다 발길에 채어서 죽는다 하면 그는 반드시 차는 사람의 발바닥이라도 매어 먹고 그러고 한 번 웃고야 죽을 사람이다.

그는 한 묘책을 얻은 것이다. 그것은 이러하다.

아무리 기천현감이 말을 잘 탄다 하더라도 서울을 가려면 아직도 이튿날 가야 할 것이요, 서울서 기천현감의 기별을 듣고 관병이 순흥부에 내려오려면 아무리 속하여도 칠팔 일은 걸릴 것이다. 이 동안 급창이 그는 안동(安東)으로 가서 안동부사 한명진에게 이 말을 하여 안동 군사를 가지고 불의에 순흥을 엄습하기는 나흘 안에 할 수가 있을 것이다. 이리하면 격문을 가지고 서울까지 올라간 기천현감이 도리어 헛물을 켜고 금성대군과 순흥부사를 잡은 공은 도리어 자기에게로 돌아올 것이다. 이렇게 생각하고 급창은 김효흡에게 얻어맞아서 아픈 것도 잊어버리고 있는 기운을 다 내어 안동부로 향하였다.

김효흡은 급창이가 말하던 경상 감사인 두영이 손에

잡힐 듯 잡힐 듯하여 몸이 피곤하는 줄도 모르고 말을 채치어 서울에 득달하였다. 그래서 판중추원사(判中樞院事) 이징석(李澄石)을 통하여 그 격문을 왕께 올리었다. 격문 끝에 쓰인 순흥부사 이보흠의 이름은 칼로 도려내고 오직 금성대군의 서명만이 있었다.

왕은 격문을 보시고 일변 놀라시고 일변 분하시어 기천현감 김효흡을 불러 이번 역모에 관한 자세한 말씀(그것을 김효흡은 본래 모르는 일이기 때문에 되는 대로 지어서 아뢰었다)을 물으시고 그 일을 고하는 충성을 가상히 여긴다 하시었다. 그리고 즉시로 영의정 정인지 부르시와 금성대군과 그 간련을 잡을 것을 명하시고 대사헌 김순(金淳), 판례 빈사 김수를 보내어 금성대군을 국문하게 하시고 또 소윤(少尹) 윤자(胤子), 우보덕(右輔德) 김지경(金之慶), 금부(禁府) 진무(鎭撫) 권함 등으로 금성대군 이외에 죄인을 국문하게 분부하시와 죽일로 출발하라 명하시었다. 안동(安東), 예천(醴泉) 군사로 하여금 순흥을 엄습하게 하고 한명회의 중제되는 안동부사 한명진으로 하여금 토적사(討賊使)의 중임을 맡게 하시었다.

이때에 금성대군과 순흥부사 이보흠은 기천현감의 회보를 기다렸으나 이틀이 지나고 사흘 나흘이 지나도 소식이 없음을 보고 비로소 의아하기를 시작하였다. 만일 김효흡이 그 격문을 가지고 서울로 올라갔다 하면 (이보흠은 김효흡이 그러하리라고 믿지는 아니하였다) 만사는 수포에 돌아갈뿐더러 금성대군과 이보흠의 목숨은 부지를 못할 것이다.

써 놓았던 격문을 잃어버린 금성대군은 새로 격문을 써 우선 예천 안동으로 띄웠다. 그러나 그 격문은 안동 지경을 다 돌기도 전에 밤중을 타서 안동, 예천 군사 오백여 명이 안동부사 한명진의 거느림을 받아 순흥부를 엄습하였다. 불의에 수많은 군사의 엄습함을 받은 순흥부는 미처 손 쓸 사이도 없이 개미 한 마리 샐 틈 없이 포위를 당하고 빗발 같은 시석이 성풍으로 쏟아지었다.

일변 한명진은 순흥부사 이보흠에게 사자를 보내어 속히 금성대군을 잡아내어 보내라 그렇지 아니하면 성중을 무찌르리라고 위협을 하였다.

본래 용병지재가 아닌 이보흠은 이 불의지변에 어찌할 바를 알지 못하였다. 그는 한낱 선비다. 격문은 지을 줄 알아도 실지로 싸울 줄은 몰랐다.

게다가 한명진은 성중에 글을 던지어 누구나 항복하면 목숨을 용서하려니와 만일 관명을 거역하면 도륙을 면치 못하리라고 위협하고 또 사실상 약간 반항하는 언행이 있는 사람을 잡아 목을 베어서 높은 곳에 달아 백성들의 기운을 눌러서 성중 백성들은 오직 전전긍긍하고 군사들도 싸울 뜻이 없어 성문에서 도망할 틈만 엿보았다. 오직 어떤 중군(中軍) 한 명과 천총(千摠) 한 명이 각각 백 명가량의 군졸을 수습하여 가지고 동헌과 및 사방을 지키어 죽기로써 안동군을 저항할 뿐이다.

이때에 금성대군은 정히 잠이 들어 있다가 병마지성이 요란한 것을 보고 옷을 떨치어 입고 칼을 들고 뛰어나 동헌으로 향하였다. 얼마를 가지 아니하여서 뛰어오는 관노 하나를 만났다. 그는 부사의 심부름으로 금성궁으로 오는 길이었다.

"나으리마님입시오?"

"오, 누구냐?"

"소인이요. 돌쇠요. 큰일 났습니다. 안동, 예천 군사가 수없이 몰려와서 지금 부중을 겹겹이 에워싸고 나으리마님 잡아내라고 야단입니다. 사또께옵서는 소인더러 나으리마님 어서 피신하십소사 여쭙고 오라 하시와 지금 뵈오러 가는 길입니다. 나으리마님, 시각이 바쁘니 어서 피신하십쇼.”

하고 관노는 황황하게 재촉한다.

“사또는 어디 계시냐.”

“시방 군사를 모으라 하시는 모양이요. 군사들이 안동 군사가 무서워 더러는 도망하옵고 더러는 항복하옵고 또 죽기도 하였는지 알 수 없사오나 모여드는 군사는 얼마가 되지 못하는 듯하옵니다.”

이때에 ‘뚜우……뚜우……’ 하는 나발 소리와 북소리가 들린다.

“취군이요.”

하고 관노가 가만히 귀를 기울인다. 금성대군도 귀를 기울이니 철철, 터벅터벅하고 군사들의 발이 땅을 차고 달리는 소리가 땅 속에서 나오는 소리 모양으로 들린다.

동헌으로 점점 가까이 갈수록 인기척은 요란하였으나 말 소리는 들리지 아니하였다. 한참 동안 짖던 개들도 너무도 짖기에는 어마어마하다는 듯이 소리를 잠가버리고 말았다.

백성들은 모두 잘 수도 없고 뛰어 나오기도 무서워 방에서 덜덜 떨고 믿을 수 없는 문고리만 비끄러매었다.

“어서 피신하십시오.”

하고 관노가 성화를 하는 것도 듣지 아니하고 금성대군은 삼문 안까지 들어왔다.

삼문 안에는 한 오십 명 가량 되는 군사가 활을 메고 창을 들고 모여 섰다. 이것이 천촌 한 사람이 한 알갱이 두 알갱이 모아들인 군사다. 중군이 거느린 군사는 밖에서 동으로 달리고 서으로 달려 가장 수효나 많은 듯이 안동 군사를 엄포하고 있었다.

천총은 분명히 계상에 서 있는 부사 이보흠의 명령을 기다리는 모양이었다.

금성대군이 들어오는 것을 보고 부사 이보흠이 펄쩍 뛰며,

"나으리 웬일이시오? 왜 아직도 피신을 아니하시오?"
하고 심부름 보내었던 관노더러,

"이놈, 내 무어라고 이르더냐. 널더러 나으리 모시어 오라고 이르더냐."
하고 호령을 한다.

"아니요."
하고 금성대군이 부사의 팔을 붙들고,

"아니요. 내가 피신할 내가 아니요. 이제 내가 불명해서 대사를 그르치었으니 나 혼자 피신하여 살기를 도모

할 내가 아니요. 막비 운이어, 운이니까 내 혼자 안동부사를 만나보고 무고한 목숨을 살해하지 말도록 말이나 하려고 하오. 날 잡으러 왔다 하니 나만 가면 무사할 것 아니요?"

하고 일어나 나가려 한다. 부사 이하로 여러 사람이 만류하고 사생을 같이하기를 원하였으나 금성대군은,

"그대들은 살아남아 상왕을 복위하시게 하라."

하고 듣지 아니하였다.

이리하여 금성대군은 안동부사의 손에 붙들려 안동 옥에 가둠이 되었다.

금성대군이 붙들리고 마침내 안동 옥에서 교살을 당하매 신숙주는 이때야말로 노산군을 없이 할 좋은 기회라고 생각하고 자주 왕께 노산군을 제하여 버리기를 청하여 이렇게 말하였다.

"거년에 이개의 무리도 노산을 빙자하였삽고 이제 유(금성대군)도 또한 노산을 끼고 난을 일으키려 하였사온즉 노산을 살려 둘 수가 없습니다."

왕은 숙주의 말을 들으시고 고개를 흔드시며,

"인제 의정부에서 또 무슨 말이 있겠지. 그때에 다시 의논해서 시해하지."

하시었다. 숙주는 왕의 이 말씀을 의정부로 하여금 청하게 하라시는 뜻으로 해석하여 영의정 정인지, 좌의정 정창손, 이조판서 한명회 등에게 말하여 숙주와 함께 왕께 청하기를,

　　魯山德城通所主 不可安居?

라 하였다. 노산군이 역적 금성대군의 받던 바 되었으니 살려 둘 수 없다는 뜻이다.

　왕은 침음양구에 붓을 들어(왕은 말씀으로 하시기 어려운 때에는 흔히 글로 쓰시는 버릇이 있었다)

　　敬知解臣之意　漢德之室　阿政後德陽德宮內之事乎

라고 써서 신숙주를 보이시고 한참 있다가 또 붓을 드시어,

　　魯山已降封君　廢爲庶人可也

라고 쓰시어 정인지를 주시었다. 그 뜻은 삼가 그대들의 뜻(노산군을 죽여야 한다는)은 알거니와 내가 더할 수

없이 박덕하여 형제를 많이 죽였거든 또 어찌 감히 조카를 죽이랴.

노산군을 폐하여 뭇 백성이나 만들라 하심이다. 진실로 왕도 안평대군, 금성대군, 화의군, 한남군, 영풍군 합하여 친동기를 다섯 분이나 죽이시었고 조카들은 혜일 것도 없이 죽였으므로 또 골육을 죽인다 하면 입에서 신물이 돌았다. 될 수만 있으면 노산군은 아니 죽이고 싶었다.

그러나 신숙주와 정인지--그중에도 신숙주가 주동이 되어 종친부(宗親府), 의정부, 충훈부(忠勳府), 육조 연명으로 계목을 올리었다.

魯山君得罪 宗社 近日亂言者 皆以魯山爲言 今若不置於法 則欲圖富貴者 藉以構亂 不加宥也.

이리하여 마침내 노산군을 죽이기로 조의가 확정이 되었다.

'十月二十四日命賜魯山君死.'

라고 『정원일기』에 적히게 되었다. 시월이라 함은 정축년 시월이다.

이날 영월부에는 금부도사가 내려왔다고 사람들이 수군거리고 노산군을 모시는 시녀들과 종인들도 이 말을 들으매 자연 가슴이 두근거렸다. 순흥부에서 대재 하나 넘으면 영월이라 사흘 길이 다 되지 못하니 금성대군 사건 일어난 소문이 영월에 들어온 지가 벌써 수십 일이나 되고 금성대군이 안동 옥에서 교살을 당하였다는 소문이 온지도 오륙일은 되었다. 이러한 일이 있은 뒤에는 반드시 노산군의 몸에 무슨 일이 일어날 것은 누구나 다 짐작하던 일이다.

금성대군이 순흥서 잡히어 안동으로 이수되었다는 소식을 들으신 날에 노산군은 하룻밤을 내려 우시었다.
"금성 숙부마저 돌아가면 나는 누구를 의지하나."
하고 한탄하시고 느껴우시니 좌우가 다 목을 놓아 울었다. 그런 뒤로는 노산군은 시녀들과 내시들과 제 소원으로 따라와서 수종 드는 오륙인 선비들에게 각기 돌아갈 곳을 구하는 것이 좋다는 뜻을 말씀하시었다. 그러나 사람들은 다 노산군을 사생 간에 끝까지 따르기를 맹세하였다.

이러하던 판에 금부도사가 내려온 것이다. 내려온 금부도사는 작년에 노산군을 모시고 왔던 왕방연이다. 그는 사약(賜藥)을 가지고 노산군 처소에 이르렀다. 이때에 노산군은 익선관, 곤룡포를 갖추시고 당중에 좌정하시어 정하에 부복한 방연을 보시며,

"무슨 일로 내려왔느냐. 상감 강녕하시냐."
하고 물으시었다.

처음 왕방연은 문전에 이르러 차마 들어오지 못하여 머뭇거리기를 마지아니하였다. 그러나 나장이 시각이 늦는다고 발을 구르고 재촉하므로 부득이 들어간 것이다. 들어오기는 하였지마는 노산군의 위의를 뵈오매 차마 내려온 뜻(잡숫고 돌아가실 약을 가지고 내려왔다는)을 말을 만들어 입 밖에 낼 수가 없어서 다만 이마로 마당을 조이라고 느껴울 따름이었다.

노산군은 왕방연이 차마 말을 못하는 양을 보시고 또 그가 엎드린 곁에 백지로 봉한 네모난 조그마한 상자가 놓여 있음을 보아 그가 가지고 온 사명을 짐작하였다.

대문 밖에서는
"유시요! 유시요!"

하는 나장의 재촉이 들려온다. 유시(酉時)⁴²²⁾가 노산군이 사형을 받을 시간이다.

금부도사 왕방연이 울고만 엎드리어 인제 일이 끝날지 모를 때에 평소 노산군을 따라와 모시던 공생(貢生)한 놈이 활시위를 뒤에 감추어 들고 노산군의 등 뒤로 달려와서 노산군의 목을 졸라매고 복창 밖으로 잡아당기었다. 노산군은 뒤로 넘어지시어 줄을 따라 끌려가시다가 복창 문턱에 걸리어 절명하시었다. 그 동안에 소리도 아니 지르시고 몸도 움직이지 아니하시었다. 시녀들이 알고 달려들어 목맨 줄을 끄르고 애써 소생하시게 하려 하였으나 다시 소생하시지 아니하시었다.

"아이고 아이고."

하고 시녀들은 머리를 풀어 헤치고 통곡하였고 다른 사람들(그때에도 수십 명 되었다)도 통곡하였다.

공명을 이루려고 노산군을 목을 매어 죽인 공생은 대문을 나서지 못하여 피를 토하고 즉사하여 버렸다.

금부도사 왕방연은 군사를 명하여 노산군의 시체를 금강(錦江)에 띄우게 하였다. 그는 만류하는 사람에게, 이

---

422) 오후 5시부터 7시.

렇게 하지 아니하면 반드시 시체도 온전치 못하시리라고
하였다.

노산군의 시체가 물에 들어가 둥둥 떠서 흐르지 아니
하고 하얀 열 손가락이 떴다 잠겼다 하는 것을 뵈옵고는
시녀들과 종자들이 모두 통곡하고 사랑하는 임금의 뒤를
따라 물에 뛰어 들어갔다.

밤에 영월 호장(戶長) 엄흥도(嚴興道)가 몰래 시체를
건지어 어머니 위하여 짜 두었던 관에 넣어 부중에서
복으로 오리 되는 곳에 평토장을 하고 돌을 얹어 표하여
두었다.

−−끝−−

이광수

(李光洙, 1892~1950)

1892년 3월 4일 평안북도 정주군 갈산면에서 이종원(李鍾元)과 그의 세
　　　번째 부인인 충주 김씨(忠州 金氏) 사이에서 전주 이씨(全州 李
　　　氏) 문중 5대 장손으로 출생.

1899년 동리의 글방에서 『사략(史略)』, 『대학(大學)』, 『중용(中庸)』, 『맹
　　　자(孟子)』 등 한학을 공부하며 한시와 부(賦)를 지음. 백일장에서
　　　장원하는 등 문재를 발휘하여 신동이라 불림.

1902년 8월 아버지 이종원과 어머니 김씨가 콜레라로 사망. 외가와 재당
　　　숙의 집에 오가며 기식생활을 함.

1903년 동학(천도교)에 입도하여 박찬명 대령의 집에서 기숙하며 서기일
　　　을 맡아 동경과 서울에서 오는 문서들을 베껴 배포하는 일을 함.

1904년 일본 관헌의 동학 탄압으로 상경.

1905년 6월 일진회(一進會)가 만든 광무학교에 입학하여 일어와 산술을
　　　배움. 일진회의 추천으로 일본으로 건너감.

1906년 3월 대성중학(大城中學)에 입학. 그러나 11월 일진회의 내분으로 학비가 중단되어 귀국.

1907년 유학비를 국비에서 해결해주어 다시 도일. 그곳에서 만난 홍명희·문일평 등과 함께 재일본 조선인 유학생 모임인 소년회(少年會) 조직. 회람지 『소년(少年)』을 발행하여 시와 평론 등을 발표. 메이지학원(明治學院) 보통부(중학부) 3학년에 편입.

1909년 「노예(奴隸)」, 「사랑인가」, 「호(虎)」 등을 발표하며 습작에 열중하며 문학활동 시작. 황성신문(皇城新聞)에 「정육론(情肉論)」 발표.

1910년 3월 메이지학원 보통부 5학년을 졸업 후 귀국하여 정주의 오산학교(五山學校)의 교원이 됨. 7월 백혜순과 혼인. 3월 대한흥학보(大韓興學報)에 단편소설 「무정(無情)」과 평론 「문학의 가치」를, 3월과 8월, 『소년』에 단편 「어린희생」과 「헌신자」를 발표.

1911년 1월 105인 사건으로 이승훈이 구속되자 오산학교 학감(교감)으로 취임.

1912년 톨스토이를 애호하며 학생들에게 생물진화론을 강의함. 신앙심을 타락케 한다는 이유로 교회와 대립.

1913년 교장인 로버트(Slacy L. Robert, 羅富悅) 목사와 의견충돌로 오산학교를 떠남. 그 후 세계여행을 목적으로 만주를 거쳐 상해에 잠시 머무름. 상해에서 홍명희, 문일평, 조소앙 등과 함께 지냄. 2월 미국의 여성작가 해리엇 비처 스토우(Harriet Beecher Stowe)의

『검둥이의 설움』을 초역하여 신문관에 간행.

1914년 미국 샌프란시스코에서 발간된 신한민보(新韓民報)의 주필로 내정되어 미국으로 건너가려 했으나, 제1차 세계대전 발발로 귀국. 오산학교에 복직. 10월 최남선의 주재로 창간된 잡지 『청춘』에 필진으로 참여하여 단편·장편소설과 칼럼 등 발표.

1915년 9월 김성수의 도움으로 일본으로 건너가 와세다대학(早稻田大學) 고등예과에 편입.

1916년 7월 고등예과 수료 후, 9월 와세다대학 대학부 문학과 철학과에 입학. 매일신보에 계몽적 논설 「동경잡신」 등을 연재하여 문명(文名)을 높임.

1917년 1월부터 6월까지 매일신보에 한국 최초의 근대 장편소설 『무정』 연재. 4월 유학생회에서 허영숙을 만남. 6월부터 8월까지 충청남도·전라북도·전라남도·경상북도·경상남도를 다니며 쓴 기행문 「오도답파기(五道踏破記)」를 매일신보에 연재. 같은 해 11월부터 이듬해 3월까지 두 번째 장편소설 『개척자』를 매일신보에 연재. 「소년의 비애」, 「윤광호」, 「방황」을 탈고하여 『청춘』에 발표함.

1918년 4월 폐병으로 귀국하여 허영숙(許英肅)의 간호를 받음. 9월 백혜순과 합의하여 이혼한 뒤, 10월 허영숙과 북경으로 애정도피 여행을 떠남. 12월 서춘, 전영택, 김도연 등과 함께 재일 조선청년독립단 조직.

1919년 도쿄(東京) 유학생의 2·8 독립선언문 작성에 참여. 2월 선언문을 해외에 배포하는 책임을 맡고 상해로 넘어가 4월 여운형이 조직한 신한청년당에 가담함. 또한, 임시정부의 일원으로 활동하며, 8월 임시정부의 기관지 독립신문(獨立新聞)의 사장 겸 편집국장을 맡아 활동함.

1920년 흥사단(興士團)에 입단하여 문학·저술활동을 통해 국민계몽활동을 함.

1921년 5월 허영숙과 정식으로 혼인함. 『개벽』에 「소년에게」를 발표하여 출판법 위반으로 입건되었다가 석방. 11월 「민족개조론」을 집필 후, 이듬해 5월 『개벽』에 발표함.

1922년 2월 흥사단의 측면 지원 조직인 수양동맹회(修養同盟會)를 조직함. 「민족개조론」으로 민족진영에 물의를 일으켜 문필권에서 소외당함. 이 무렵 『원각경(圓覺經)』을 탐독하며 단편 「할멈」과 「가실(嘉實)」을 집필.

1923년 동아일보의 객원이 되어 논설과 소설 집필. 3월 장편 『선도자』를 동아일보에 연재하였으나 총독부의 간섭으로 7월 111회로 중단. 12월 장편 『허생전(許生傳)』을 동아일보에 연재.

1924년 1월 동아일보에 연재하던 사설 「민족적 경륜」이 물의를 일으켜 퇴사. 3월 장편 『금십자가(金十字架)』를 동아일보에 연재하지만 신병의 이유로 중단. 11월 장편 『재생(再生)』을 동아일보에 연재.

1925년 9월 『재생』의 연재를 218회로 끝내고, 『일설 춘향전』을 이듬해 1월 96회로 끝냄.

1926년 1월에 발족된 수양동우회(修養同友會)의 기관지인 『동광』을 창간함. 5월부터 이듬해 1월까지 장편 『마의태자(麻衣太子)』를 동아일보에 연재. 동아일보사 편집국장에 취임.

1927년 9월 폐병으로 동아일보 편집국장을 사임하고, 편집고문으로 전임.

1928년 11월부터 이듬해 12월까지 장편 『단종애사(端宗哀史)』를 동아일보에 연재.

1929년 신장결핵으로 신장 절제수술을 함. 병상에서 시조 「옛친구」, 수필 「아프던 이야기」 등 다양한 문필활동을 전개.

1930년 1~2월 3부작으로 중편 『혁명가(革命家)의 아내』를 동아일보에 연재.

1931년 6월부터 이듬해 4월까지 장편 『이순신』을 동아일보에 연재.

1932년 4월부터 이듬해 7월까지 장편 『흙』을 동아일보에 연재. 단편 「수암(壽岩)의 일기(日記)」를 『삼천리』에 발표.

1933년 동아일보사를 사임하고, 8월 조선일보사 부사장에 취임. 10~12월 장편 『유정』을 조선일보에 연재.

1934년 5월 조선일보 사직. 김동인이 「춘원연구」를 『삼천리』에 연재.

1935년 9월부터 이듬해 9월까지 장편 『이차돈(異次頓)의 사(死)』를 조선일보에 연재.

1936년 5월 장편 『애욕(愛慾)의 피안』을 조선일보에 연재. 수필집 『인생의 향기』를 집필하는 등 소설·평론·수필·사화 등 다방면으로 집필활동을 함.

1937년 6월 수양동우회사건으로 안창호와 함께 경성부에 체포되어 서대문형무소에 수감. 신병이 재발하여 병감으로 옮겨졌으나, 병보석으로 경성의전 병원에 입원.

1938년 3월 안창호 서거 후, 11월 병보석 상태에서 수양동우회 사건의 예심을 받던 중 전향을 선언함. 12월 전향자 중심의 좌담회 '시국유지원탁회'에서 강연.

1939년 1월 단편 「무명(無明)」을 『문장』에 발표. 6월 김동인, 박영희 등의 '북지황군 위문'에 협력. 이후 12월 수양동우회 사건 1심에서 무죄를 선고받음. 친일문학단체인 조선문인협회의 회장이 됨. 소설집인 『이광수 단편선』과 시집 『춘원선집』 등을 간행.

1940년 2월 『춘원시가집』을 간행. 3월 가야마 미쓰로(香山光郞)라고 창씨개명함. 4월 조선일보에 「내선일체와 조선문학」 발표. 8월 동우회 사건 2심에서 최고형인 징역 5년 판결을 받음. 10월 총독부로부터 저작 재검열을 받아 『흙』, 『무정』 등 수십 편이 판매금지처분을 받음. 장편소설 『세종』을 발간함.

1941년 11월 수양동우회사건, 경성고법 상고심에서 전원 무죄를 선고받음. 12월 태평양전쟁 발발, 일제의 강요로 각지를 순회하며 친일

연설을 함.

1942년 3~10월 장편 『원효대사』를 매일신보에 연재.

1943년 「징병제도의 감격과 용의」, 「학도여」, 「폐하의 성업에」 등을 써서 학도병 지원을 권장하는 등 친일행보를 이어감.

1944년 경기도 양주군 진건면에 농막을 짓고 농사를 시작. 11월 한글로 쓴 그의 저작이 조선총독부에 압수되어 모두 발간이 중단됨.

1945년 6월 조선언론보국회 명예회원으로 활동. 8월 일본 패망으로 조국의 해방을 맞음. 친일파로 지목받아 사회의 비난을 받음.

1946년 5월 허영숙과 합의이혼. 9월 수도생활을 목적으로 양주 봉선사에 들어감.

1947년 5월 장편 『도산 안창호』를 도산 안창호 기념사업회 이름으로 대성문화사에서 출간. 6월 장편 『꿈』을 면학서포에서 발간.

1948년 2월 생활사에서 수필집 『돌벼개』 간행. 8월 대한민국의 독립 선포. 12월 장편 『나의 고백』을 춘추사에서 간행하여 친일행위 변호.

1949년 1월 반민족행위처벌법에 따라 구속되어 서대문 형무소에 수감되었으나, 2월 건강 악화로 출감, 8월 반민특위 불기소로 자유로워짐.

1950년 5월 『사랑의 동명왕(東明王)』을 한성도서에서 간행. 7월 서울에서 인민군에 의해 납북됨. 홍명희의 도움으로 만포의 한 병원에서 10월 25일 지병인 폐결핵 악화로 숨을 거둠. 1970년대 들어 북한당국은 그의 무덤을 평양으로 옮기고, 비석을 세움.

충과 의라는 전통적인 대의명분 아래 1920년대 말 민족주의 운동이 처해 있던 절실한 상황 반영

『단종애사』는 동아일보에 1928년 11월 30일부터~1929년 12월 1일까지 총 217회에 걸쳐 연재되었던 작품으로, 이 작품을 원작으로 한 사극영화, 역사드라마로도 각색되어 광범위하게 대중의 사랑을 받았다.

단종의 탄생과 성삼문·신숙주에 대한 고명, 그리고 수양대군과 권람의 밀의(密議)에 대한 고명편(顧命篇)과, 수양대군과 한명회가 김종서와 안평대군을 비롯한 수많은 사람을 죽여 등극의 기반을 마련하는 실국편(失國篇), 정인지 등이 단종의 선위를 전하여 세조가 등극하고 사육신이 죽음으로 충의를 바치는 충의편(忠義篇), 노산군이 영월에서 죽음을 당하는 혈루편(血淚篇)의 4편으로 구성되어 있다.

무려 십여 차례나 연재가 중단되기도 했지만, 이광수가 병상에서도 집필을 계속할 정도로 심혈을 기울인 작품이다.